응달
너구리

이시백
소설

응달
너구리

한겨레출판

(차례)

(잔설殘雪)

아무리 하늘에 계신 양반이라지만 해도 너무한 일이 아니
냔 말이다. 무슨 놈의 눈을 시도 때도 없이 뿌려대니 견딜 수
가 있겠는가. 뿌리려면 한번에 퍼붓든가, 꼭두새벽부터 넉가
래를 붙들고 손이 부르트도록 치우고 나면 구름 사이로 빠끔
히 내다보고는 내처 붓기를 벌써 사나흘째다. 하늘님도 넉가
래를 배에 대고 밀다가 덜커덕 돌부리에 걸려 '악!' 소리도
못 내고 눈물이 핑 돌아보아야 땅바닥에 엎드려 지내는 인간
들 사정을 헤아리시려나.
  모르기는 제 몸에서 내어놓은 자식도 마찬가지였다. 눈발
이 펄펄 내리는 아침부터 밥상도 받기 전에 차를 끌고 나가
는 아들 진철에게 '너는 노상 생기는 것두 읎이 워째 그리 바
쁘냐'고 한마디 했더니, 아버지는 알지도 못하면서 그런다

고 두덜거리던 것이다. 알지 못하는 건 너라고, 네까짓 게 알기는 뭘 안다고 나대느냐고 한마디 더하려던 김 영감은 이내 입을 다물었다. 어느덧 아들도 입에서 내놓으면 잔소리요, 걱정해주는 말도 싫은 소리로만 들을 나이가 되었던 것이다.

날이 어지간히 눅으면서, 전나무 우듬지에 얹혔던 눈이 지나가는 바람도 없이 길바닥에 툭툭 내려앉는 걸 김 영감은 언 발로 일삼아 걸어찼다. 그 통에 몇 남지 않은 잎을 매달고 겨우내 가랑거리던 졸참나무에 얹혀 젖은 깃을 털어대던 박새 한 마리가 오두방정을 떨며 이 가지에서 저 가지로 짓까불며 날아다녔다. 웬만큼 쏟아냈는지 두텁던 구름이 멀게지며 꼭 아침 밥상머리에서 젓가락으로 가르마 타는 퇴기退妓 이마빡 같기도 하고, 반쯤 얼어서 물크러진 달걀노른자 같기도 한 겨울 해가 때꾼한 얼굴을 오랜만에 내밀었다. 밤낮으로 서걱거리던 억새들을 지지르고 허옇게 쌓였던 눈들이 설핏한 햇귀에 마지못해 숨통을 거뭇거뭇 내어놓았다. 예전 같으면 보리밭을 푸근히 덮어 농사에 도움이 되었지만, 이제 보리는커녕 멀쩡한 논을 메워 소나무나 길러 먹는 시절에는 그야말로 객쩍게 내려 부질없이 녹아버리는 눈이었다. 삯 없는 땀만 흘려댄 탓에 목이 마른 김 영감은 노간주나무 울에 얹힌 눈 한 줌을 쥐어 입에 넣었다. 삼동에도 강 파헤치기 바쁜 굴삭기들이 뿜어댄 매연 탓인지 눈에서도 기름내가 은근히 배어나는 듯했다. 김 영감은 강에서 퍼낸 토사들이 허옇게 눈에 덮여 난데없는 설산을 이룬 강 언저리를 망연히 바라보았다.

일찌감치 저녁상을 물리고 무슨 급한 소식이라도 있나 싶어 텔레비전 앞에 쭈그리고 앉아 있자니, 방송마다 손녀딸 같은 것들이 떼를 지어 몰려나와 혀 짧은 소리로 갓난쟁이 시늉을 내는 통에 공연히 곁에서 넋 놓고 들여다보는 마누라에게만 퉁바리를 주고 말았다. 한쪽에선 서로 포를 쏴가며 사람이 죽네, 집이 부서지네 하는 판에 단추 하나만 누르면 단박에 지붕을 뚫고 대포알이 떨어질 방 안에선 천하태평이다.

"아, 산 사람은 살아야지."

기껏 한다는 소리가 약 대신 욕먹을 말토막만 골라 하는 마누라를 흘겨보며 한마디 퍼부으려는데, 방문이 기척도 없이 벌컥 열린다.

"초저녁부텀 문 걸어 잠그구 뭘 허신댜?"

이세里稅 걷을 때나 친히 찾아다니는 이장이 툇마루에 걸터앉은 채 겨우내 구레나룻 농사만 무성히 지은 얼굴을 불쑥 들이민다.

"공연히 마나님 귀찮게 허지 마시구 회관으루 막갈리나 자시러 나오셔유."

가뜩이나 출출하던 판에 귀가 솔깃해 용무도 묻지 않고 그길로 이장을 따라나선다.

겨우내 돈 안 되는 안노인들 몇몇이 돈 안 드는 이야기나 늘어놓으며 공동으로 돌리는 보일러 방에서 엉덩이나 지지는 마을회관 문 앞에 모처럼 신발들이 수북하다. 그 가운데 낯익은 구두 하나를 발견한 김 영감은 목을 디밀어 방 안 윗자리에 일찌감치 와 앉은 아들 진철을 걸터듬는다. 마당 그득하니 눈이 쌓여 발이 푹푹 빠져도 손 하나 까딱 않더니 이런 자리에는 어김없이 일등이다. 무슨 회의라면 빠지지 않고 끼어 앉아 돈 한 푼 안 생기는 입품만 팔러 다니는 아들이 김 영감은 영 마뜩잖다. 남들은 듣기 좋은 말로 언변 좋고 똑똑하다지만 자고로 가진 것 없이 입만 바른 것들이 갈 데라고는 포도청밖에 더 있던가. 남의 자식들처럼 구순하니 머리 숙이고 있다가 공것으로 굴러다니는 눈먼 돈이나 두꺼비처럼 더끔더끔 집어삼키는 것이야말로 똑똑한 짓이 아니겠는가. 쉰을 바라보는 자식이건만 늙은 아비가 보기에 그런 헛똑똑이가 없었다.

내년에 쓸 부산물 비료 신청을 받고 나서 이장이 지나가는 말처럼 전한다.

"그리구 뭔 일 있으믄 저기 노인요양원으루 피하래유."

"뭔 일?"

"아, 연평도 거시기유."

"아니, 창운리서는 꽃다방으루 가랜대는데?"

"옘비, 누구는 지린내 나는 노인네들 기저귀 갈구, 팔자 좋은 것들은 분 냄새 풍기는 미쓰 박이 타다 주는 커피 마시믄서 데레비루 중계방송 귀경허것네."

"용인인가 워디서는 고인돌 밑으루 기들어 간대는디, 거보담은 휠 낫지, 뭘."

"아주 게서 나올 것두 읎이 폭 파묻히믄 되것네."

일 년 내내 들여다보는 것이라곤 그저 텔레비전뿐이니 세상 돌아가는 소식은 안방 차고앉은 노인들이 더 빠삭했다.

"그나저나 그것들은 강도나 다름읎지. 쌀 안 준다구 포를 쏴대?"

"아, 시상에 배고픈 것덜 이길 장사 있어? 어채피 굶어 죽을 판에 이판사판으루 한판 해보자는 데야……."

"까짓것들이 한판 헐 심이나 있것어? 땅크건 뭐건 지름이 읎어 죄 세워놨다는디."

"땅크보담 더 무선 것이 그지여. 멫천만이 깡통 뚜딜기구 내려와봐. 여나 그나 단체 할인으루 싸그리 거덜나구 말지."

"내려오긴 워딜 내려와. 여두 길바닥에 신문지 깔구 자빠진 것들이 수두룩헌디."

"모르믄 가만들이나 기셔. 재주는 뭐가 부리구 시방 재미는 뙤놈이 볼 판이여."

"뙤놈이구 양키구 간에 즌쟁 나믄 봄에 가기루 헌 동니 관

13

광은 워뜨케 되는 겨?"

한바탕 연평도에 대포 쏘아댄 이야기를 콩 주워 먹듯 삼켜
대는 중에 누군가 안쪽에서 새된 소리를 내지른다. 돌아보니
진철이다.

"이장 선거는 은제 허나유?"

이장 자리라는 것이 제 발로 못 해먹겠다고 걷어치우기 전
에는 몇 해고 우려먹기 마련인데, 지난가을에 이장이 집을 아
랫말로 옮기면서 구시렁거리는 소리들이 돌아다녔다. 이장은
서울로 떠난 제 형네 집에 눌러살았는데, 느닷없이 사업 자금
에 몰린 형이 집을 팔겠다는 바람에 부랴부랴 아랫말에 있는
고추밭에다 조립식으로 집을 지어 나간 것이다. 원래 한동네
로 지내다가 일 리, 이 리로 쪼개져 이장을 따로 세운 지가 벌
써 십 년이 넘었으니 말을 삼자면 삼을 만도 한 일이었다.

"그러잖어두 허긴 허야 허는디."

"지난봄에 혔는디, 또 뭔 선거랴?"

눈 어두운 정미 할머니가 물색없이 귀 밝은 체하며 끼어든다.

"그건 군수 뽑는 선거구유, 이장 말유."

"아, 이장은 여그 즘잖게 앉아 있는디."

그 말에 이장이 비 맞은 개 시늉으로 어깨를 늘어뜨리며 입
속으로 웅얼거린다.

"이사혔다구 안 된대유."

"맨날 얼굴 마주허는디 무슨······."

여기저기 혀를 차며 이장을 동정하는 분위기인데 아니나 다를까, 언청이 아가리에 토란 비어지듯 진철이 벌떡 몸을 일으킨다. 가까이 앉았으면 눌러앉히고 싶은 심정에 김 영감은 안절부절못한다.

"그기 아니쥬. 엄연히 구역이 다른 디유. 거긴 일 리구, 여기는······."

"워디 무서워서 살것냐. 은제부텀 번지수 짚어가매 슨거를 혔다구."

"그건 당숙 으른이 모르구 허는 말씀이유. 이런 일일수록 깔끔허니 해놔야······."

따지고 보면 사십 호 가운데 타성바지 서넛을 빼면 거의가 한집안 푸네기끼리인 왼씨 집성촌이었다. 탈탈 털어봐야 한 줌도 안 되는 마을에서 사사건건 티격태격 목소리를 높였다. 아예 타성끼리 모여 사는 동네보다 인심이 더 사납고 그악스럽다고 호가 날 지경이었다. 사촌이 땅을 사면 배가 아프다는 말이 헛된 말이 아니었다.

젊은 축끼리는 벌써 입을 맞춘 듯 진철의 편을 들고 나서자 늙수그레한 축들이 언성을 높이며 다 제집의 자식이며 조카인 젊은 사람들을 닦아세웠다. 내전보살 시늉을 하고 앉았던 이장이 불뚱가지를 내며 벌떡 자리에서 일어섰다.

"시켜줘두 안 헐 테니께, 그만들 혀."

문을 박차고 나가려는 이장을 곁에 있던 사람들이 간신히
끌어 앉히고 나서야 선거가 시작되었다. 욕먹을 자리만 골라
나서는 진철이, 누가 불러 세우지도 않았건만 스스로 일어나,
먼저 선거위원회를 꾸릴 것이며, 자진 사퇴한 이장에게는 투
표권도 부득이 줄 수 없다는 소리를 늘어놓았다. 저 애가 왜
저러는가 싶어 덜컥 겁이 난 김 영감은 역정도 내지 못한 채
아들의 하는 양만 지켜보았다.

눈이 어두워져 그 좋아하는 성경책도 못 들여다보게 된 뒤
로 손바닥만 한 텃밭에 엎드려 화초 농사만 열심히 짓는 최
목사를 선거위원장으로 앉히고는, 이장 자리에 나설 이들을
찾더니 진철이 그 흔한 남의 추천도 없이 제 입으로 해보겠
노라고 번쩍 손을 치켜든다. 막상 진철이 나서자 가만히 눈치
만 살피던 옥근이 빠질 수 없다는 듯이 나서고, 이어서 너도
나도 자천 반 타천 반으로 몰려나와 이장 후보로 나선 이가
무려 여섯이나 되었다. 거동 못 하는 노인들 빼고, 일이 있어
읍내 나간 이들을 제외하고 모인 스물일곱 중에 여섯이 후보
로 나섰으니 집마다 한 명씩은 인물을 내놓은 셈이었다.

"읍내 군의원 선거보다 쎄어."

선거 때마다 막걸리 통이나 팔아먹어 온 공판장 주인 재성
이 즐거워 죽겠다는 얼굴로 야기죽거린다. 가만히 면면을 살

피자니, 욱하는 마음에 나서거나 너라고 못 하겠냐며 엉겁결에 등 떠밀려 나선 이들을 제하면 결국은 유기농 작목반 진철과 자율방범대 옥근이 호각인 셈이었다. 제 자식이기 때문이 아니라 인물로 치자면 진철이 단연 윗물이지만, 여기저기 개 삶아가며 두루 어울리고 관청 주변을 얼쩡거리며 넓힌 옥근의 마당발도 무시 못 할 재주이긴 했다. 반반씩 섞였으면 좋으련만 둘은 마주하면 생채기에 소금 끼얹듯 펄펄 뛰기 일쑤이며, 물에 두른 기름처럼 빙빙 겉돌았다.

진철이 입후보 순대로 번호를 매기자, 옥근이 사다리를 타자고 버티어 여섯이 방바닥에 엎드려 달력 뒤에다 그어놓은 사다리를 고르게 되었다. 쓰다 남은 비료 신청서를 오려 투표용지를 만들고, 거기다가 최 목사가 볼펜으로 지렁이 꿈틀대듯 사인이라는 걸 끼적거리니 가히 면사무소에 모여 하던 군의원 선거보다 더 실감 나는 판이었다. 빨리 가서 여자가 대통령 되는 연속극 봐야 한다고 두덜거리는 안노인들을 눌러앉히고 정견 발표까지 듣게 했으니 마을이 생긴 이래 이런 선거는 처음이었다. 뽑아만 주면 성심성의껏 한 몸 바쳐 동네일에 헌신하겠다는 말을 미리 짜기라도 하듯 입을 모아 둘러대던 이들의 발표가 끝나고 진철의 차례가 되었다.

"4대강이건 대통령이건 동네 분들 허락 읎이는 흙 한 삽도 못 퍼 담게 할 터이니 염려들 놓으시구유. 뭣보담두 멫이서

꼬꼬치킨 뒷방에 모여 앉아 쑤군거리는 게 아니라, 대소사를 하나하나 처녀 배꼽보담두 더 말끔허니 털어놓고 소통허것시유."

4대강이라는 말에 김 영감은 덜컥 가슴이 내려앉았다. 진철과 옥근의 사이가 결정적으로 벌어지게 된 것도 다 4대강 살리기인지, 죽이기인지 하는 것 때문이었다. 진철이 유기농인가 뭔가를 한다며 멀쩡한 배추밭에 여치들이 잔치를 벌여도 약 한번 치지 않을 때부터 알아봤어야 했다. 그 무슨 생협인가 조합인가 툭하면 교육에 회의를 놀이 삼는 패와 어울려 다니더니, 언제부터 제가 강바닥에 맥없이 웅크린 모래무지를 걱정하고 강가에 철없이 우거지는 쑥부쟁이를 챙겼다고 친환경이니 생명이니 읊어가며 제 농사도 폐한 채 남의 강 걱정만 하고 다닌단 말인가.

졸지에 참관인 노릇을 하게 된 이장이 온종일 땅콩을 까먹고 껍질만 수북하니 담아놓은 바구니를 털어내고는 거기에 투표용지를 걸었다. 스물 남짓한 투표용지가 까발려지며 제 자식의 이름이 불릴 때마다 김 영감은 자신도 모르게 땀이 밴 손에 힘이 들어갔다. 옥근과 앞서거니 뒤서거니 다투던 진철은 끝내 한 표 차로 앞섰다. 진철이 아홉 표, 옥근이 여덟 표, 나머지 사람들이 두세 표씩 나눠 가졌다. 이왕 나선 선거이니 진 것보다는 이긴 것이 낫다 싶으면서도 김 영감은 옥근의 안색을 살피지 않을 수 없었다.

"기어코 결선꺼정 가야 허나."

옥근과 오리발로 붙어 다니는 개울집 수동이가 뜬금없는 소리를 주절거렸다. 눈이 어두워지고부터 얼이 반쯤은 나간 최 목사가 무어라 대꾸할 틈도 없이 수동이는 결선투표를 해야 한다며 설레발을 쳤다.

"이장이믄 한 동니를 대표허는 얼굴이요, 으른 격이니 중허다면 그보다 중헌 자리가 촌에서 또 있것슈? 그런 중헌 자리를 한 표 차이루 정헐 수는 읎는 일이쥬. 애덜 급장 선거두 과반수를 은을 때꺼정 재투표럴 허구, 배드민턴 클럽 회장 뽑을 때두 다 그렇게 허는디."

앞으로 이런저런 마을 일을 보자면 동네 사람들의 협조가 있어야 하는데, 겨우 아홉 표 가지고 사십 호나 되는 마을을 어떻게 이끌 수 있겠느냐. 밤을 새우더라도 과반수 이상을 얻도록 설득하여 지지자들을 모아야 한다는 것이 수동이나 옥근의 주장이었다.

"그기 워느 당나라 시절 선거법인지는 몰러두 한 표래두 최다 득표자가 대통령이든 국회의원이든 해먹는 게 이 나라 법인 줄 모르구 허는 소리여?"

진철이 말도 안 되는 소리라고 버티며 옥신각신하는 중에 안노인 몇이 그예 견디지를 못하고 연속극 보러 간다며 자리에서 일어서자 자칫 잘못하다가는 이장 선거가 중동무이될 판이었다. 평생을 사랑만 찾던 최 목사는 어떻게든 양쪽의 합의를 이끌어내려고 일리니 원만이니 하는 소리를 걸터듬어 가며 시간만 흘렸다. 김 영감이 곁에서 보기에도 옥근이 하는 수작은 경우에 어긋나도 한참 지난 일이었다. 한 표라도 앞서면 당선이 되는 것이지, 과반수니 뭐니 들춰가며 뒤늦게 딴죽을 거는 게 옳은 일인가. 대체로 그런 심정으로 한마디씩 얹는 중에 저와 제 처가 찍었을 두 표만 달랑 건진 의용소방대 병기가 옥근과 눈을 끔벅이더니 목소리를 높여 수동의 역성을 들어준다.

"허긴 아무리 애덜 줄반장보덤 못헌 이장 자리래지만 한 표 채루 되어서야 워디 면목이 스겠나, 원."

이어서 약빠른 공판장 재성이가 가파른 턱을 내밀고 돈 안 드는 뒵들이로 생색을 내자 눈 먹은 닭처럼 눈만 뒤룩거리던 패가 우르르 그리 분위기를 몰아간다. 사정이 이러니 진철도 별수 없이 양보하여 결선투표란 걸 하게 되었는데, 옥근이 깐죽거리며 말꼬리를 물고 늘어졌다.

"선거야 닐이래두 다시 하믄 되것지만서두, 앞으루 우리 마을에 즉잖은 변화가 밀어닥칠 텐디 워떤 이가 이장을 맡느냐에 따라 마을이 죽느냐 사느냐가 달려 있는 판이니, 얼렁뚱땅 넘어갈 일이 아니다 이 말씀을 꼭 디리구 싶네유."

옥근은 제가 면장이며 새로 군수가 된 이를 만나 이야기를 들었는데, 이번에 4대강 공사가 끝나면 강에 접한 땅들을 친수구역으로 정해 거기에다 유람선 선착장이며, 고급 식당에 호텔을 짓게 되는데 지금 그 부지를 물색 중이라는 것이었다. 그러면서 아무래도 서로 말이 잘 통할 만한 이장이 있는 동네가 일하기에 편하지 않겠냐고 군수가 슬쩍 말을 흘려주었다는 것이다. 그러니 자율방범대장이며, 지역 유지들과 무람없이 지내는 제가 이장을 맡아야 이 동네에도 발전이 될 것이니 알아서 하라는 소리였다.

진철이 질 수 없다는 듯이 콧방귀를 뀌며 대거리를 하고 나선다.

"친수가 될지 하수가 될지 두구 보믄 알 일이구. 그랴구 그 군수는 헐 일이 읎어서 남의 동네 이장 선거꺼정 챙기구 있댜? 쌀밥 먹고 보리 방구 뀌는 소리 그만혀."

"그럼믄 워디 보리밥 먹구 쌀 방구 뀌는 소리 줌 들어보자구. 거기는 워째서 4대강이래믄 기를 쓰구 반대여? 워디 동니 으른들 기신 데서 의견이나 들어보자구."

"그러는 거기는 워째서 저 살겠다구 멀쩡히 흐르는 강을 파헤치는 디 앞장서는 겨? 거기서 금싸라기래두 떨어지는 게 있는가 벼."

"있구 말구. 아, 거기서 흙 파는 중기 운전사딜 사 먹는 밥이며, 심심허니 피워대는 담뱃값만 혀두 워디루 떨어지간디."

"그러믄 거기 엎드려 살던 모래무지는 죽어두 되구?"

"모래무지가 대수여? 사람부텀 살구 봐야지."

"모래무지가 죽으믄 사람두 죽는 벱여, 알구나 떠들어."

"돈이 있는디 워째 죽는댜?"

"강을 막으면 그 물이 썩어 암것두 살 수 없는 거 몰러? 암만 돈이 있으면 뭘혀."

"돈만 있음 죽은 이두 살려내는 시상여. 강 썩으믄 서울 가서 살면 되지?"

"거기두 썩으믄?"

"그럼 미국 가서 살지."

말이라면 어디 가서도 꿀려본 적이 없는 진철이었지만 대책 없이 내놓는 옥근의 말에는 기가 막혀 헛웃음만 짓고 만다. 그에 기가 산 옥근이 못을 박듯 입을 놀려 한마디를 더 얹는다.

"생명을 살려? 머리에 띠 두르구 악쓴다구 생명이 산댜? 요즘은 돈이 생명여."

대책 없이 길기만 한 겨울밤이 심심하던 사람들은 모처럼 구경거리가 생겨 반가운 얼굴로 둘이 벌이는 말다툼을 지켜보건만 김 영감은 그리 편하게 바라볼 처지가 아니었다.

지난봄에 강에서 퍼낸 흙들을 논에다 객토를 해준다며 옥근이 트럭 수십 대를 끌고 왔을 때, 진철과 드잡이를 벌인 일이 생각났다. 내 돈 들이지 않고 거저 객토를 해준다니 김 영감부터 횡재다 싶어 반겼는데, 어디서 무슨 소리를 들었는지 진철이 결사적으로 막아 나섰다. 강바닥에 가라앉았던 썩은 흙들을 논에다 퍼 담는 바람에 재 너머 운천리에선 벼는커녕 콩 한 졸가리 길러 먹지 못하게 되었다는 것이다. 이장이 동의한 일이라며 옥근이 막무가내로 트럭을 들이밀려 하자, 진철은 길 위에 벌렁 드러누워 꼼짝도 하지 않았다. 가뜩이나 앙숙이던 둘이 마주치니 결국은 멱살을 잡고 한바탕 싸움이 벌어질 수밖에 없었다. 옥근이 '나라에서 하는 일마다 반대부터 하는 건 빨갱이들이나 하는 짓'이라고 에두르자, 진철이 옥근의 멱살을 바짝 잡아채고는 '제 호주머니에 공돈 얻자고 동니 사람들 등쳐먹는 것은 빨갱이보다 더한 사기꾼'이라고 을러댔다.

"나라가 안정되랴믄 바닥 빨갱이부텀 말깜히 쓸어베려야 한대니께."

옥근의 험한 말에 진철도 한마디 지지 않고 덤벼들었다.

"뻘건 거 찾기 전에 즤 마누라나 잘 찾아댕기라구 그려."

자율방범대라고 면사무소 부근 개울가에 컨테이너 하나 얹어놓고 노상 화투판으로 밤을 새워 눈이 붉지 않은 적이 없는 옥근을 엇먹는 말이라는 걸 모르는 이 없었다. 이태 전에

도박판에서 선산까지 잡혀먹고 마누라가 달포나 넘게 뛰쳐 나갔던 옥근은 아픈 데를 찔리자 당장 코에 더운 김을 내쉬며 진철을 향해 달려들었다. 몸이 날랜 진철이 이를 피하는 바람에 균형을 잃고 쓰러져 전신주에 이마를 깬 옥근은 면상이 낭자하니 피에 젖은 뒤에도 한참을 발정난 소처럼 나댔다. 이장이 불러들인 119 구급차에 실어 병원으로 옮기고서야 마무리되었지만, 진철은 경찰서에 불려가 경위를 설명하느라 한동안 제 기름 써가며 읍내를 드나들어야 했다. 제 풀에 넘어져 이마가 찢긴 것임은 마을 사람들이 다 본 일이었으나, 복날마다 순경들을 불러다 다리 밑에서 개를 삶아낸 연분으로 어떻게 엮어댔는지 경찰은 바쁜 사람 붙들어 앉히고는 원만히 합의하라는 소리만 되풀이하더라는 것이다.

"시국이 하 수상하니 돌아가는디, 뭣보다두 마을의 공공 안녕을 최우선적으루다 지켜내어, 사상적으루다가 거시기 헌 것들을 싸그리 뿌리째 뽑아내는 디 미력을 다허겠구먼유. 새로 온 서장이며 면장님을 뫼시구 우리 동니가 안보적으루나 경제적으루나 면내 젤가는 마을루 맨들겠싀유."

제가 보기에도 아까 했던 정견 발표가 미진하였던지 옥근이 기어코 한마디를 더 얹었다. 사상적이라는 말에 김 영감은 새삼 옥근의 이마에 남은 흉터를 곁눈으로 슬며시 훔쳐보게 되었다.

결국 삼베 바지에 방구 새듯, 안노인 몇이 슬며시 빠져나가고 이어서 기다리다 못한 패가 막걸리 통을 꺼내 잔을 돌리다 보니 선거는 자연 다음의 적당한 날로 미뤄지게 되었다.

"그기 보기처럼 쉬운 기 아니래니께."

그것 보라는 얼굴로 이장이 모처럼 웃음을 찾아 잔 돌리기에 바쁘다.

"근디 그 4대강인가 뭔가는 돈이 을매나 들어간댜?"

한참 재미나던 말싸움이 중동무이된 것이 여간 아쉽지 않은 듯, 이장이 다시 4대강을 안주 삼아 입에 끄집어 올린다. 강바닥을 한 걸음 파는 데 백만 원은 족히 들 것이라는 이장의 말에 입빠른 재성이 끼어들어 면박을 준다.

"생각을 혀봐. 개들두 잠을 자느라 짖지 않는 새벽까장 쉼없이 돌려대는 저 기계값이며, 거기 들어가는 기름값에 달마다 따박따박 나눠 주는 기사덜 봉급까지 치믄 천만 원이 뭐여 억은 되구두 남지."

"아무리 제 손에 쥐어본 적 없는 돈이라구 그리 가벼이 입에 올릴 일이 아녀. 억이 무슨 장난인 줄 알어. 천 원짜리루 쌓아 올리믄 거그 키를 넘기구두 한참 남을 돈이여. 억, 억 하다가 탁 치면 억 하구 죽는 수가 있는 줄이나 알어."

"그라믄 내가 백만 원 줄 테니 한 걸음씩 파볼 텨?"

"가져만 와봐. 우선 읍내 장미집에 가서 퍼마시구 난 뒤에 팔 테니께."

4대강에 드는 돈이 한 걸음에 백만 원이니 천만 원이니 제 돈도 아닌 것을 붙들고 핏대를 올리는 꼴이 김 영감은 우습기만 했다. 제 주머니에 백만 원은커녕 만지면 파릇한 소리 나는 만 원 한 장 담지 못한 주제에 평생 동안 긁고 모아도 그 언저리도 가지 못할 천억이니 몇조니 하는 돈들을 턱턱 입에 올려가며 생기는 것 없이 입안의 침만 마르게 하는 꼴들을 지켜보자니 객쩍게 헛힘 쓰는 데는 제 자식이나 남의 자식이나 오십소백五十笑百이었다.

막걸리 몇 잔 얻어 마시고 집에 돌아와서도 김 영감은 속이 편치 않았다. 텔레비전에서는 당장 전쟁이라도 날 듯 이리저리 지도까지 그려가며, 대포 쏘는 장면을 무슨 좋은 구경이라고 온종일 되보여주고 있었다. 중국이며 러시아며 큰 나라들이 이구동성으로 하지 말라는데도 울고 싶어 누가 때려주길 기다리는 북쪽 것들 코앞에다 기어코 대포 쏘는 연습을 하겠다는 속내도 모르겠고, 막상 포를 쏴야 할 때는 잠자코 있다가 뒤늦게 쏘고 말겠다고 아우성치는 연유도 알 수가 없었다.

연속극 보겠다는 마누라에게서 억지로 빼앗은 리모컨을 허벅지 밑에 깔고 앉은 김 영감은 나라의 높은 이들이 죄 군복 차림으로 모여서 웅성거리는 모습이며, 대구에서 떠서 한방에 적진을 어쩐다는 전투기가 하늘을 째지게 날아다니는 장면을 들여다보다가 벌떡 일어나 마루로 달려 나갔다. 미닫이 새로 스며드는 찬 바람에 발이 어는 줄도 잊은 채 김 영감은 뒤주를 열고 거기에 머리를 디밀고 찬찬히 들여다보았다. 뒤주에는 얼마 전에 빻은 아끼바리 쌀이 허여멀겋게 채워져 있었다. 일단 배는 주리지 않을 것이라 안심이 되었다. 그런데 난데없이 옥근의 이마 가운데 벌겋게 찢긴 흉터가 눈앞에 어른거렸다.

많은 사람 있는 데서 험한 소리를 인사처럼 주고받고 지내는, 진철과 옥근의 사이가 장항선 선로처럼 영영 마주 닿을 수 없게 된 것은 돌릴 수 없는 사실이요, 나라에서 하는 일을 대놓고 까댔으니 제 자식은 여차하면 무어라 둘러댈 말도 없게 된 처지였다. 아무리 되작거려봐도 가만히 지켜보고만 있을 일이 아니었다.

동네를 한 바퀴 돌고 온 듯 시퍼렇게 얼어서 들어온 아들을 불러 앉히고는 목소리를 낮추어 알아듣게 타일렀다.

"애, 한 살이래두 더 먹은 이가 허는 말을 들어라. 이장이 문제가 아니다. 여차허믄 아주 우스운 말 한매디 갯구두 사람 목숨이 왔다 갔다 허는 기 전쟁이다."

"아부지두 참, 전쟁이 무신 애딜 병정놀인 중 아셔유?"

"차라리 놀이래믄 낫것다."

"전쟁이란 것이 쉽게 나지두 않것지만, 시방 큰일 난 것은

27

강바닥 파헤쳐 즤 배덜 불리는 것들유."

"너, 그렇게 입바른 소리를 취미루 삼다가는 큰일 난다."

"입만 벙긋허면 죄 빨갱이루 모니 그저 나 죽었소 하고 엎드려 즤 말이나 받들라는 소리 아니유."

"그보다 더헌 일두 일어나는 게 세상이구 전쟁여. 너는 겪지 않어서 몰러 그러는디, 그저 세상은 저 공판장 재성이츠럼 살어여 혀. 그이가 배우질 못혀서 그러는 줄 아니?"

"아부지 자식이 간신 소리를 들으면 퍽두 좋으시것슈."

재성이는 간신이라는 별호가 붙을 만치 약은 인물이었다. 그러나 이런 난세에는 그렇게 살아야 한다는 것을 김 영감은 몸으로 겪어 배운 사람이었다. 곧은 나무는 쉬 베어지고, 가지 넓게 벌린 나무는 눈바람에 부러지는 법이었다. 그저 휘어질 때 휘고, 적당히 허리 굽힐 때 구부리는 척하면서 살아가야 하는 게 세상 이치였다.

강가에서 담배며 과자 부스러기를 파는 공판장이란 걸 벌여놓고 있는 재성은 혹 환경운동 하는 이들이 몰려와 라면이라도 사러 들르면 이렇게 둘러대었다.

"글씨, 멀쩡한 강을 뭐허러 파헤치구 저 야단인지 알다 모를 일여. 그럴 돈이 있으믄 우리 겉은 서민덜 댐뱃값이래두 나눠 주든지……. 아무리 임자 없는 나랏돈이래구 저리 강바닥에다 쏟아버려두 낭중에 벌 안 받을까 모르것네."

그러다가도 준설 작업으로 드나드는 덤프트럭 운전사나 중기 기사 들이 담배며 음료수를 찾으러 오면 같은 입으로 또 이렇게 둘러대었다.

"아, 즈이 돈 내래는 것두 아니구 나라서 다 생각이 있어 허는 일에 저리 쌍지팽이럴 짚구 나서는 걸 보믄 암만혀두 사상적으루다 거시기 헌 건 사실여. 솔직히 일 년 내내 왜가리나 피라지 집어내구 갈대나 하염읎이 썩어가는 강인디, 거기다 꽃낭구두 심구 자전거 길을 맨들믄 거 서울서 맨들었다는 청계천마냥 보기두 줌 좋것냔 말이여."

간신 아니라 그보다 더한 것이라도 목숨과 못 바꿀 것이 어디 있으랴.

"너는 몰라서 그려. 내가 시키는 대루만 혀라, 지발."

진철이 대답 대신에 탁 소리를 내며 문을 닫고 제 방으로 돌아간 뒤에도 김 영감은 자리에 눕지를 못했다. 일이십도 아니고, 쉰을 바라보는 다 큰 자식이 어련히 알아서 하겠느냐는 마누라의 말에 모르면 눈 감고 잠이나 자라고 한마디 통 질러먹이고는, 김 영감은 벽에 걸어 두었던 바지를 내려 주섬주섬 꿰었다.

장마가 길어 호박은 몇 개 먹어보지도 못한 채 여름내 잎만 따다가 소여물 씹듯 쪄 먹던 호박 넌출이 바람이 불 때마다 와삭거리는 밤길을, 김 영감은 볼이 얼도록 걸어 옥근의 집으

29

로 향했다. 야심한 시각에 무슨 일이냐며 마지못해 문을 열어
준 옥근의 처는 문틈에 쩔기라도 한 듯 시커먼 칠을 한 손가
락으로 공판장 쪽을 되는대로 짚어주었다.

공판장에는 과연 옥근이 측근 격인 수동을 비롯하여 몇몇
을 거느리고 오징어를 구워 소주를 마시고 있었다. 문을 밀고
들어서자 가을바람에 매미 울음 끊기듯 일거에 숙연해진다.
보나 마나 어떻게 하면 한 표라도 더 긁어낼 것인가 궁리하
는 자리겠지만 김 영감은 처음 보는 얼굴 주인들이 눈에 거
슬렸다. 눈썹도 안 뵈게 깊이 눌러쓴 모자 밑으로 저만 내다
볼 양으로 겨우 내어놓은 눈빛이며, 사람을 간 보듯 이리저리
걸터듬는 꼴이 한눈에도 오랏줄이나 매만지던 출신으로 뵈
었다. 군복인지 경찰복인지 한쪽 어깨에 호루라기 줄까지 늘
어뜨린 사내 둘을 구석으로 데려가 목소리를 한결 낮추어 수
군거리느라 옥근은 인사조차 시늉을 거른다. 군복 차림의 사
내가 '말로는 안 된다'며 두덜거리는 소리가 얼핏 새어 나온
다. 김 영감은 한마디라도 더 얻어들으려고 눈치 없는 태를
내며 그이들 쪽으로 슬며시 다가가자, 옥근이 하던 이야기를
뚝 잘라먹고 사내들 등을 떠밀어 밖으로 내몬다.

"날 어두운데 워쩐 일이래유?"

"이잉, 긴히 줌 헐 야그가 있어서……."

떨떠름해 하는 옥근을 마당으로 끌어내어 담배 두어 대를

태워가며 이야기를 늘어놓았다. 돌아가신 선친과는 형제처럼 지낸 사이였으며, 사변 중에 저 지리산 자락에서 빨치산들을 토벌하느라 생사를 함께했던 처지라고. 어떻게든 진철이를 이장 선거에 나서지 않게 할 터이며, 그게 안 되면 자신이 아는 동네 노인들 표도 모아줄 것이고, 당장 양주兩主 두 표는 자명하게 옥근에게 보낼 테니 그동안 있었던 일들은 말끔히 잊고 선대의 본을 받아 진철과 형제처럼 자별하게 지내라고 당부 아닌 사정을 한 것이었다.

추워서 죽겠던지 옥근은 대강 알아들었으니 염려 말라고는 제집으로 돌아갔다. 주인 잃은 사냥개처럼 우두커니 공판장에 남아 있던 수동의 패가 슬며시 빠져나간 뒤에도 김 영감은 선뜻 일어서지 않았다. 아무래도 군복 차림들이 마음에 걸렸다. 말로는 안 된다던 말도 체증처럼 가슴에 무지근하니 얹혀 내려가질 않는다.

옥근네 패가 남긴 소주 반병을 땅콩 부스러기로 비우며 김 영감은 문을 닫아걸 눈치만 살피는 재성을 불러 앉혔다.

"바루 말허자면 운동허는 것이쥬, 뭐."

"운동?"

"이장두 선거는 선거니께 운동이 워째 옳겠시유."

"그려, 헐 건 다 혀야것지."

"진철이네두 니열부터는 본격적으루다 뛰것지유?"

이래저래 때아닌 대목을 만나 입이 제대로 닫히지 않는 얼굴로 재성이 벙긋거린다. 평소 같으면 벌써 혀를 차고 한마디 쏘아주었겠지만 김 영감은 그저 맥없이 고개만 끄덕이고 말았다.

"근디 낯선 이들은 뉘여?"

"뉘유? 아, 그이들유? 읍내 자율방범대잖유."

"자율방범대? 근디 워째 그이들이 왔댜?"

"아무래두 옥근이가 대장이니께 한몫 거들 양으루 왔것지유, 뭐."

"뭘 거드는디, 말루는 안 되것다구 허는 겨?"

"말루유?"

잠시 생각을 더듬던 재성이 탈탈 털면 한 잔은 아직 남았을 소주병을 슬그머니 집어가며 지나가는 말처럼 중얼거린다.

"옥근이가 동니에 떡을 해 돌린다는디, 시루떡 너이 말에다 따루 치아 션찮은 노인딜 드린다구 인절미를 한 말 허래니께 그이딜이 한 말루는 안 된다구 두어 말은 혀야 헌다구 허든 판이였슈. 말허자믄 것두 다 운동이지유, 뭐."

자라 보고 놀란 이가 솥뚜껑 보고 밥상 엎는 격이라고 김 영감은 맥없이 웃어 보였다. 그리 사정하는데도 옥근이 개천에 든 소처럼 배를 한껏 내밀며 데면데면하게 군 까닭이 따로 있었다.

"그이가 읍내서 방앗간 허잖유. 그러니 그이 눈대중이 틀림은 읎을 거유. 인절미 한 말이래 봐야 얼매나 되간? 동치미 국물에 맘 놓구 먹자믄 서넛이서두 훌떡 해치울 턴디."

제 그림자를 밟으며, 왔던 길을 터덜터덜 되짚어 오면서도 김 영감은 여전히 마음이 개운하지 않았다. 공연히 들쑤셔댄 가슴속의 이야기들이 선잠을 깬 듯 털고 일어나 부산하니 두런거렸다. 탄저병이 돌아 손 하나 대보지 못한 채 고스란히 밭에 세워놓고 얼린 고춧대들이 설핏 지나가는 바람에 와들거리는 소리가 김 영감은 제게서 주절거리며 흘러나오는 이야기 소리로 들려 한참을 멈춰 서서 어두운 귀를 기울여야 했다.

어디에다 그 징그러운 이야기들을 털어놓겠는가. 옥근의 아버지인 최 영감과 쌀말이라도 다달이 나눠 준다는 말에 혹해 토벌대로 들어간 것이며, 거기서 물꼬 보러 갔다가 산사람들에게 붙들려 지름길을 일러준 농부를 물고 내고 상으로 좁쌀 닷 되를 받았으며, 평소 손에 먹물깨나 묻혔다고 얼굴 희고 입바른 소리만 골라 하던 것들을 잡아다 빨치산 끄나풀로 몰아 한 축을 족히 요절낸 일들은 누구에게도 말하지 못했다.

김 영감은 지금도 계에서건 동네에서건, 단풍이며 사쿠라 구경을 간다 해도 지리산 자락이라면 얼씬도 않았다. 돌아보면 죄다 세상 험한 탓이라지만, 칼로 오려낸 듯 푸르무레한 얼굴들이 잠 안 오는 밤을 골라 장지문 밖을 어정거려 가위에 눌린 적이 한두 번이 아니었다. 난리 중에 죽고 죽이는 일이야 다반사라지만 몇몇 얼굴은 수십 년이 흘러도 잊히지 않고 외려 날이 갈수록 생생하게 살아났다.

자반장수도 그랬다. 산을 넘어오다 토벌대에 붙들린 그이는 철사에 손을 동이어 으슥한 골짜기로 끌려가면서도 그를 돌아보며 아는 체를 했다. "나, 알잖유? 강경장에서두 몇 번 봤잖유." 그랬다. 보령인가 서천인가 어느 갯가가 집이라며 고등어자반을 엮어 들고 장바닥을 돌아다니는 걸 몇 번 보기만 했을까. 산 같은 덩치로 보자면 비린 것이나 들고 다니기 아까울 재목에 한창 피 뜨거울 나이였던 자반장수는 장터 젊은 것들과 힘자랑 삼아 울근불근 주먹다짐을 적잖이 벌였다. 언젠가 쇠전 어름에서 건달들과 시비가 붙어 자반장수가 치고받는 양을 구경하던 중에 봉변을 당한 적이 있었다. 칼침을 놓고 달아난 건달들과 한패로 오인한 자반장수가 다짜고짜 그의 멱살을 움켜잡고 우악스럽게 주먹질을 해댔지만, 그는 그저 파리처럼 두 손을 빌어야 했다. 분한 마음에 언제고 두고 보자고 벼르기는 했지만 정작 외나무다리 같은 지리산 골짜기에서 덜커덕 마주칠 줄이야 피차 몰랐던 일이었다.

장사꾼으로 변장하여 보급에 나선 산사람으로 몰린 자반장수는 그를 보고는 관음보살을 만난 듯 눈물을 글썽이며 매달렸다. 그러나 그는 눈을 돌리고 알은척을 하지 않았다. 으슥한 골짜기로 끌려가면서도 연신 고개를 뒤로 꺾은 채 벌겋게 피가 배어 나올 듯한 눈으로 돌아보며 울음인지 하소연인지 짐승 같은 소리를 내지를 때도 그는 고개를 비틀어 먼 산만 바라보았다. 총소리가 나면 산에 있는 것들이 알아차린다며 대나무에 묶은 부엌칼로 돼지 잡듯 멱을 따는 순간에도 그는 알지 못하는 이라고 혼잣말로 중얼거렸을 뿐이었다. 왜 그랬을까. 전쟁 탓이라고 둘러대어 보지만, 정말 김 영감은 아무리 분했더라도 그때 왜 아는 이라고 고개를 끄덕이지 않았는지 알 수가 없었다.

모두 세상 탓이라고 둘러대기도 하고, 이 모든 게 빨갱이 탓이라고 기회 있을 때마다 목에 핏대를 올려가며 험한 말들을 앞서서 뱉어대었지만 그런다고 가슴에 서늘히 쌓인 얼굴들이 녹어지는 것은 아니었다. 하늘이 알아주겠는가, 자식이 알겠는가. 그저 가슴에 쟁여두었다가 양지 바른 산자락에 눕는 날에 구덩이 깊이 묻어둘 말들이었다.

밤이 되면서 얼어붙은 길 때문인지 김 영감은 비척거리며 걷다가도 이따금 걸음을 멈추고 옥근의 집 쪽을 자꾸 돌아보았다. 달빛이 내려앉은 산모롱이에는 아직 녹지 않은 잔설이 서슬처럼 시퍼렇게 웅크리고 있었다.

(흙에 살리라)

한 자루 가웃 될까 말까 한 고추라도 말려보려고 뒤꼍으로 시적거리며 무지근한 다리를 억지로 떼어 옮기던 중식은 노간주나무 틈새기로 무언가 희끗거리는 것이 어른거려 잠시 걸음을 멈추었다. 혹 저도 살 재미를 못 느껴 자진하여 산에서 기어 내려온 토끼인가 싶어 야무진 돌멩이 하나를 집어들었건만 이내 종적을 찾을 수가 없었다. 이제 힘이 부치다 못해 헛것까지 보나 싶어 중식은 쓴웃음을 지었다.

 부엉산 밑으로 시원하게 펼쳐진 들판 언저리에는 벌써 가을볕이 자글자글 끓어대건만 명색이 마당 격인 뒤울에는 득 되는 것 없이 키만 껑충한 시무나무에 가려 그 좋은 별 한 졸가리 스며들지를 못한다. 일 년 내내 푸성귀도 붙이지 않고 비워두는 뒤울안이건만 해가 꼭대기에 올라설 즈음에나 겨우 잘름거리며 고라니 꼬리만큼 내비쳤다가 사라지는 볕이다 보니 고추 한 멍석 내다 말릴 자리가 없었다.

코앞까지 밀고 들어선 앞집 바지랑대에 매달려 너풀너풀 춤을 추어대는 영봉의 속옷이 가뜩이나 편치 않은 중식의 심기를 사납게 했다. 그 나이에 어디에다 더 펴부으려는지 앞섶에 꺼끌꺼끌한 삼베 조각을 덧붙이고 망측스러운 고리까지 매단 '정력 빤쓰'란 걸 보란 듯이 까뒤집어 내건 심사가 참 존경스러울 지경이다. 나이로는 중식의 큰형 중만과 어슷비슷하지만 피차 머리가 희끗거릴 나이에 들어서도 영봉은 중식을 대하자면 제 자식 대하듯 무시로 애, 애를 찾으며 어른 시늉을 했다.

안팎으로 뒤집어 털어봐도 잇닿는 데라곤 없는 타관바치에게 볕 고른 앞마당을 내어주고 그늘배기에 묻혀 살게 된 연유를 중식은 알아도 이해할 수 없고, 이해해도 알 수가 없었다. 부엌에 들어앉아 안주인네가 찰방거리며 뒷물하는 소리까지 고스란히 귀에 담길 만치 가까이 들러붙은 영봉네 집 뒤울을 중식은 해봐야 제 속만 뒤집힐 줄 알면서도 톱상스럽게 흘겨볼 뿐이었다.

남을 탓해야 무얼하겠는가. 이 모두 남의 일이라면 당장 저녁밥 지을 가마솥까지 떼어다 인심 쓰는 데에 이골이 난 가장을 모신 덕이거늘. 남들은 돈 안 드는 말이라고 부친의 후덕함을 칭송하였지만 그런 가장 밑에서 살아야 하는 가족들의 처지를 겪지 않아 하는 공치사일 뿐이었다. 광에서 인심난다는 옛말처럼 그 후덕함에 걸맞게 푸짐히 들어찰 광이라도 두었더라면 행여 모를 일이다. 광은커녕 모처럼 손님이라도 들이닥치면 서넛이나 되는 자식들이 고망쥐처럼 어미 품에 들러붙어 훈기도 돌지 않는 윗목에서 고구마 가마니를 베고 잠을 자야 하는 옹색한 살림이었다. 비록 초가삼간일지라도 가을이면 깻단을 털고, 큰일 때면 안반을 내다 놓고 떡메질을 할 만한 봉당이었건만 그걸 덜렁 내어 남을 주고 나니 이건 인심이 아니라 근심이 아닐 수 없는 일이었다. 한겨울에 홑옷 차림으로 찾아든 내외를 딱히 여겨 거저 밥을 먹여 겨울을 나게 하더니, 봄이 되기 무섭게 봉당을 내어주어 토막을 짓게 했다는 것이다. 돌아가신 어머니는 밥상머리에서 아버지가 반찬 투정을 할라치면 어김없이 봉당 이야기를 들이대었다.

"누군 자반에 명란젓을 이 부러질까 못 먹는 중 아셔? 평생 간장 종지만 핥구 사는 게 다 뉘 덕인디?"

그에 비해 영봉네는 명란젓을 대놓고 먹을 팔자였던가 보다. 품을 팔러 다니며 동네 상머슴 노릇을 하던 그가 어떻게 줄을 대었는지 안산 자락에 들어선 새마을 공장에 다니게 되었다. 골프공을 만드는 공장이라는데 워낙 엽렵하고 사람 어르는 재주가 있던 탓에 금세 공장장 눈에 들어 붙박이 공원 노릇을 하게 되었다. 세상이 바뀌어 논밭 가진 이들은 갈수록 느는 게 빚뿐인 시절이 되고 보니 공장에 다니며 또박또박 봉급이란 걸 타먹는 영봉네 살림이 눈에 띄게 좋아졌다.

어느 해에 경운기가 넘어져 허리를 다친 아버지가 여름내 누워 지낼 무렵, 영봉은 지나간 땅값 삼아 봉투 하나를 내밀어 깻단 털던 봉당을 완전히 제 것으로 삼았다. 움막이나 다름없던 집에 비죽이 방을 달아내는가 싶더니, 한창 새마을운동이 불붙을 무렵에 면에서 나온 슬레이트로 지붕까지 개량하여 그럴 듯한 집을 들어앉혔다. 옴폭하니 움막이 엎드려 있을 적엔 훤히 내다뵈던 아랫말 너른 들이 영봉이 새로 지어 올린 집에 가려 까치발을 해도 보기 힘든 건 고사하고, 푹푹 삶는 삼복에도 바람 한 줄기 만나기 어렵게 되었다.

물색없는 중식의 아버지는 이따금 쉰 막걸리 통이나 들려 보내는 영봉에게 마음을 빼앗겨 동석할 때마다 형제처럼 지내라며 그의 손을 끌어다 자식들의 손에다 얹으니, 어디 넷이나 되는 동기간이 적어서 그 위에 하나를 더하란 말인가 중식은 기가 막히기만 했다.

장가를 든 중식에게 방 한 칸을 내어 달아줄 테니 눌러앉아 살라고 부모가 돌아가며 일렀을 때도 들은 척도 않고 고향을 떠난 연유 중의 한구석에는 영봉의 곁에 붙어 지내기 싫은 탓도 없지 않았다.

"타구난 팔자는 워쩔 수 없는 벱이다."

새삼 세상 뜬 어머니 말이 생각나 중식은 마음이 울적해졌다. 결국은 그 곁으로 돌아와 살게 된 제 처지가 얄궂어 중식은 툇마루에 걸터앉아 담배만 거푸 피어댔다. 가게만 잘되었어도 이런 볼썽사나운 꼴을 당하지 않았으리라는 후회가 담배 연기처럼 맥없이 내뿜어졌다.

중식은 지난 일이 되고 말았지만 하루에도 몇 번씩 되씹던 생각에 다시 빠져들었다. 초등학교 앞에 만화방을 차려놓고 쏠쏠하니 잔돈푼일망정 재미를 보던 터에 주인이 간경변증에 걸려 내놓은 슈퍼마켓 자리에 마음이 동했다. 권리금이 적지 않았지만 워낙 목이 좋아 은행 대출까지 얻어 슈퍼마켓을 넘겨받았다. 만화방을 정리하고 시작한 슈퍼마켓은 아내와 둘이서 감당하지 못할 정도로 잘되었다. 서너 달쯤 지났을까. 난데없이 바로 코앞에 대형 마트가 들어서면서 잘나가던 가게는 서리 맞은 콩밭처럼 졸지에 시서늘해졌다.

"집이건 가게건 남의 앞을 가로막는 것들은 죄다 가랑이를 찢어놓아야 한다니까."

불끈 솟는 울화에 손에 들고 있던 고추가 버석 부서진다.

"고추를 손으루 빻는 겨?"

미운 놈은 부르지 않아도 온다더니 영봉이 어느 결에 뒤에

와 서 있다.

"뭔 놈의 고추가 이렇댜?"

시커멓게 변한 고추를 들여다보며 영봉이 주절거렸다. 유월 장마에 시작한 비가 근 석 달을 내리 부어대니 어디 고추라고 배길 재간이 있겠는가. 작년에 고추가 잘되어 올해는 남의 밭까지 빌려 심어 부지런히 약을 뿌려댔는데도 탄저병이 돌았다. 하루가 다르게 번져가는 병을 감당하지 못해 사흘돌이로, 병에 적혀 있는 용량의 곱을 주어 뿌려댔지만 며칠 멈 칫하다가도 우르르 비가 뿌리고 나면 걷잡을 수 없이 썩어 문드러졌다. 멀쩡한 고추에 불로 지진 낙인 같은 병흔이 보이면서 시작되는 탄저병은 초보 농사꾼으로선 감당하기 어려운 상대였다. 여기저기 수소문해서 병에 좋다는 것은 다 해보았다. 과산화수소에 섞어 뿌리면 좋다는 말에 사람도 못 먹어본 사과 식초를 사다 뿌려보기도 하고, 목초액에 옻나무 진액을 섞어주면 효과가 있다고 해서 온몸에 탄내를 배어가며 뿌려보았지만 옻이 올라 여름내 고생만 했다.

중식이 고생 끝에 터득한 비법은 병이 오기 전에 부지런히 따다가 말리는 것이었다. 고추에 병이 돌면서 동네 공동 건조기에 집어넣어 말릴 양도 나오지 않아 틈틈이 볕에다 말리는 수밖에 없었다. 바깥나들이도 못 하며 공들여 말렸건만 오락가락 비가 뿌려대는 바람에 고추가 시커멓게 변해갔다.

"고추를 묽혔어야지."

시커먼 고추를 들여다보던 영봉이 한심하다는 얼굴로 혀를 찼다. 금방 딴 고추는 그늘에 하루나 이틀쯤 묽히고 나서 볕에 내어 말려야 한다는 걸 중식은 미처 몰랐다.

"맨날 베짱이츠럼 기타만 튕겨댔지 워디 농사를 지어봤어야지."

중식이 고등학교 시절에 평상에 앉아 이따금 기타를 치던 일을 여태껏 잊지 않고 있다가 끌어내어 말거리로 삼는 영봉이 밉상 맞아 중식은 고추가 타거나 말거나 저만치 밀쳐두었다.

되는 일 없을 때마다 입버릇처럼 끌어다 대던 '농사나 짓고 살지'라는 말을 중식은 요즘 들어서야 뼈저리게 뉘우치고 있었다. 세상에 힘이 들지 않는 일이 있겠느냐만, 그저 씨만 뿌려두면 제가 알아서 자라고 열매를 익혀 날 선선해질 무렵에 거두어들이는 게 농사인 줄로만 알았다. 언 땅이 풀리기 무섭게 삽 한 자루 들고 달려들었다가 이틀 만에 몸살이 들어 누웠던 중식은, 날이 더워지면서 며칠만 놓아두어도 녹색 구렁이처럼 자라는 풀들과 호미질로 씨름하던 끝에 요즘은 비싼 돈 들여 병원을 드나드는 중이었다.

"테니스 엘보네요?"

테니스라면 먼발치에서 구경도 진득하니 해본 적이 없는 처지에 테니스 엘보라니 지나가는 개가 웃을 일이었다. 그런 이야기를 들은 아버지는 혀를 찰 뿐이었다.

"손바닥만 한 콩밭 메칠 김맸다구 병이 나믄 니 에미는 팔다리를 몇 번이나 갈구두 남었겠다."

세상을 뜬 어머니를 끌어다 대는 아버지가 마뜩잖아 중식이 들은 척도 않자, 아버지는 곁에서 밤 깎아 먹느라 바쁜 며느리에게 말머리를 돌렸다.

"에미는 뭐 허구 사내가 김을 맨다냐?"

요즘 들어 눈만 마주치면 천안으로 돌아가자고 성화를 부리던 중식의 처가 시아버지의 말에 기다렸다는 듯이 안색을 바꾸고 따져 묻는다.

"김매는 데도 남녀가 유별한가요?"

얼마 전, 읍내에 있는 찜질방에 다녀오겠다는 며느리에게 시아버지가 했던 말을 고스란히 되갚는 물음이었다.

"아무리 세상이 거시기 혀졌다 해두 남녀가 유별한 법인디, 워디 고쟁이 바람으로 남정네들 틈에 물개 새끼덜처럼 자빠져 눕는 목간통엘 드나든다냐?"

처음부터 마지못해 시골로 따라나섰던 중식의 처는 익숙지 않은 촌 생활에 돈도 싫고 땅도 싫으니 당장 천안으로 돌아가 사글셋방이라도 살자고 부쩍 보채는 중이었다.

"하다못해 포장마차에서 조개를 구워 팔아도 이만 못하겠수?"

천안역 앞에서 부동산 중개소를 하는 큰처남이 목 좋은 곳에 자리를 잡아줄 테니 포장마차라도 해보라는 말에 귀가 기운 모양이었다. 서둘렀다면 며느리를 보았을 나이에 뒤늦은 시집살이를 하는 것도 버거웠고, 온종일 볕에 얼굴을 그을려야 하는 농사일도 마뜩잖았을 것이다.

"노인네가 사셔야 얼마나 사시겠어."

그때마다 중식이 할 수 있는 말은 조금만 참으라는 것이었다. 그 뒤에 따라붙을 말은 하지 않아도 외고 있을 정도인 그의 처는 이젠 콧방귀도 뀌지 않았다.

"당신은 흙에 살리라인지 몰라도 나는 별빛이 흐르는 아파트인 줄이나 알어."

처남이 맡아놓았다는 포장마차 자리를 보고 올 동안 최종 결심을 하라고 다그치던 중식의 처는 아침결에 휘정거려놓은 밥그릇들을 개수대에 처박아둔 채 횅하니 처가로 달려갔다.

"그나저나 늦기 전에 가자구."

"어딜?"

"아, 마을회의 헌대잖여."

그제야 중식은 이장이 아침부터 느티나무 허리춤에 매단 확성기에다 대고 〈흙에 살리라〉를 2절까지 틀어댄 뒤에 주절거리던 방송 소리가 생각났다.

"뭔 회의래 바빠 죽겠는데."

중식은 엉겁결에 등을 떠밀려 볕에 그을린다는 고추도 들여놓지 못한 채 소 팔러 가는데 개 따라나서듯 회관으로 향했다.

　시래기 국을 끓이는지 된장 냄새가 구수한 회관 문 앞에는 한 무더기 신발이 멧돼지가 쑤셔놓은 고구마밭처럼 어지럽게 널브러져 있었다. 문을 밀고 들어선 방 안에는 막상 머리 허옇거나 등 굽은 노인들 여남은 명만 앞서 받은 밥그릇을 그러잡고 우물거리는 중이었다. 행여나 해서 중식이 둘러보았지만 그의 아버지 황 노인은 보이지 않았다. 읍내에 들어선 아파트에 경비 일을 다니는 기성이 말고는 마을에서 가장 젊은 축에 들어가는 중식은 방아깨비처럼 허리를 굽실거리며 인사부터 올렸다.

　"농사는 헐만 혀."

　연신 흘러내리는 콧물을 손등으로 문질러가며 재만이 할아버지가 알은체를 하였다.

　"아, 고추 묽히는 것도 모르는 판에……."

　찾지도 않은 영봉이 끼어들어 칙살맞은 소리를 늘어놓았다.

　"대처에 나가 살던 이가 뭘 알겠어."

　그나마 부녀회장이 끼어들어 한마디 해주는 바람에 중식은 민망함을 덜어낼 수 있었다. 과부 사정은 홀아비가 안다고,

대처에 나가 살다가 계가 깨지는 바람에 빚에 쫓겨 낙향한 부녀회장은 마을에서 유일하게 중식네를 거들어주는 지원군이었다.

햇쌀 수매 건이며, 봄에 빌린 농협 대출금 상환 건에 대해 안내 말이랍시고 이빨 빠진 강아지 언 똥에 달려들듯이 이리저리 걸터듬던 이장이 오늘의 본건이라며 내놓은 것은 난데없는 개 이야기였다.

"아시다시피 마을 뒤쪽으루 길을 내다 국가재정상 잠시 중단된 건 주지허시는 바이구유. 오만 잡것들이 쓰레기를 밤에 잠 안 자구서 내다 버리는 것두 문제지만 개 새끼꺼정 듬으루다가 팽개치구 가는 게 본 삼계리의 당면 현안이 되고 있다는 사실을 인지하야 오늘 안건으루 상정하고자 하는 바이유."

"뭔 개 새끼가 당면 현안이라는진 몰러두 국산 말루다가 좀 알아듣기 쉽게 혀보셔."

이장직을 무려 일곱 번이나 해본 재만이 할아버지가 토를 달았다.

"말씀드렸다시피 읍내에 푸르리오 아파트가 들어서면서 그 안에 든 집마다 개 새끼들을 취미루다 기르다가, 얼매 전부터 개 기르는 데다 세금을 먹인다, 공동주택에서는 기르지 못허게 한다 허는 말이 나오니께……."

마을 뒤편으로 뜬금없이 2차선 도로가 뚫리더니 정작 마을까지 이어질 길목에서 예산이 모자라다고 팽개쳐둔 지 이태가 지났다. 무슨 강을 살린다고 나랏돈을 쓸어 붓는 통에 닦던 길도 중동무이되고 만 것이다. 건넛마을 오입쟁이가 여편네를 부둥켜안고 한창 힘을 쓰다가 동치미에 국수나 말아 오라고 하다 말고 벌떡 일어나 앉더라는 말은 들어봤어도, 멀쩡한 산을 짓뭉개어 길을 닦다가 중도에 돈 없다고 버려두어 지랑 안 친 감잣국처럼 밍밍하게 만들어놓는 것은 금시초문이었다.

어쨌든 그 후로 비록 막다른 도막 길이 되기는 했지만 말끔히 포장도로가 깔리고 나서 찾아오는 것이 전혀 없는 것은 아니었다. 으슥해질 무렵이면 정체 모를 것들이 차를 몰고 와 그 안에서 씨름을 벌이는지 서양식으로다가 레슬링을 하는지 차가 방아질을 해대다가 애들 볼까 망측한 물건들만 너저분하니 버리고 갔다. 내다 버리는 건 그런 씨알머리 없는 물건만이 아니었다. 언제부터인가 주인 모를 개들이 길가에 우두커니 서서 눈가를 촉촉이 적시고 망부석 노릇을 했다. 읍내에 아파트가 들어서면서 되는 건 개장사와 동물병원밖에 없다는 말처럼 조막만 한 개들을 한 마리씩 가슴에 품고 다니는 게 유행인가 싶더니 오래가지 않아 이번엔 내다 버리기 바빴다.

"그기 다 〈동물농장〉인가 뭔가 땜에 그렇대니께."

"하여간 데레비가 문제여. 나쁜 건 죄 거기서 가르친대니께."

수로 따지면 할아버지들을 앞선 할머니들이 목소리를 높여 텔레비전 방송을 성토하고 나섰다.

"아, 서울 우리 손자네는 방 안에다가 크다란 구렝이를 기른대니께. 그리구 뭐셔, 붉어졌다 퍼래졌다 허는 그 샛바닥 쭉쭉 내밀어 사마귀 잡아먹는…… 맞어, 가메롱? 그걸 백화점에서 몇십만 원 주구 사왔다지 않어."

성미 늑진한 이장은 당면 현안은 뒤로 미뤄둔 채 중구난방으로 떠드는 중에도 묵묵히 앞에 놓인 도토리묵만 이쑤시개로 부지런히 찍어 사마귀 삼키는 '가메롱'처럼 입에 넣기 분주했다.

"이장님, 오늘 안건 논의는 은제 헌대유?"

기다리다 못한 영봉이 채근을 했다.

"이제 하려던 참이우. 아, 묵이 참 배틀하니 맛나네. 영봉이 두 줌 들어봐."

도토리묵을 반은 흘리고, 반은 손으로 받쳐 입에 넣어가며 이장이 전한 당면 현안은 다음과 같았다. 그동안 읍내 것들이 버리고 간 유기견들을 마을 치안 유지상 새마을지도자 영봉이 단속해왔는데, 동네 사람 중의 일인이 유기견들에게 산중 깊은 곳에 먹이를 주는 바람에 단속의 손이 미칠 수가 없게 되었으며, 이제 수가 늘어난 개들이 몰려다니며 들개가 되어 급기야 며칠 전에는 향미네 닭들을 여덟 마리나 물어 죽이는 사건이 발생하였다는 것이다. 이제 겨울이 되면 먹이가 부족해진 들개들이 민가로 접근하여 가축을 잡아먹고, 어린아이들에게도 해를 줄 것이 심히 걱정된다는 요지였다.

"아, 근디 산 깊은 곳에다 일부러 먹이를 준다는 동네 사람 일인이 뉘셔?"

그 말엔 들은 척도 않고 도토리묵에 붙은 쑥갓만 건져내 씹기 바쁜 이장을 보다 못한 영봉이 중식 쪽을 힐끔거리며 입을 열었다.

"촌에서야 개 기르는 게 여름에 복달임이나 허는 목적인디, 보릿고개를 면하고 나더니 이제 개를 제 자식보담 더 애끼는 것들이 늘었다 이 말씀부터 드리구 싶네유. 대한민국이 아무래두 자유민주주의니께 개 아니라 구렝이를 애끼든 거시기 허든 다 자유다 이 말씀입니다. 근디 즤가 좋아 애꼈으믄 끝까지 책임을 져야지 기르다 싫증 난다구 남의 동니에다 갓다 베리구 가믄 여그 동니 사람들은 무슨 사자나 호랭이 허구 붙어사는 아프리카 원주민유? 들개 새끼덜 틈에 끼어 살게."

"읍내 젊은것들은 마트에 장보러 올 적에두 개 새끼들을 품에 안구 댕기드래니께."

"서울 어디 산다는 여편네는 포대기루 업구 댕길라구."

"아, 미국 어느 부자는 개헌티 유산을 물려줬다잖어."

안노인들의 말추렴에 힘입은 영봉은 아까보다 훨씬 힘이 들어간 목소리로 이야기를 이어나갔다.

"그동안 날로 늘어가는 개를 어쩔 것인가 혼자 고민허다가 한 마리래두 줄여보자구 공사다망헌 중에도 개들을 잡으러 들루 산으루 뛰댕겼드랬습니다. 근디 각별히 개럴 애끼시는 워떤 으르신께서 개들 멕이를 산 깊이 넣어주는 바람에 들개가 되어 도무지 잡을 재간이 없게 되었다 이 말씀유."

"그러니께 그 으르신이 뉘냔 말이여?"

"저두 가차이 지내는 처지이지만 그 어르신이 동물 애호가인 줄은 미처 몰랐는디유. 아, 바루 저의 집 뒤에 사는 중식이네 으르신이구만유."

제 이름이 거론되는 순간 중식은 영문을 몰라 어리둥절할 뿐이었다. 그의 아버지 황만석 씨로 말하자면, 개는 물론이고 취미 삼아 고양이나 새 한 마리 길러본 적이 없었다. 아무리 짐승을 싫어하는 이라도 강아지가 다가와 꼬리를 흔들면 한 번쯤 머리를 쓰다듬어줄 만도 했지만, 그의 아버지는 질색을 하며 손사래부터 쳤다. 태생이 잔나비 띠라서 개와는 견원지간의 상극이라는 게 황 노인의 변이었다.

"아, 그 양반이 동물 애견가라고?"

재만이 할아버지가 말도 안 되는 소리라며 비뚤어진 턱을 치켜들고 반문했다.

"동물 애견가가 아니고, 애호가유."

"애견가건 애호가건 간에 길가에 쓸쓸히 버려진 개들만 보믄 돌을 던지구 낭구때기루 때리려는 이가 무슨 애견이구 애호여?"

"모르시는 말씀. 그기 다 사람 손을 피허라구 훈련시킨 거래니께유."

중식은 더는 남의 일처럼 가만히 듣고만 있을 수가 없었다.

"그런데 남의 으른 속을 어떻게 그리 잘 안대여?"

"내보담 그 어른 속을 잘 아는 이가 있을라구."

자식들이 일찌감치 나가 살던 처지이다 보니 중식은 그 말에 달리 토를 달 자신이 없었다. 엎어지면 코 닿을 거리에서 턱 받치고 살아온 영봉이 아니던가.

"근데 개들을 어떻게 단속했다는 거유?"

"솎아냈지, 뭐."

무언가 짚이는 데가 있어 중식은 영봉이 개들을 단속해왔다는 이장의 말에 꼬리를 달았다. 영봉은 한쪽에 쭈그리고 앉아 내전보살 시늉을 하고 있는 이장 쪽을 힐긋거리며 툭 잘라 대답했다.

"얼가리 배추두 아니구 뭘 솎아낸다?"

"아, 말복 때 개장국 한 그릇씩 허셨잖어유."

무언가 한마디 얹으려던 재만이 할아버지는 개장국 한 그 릇이라는 말에 입을 꾹 다물었다. 그제야 중식은 영봉이 어째 서 제 아버지를 원망하는지 연유를 짐작하게 되었다. 여름내 툭하면 마당에서 누린내를 풍기며 끓여대던 솥에 무엇이 들 어갔는지도 알게 된 것이다.

"남의 개 잡아다가 장국 끓이는 게 단속유?"

"아니믄 산속에다 풀어놓아 들개를 맨들어?"

저 모르게 장국 끓여댔다는 말에 편찮은 얼굴로 한마디 얹 으려던 이들은 들개라는 말에 이내 입을 다물었다.

"그러니 자네가 으르신께 연유를 물어보구 동니에 해가 읎 는 방향으루 협조적으루다가 혀달라구 말씀 좀 디려봐."

이장이 점잖게 이르는 말에 중식은 달리 둘러댈 말마디가 선뜻 떠오르질 않아 고개만 외로 꼬고 딴전을 부렸다.

남들 다 심은 김장밭을 여태껏 일구지도 않았다는 황 노인 의 잔소리가 중식은 오늘따라 유난히 귀에 거슬렀다.

"안즉 날이 더운데 서둘렀다가 죄 녹아버리면 어쩌려구 유?"

"모기 입 비뚤어지기 전에 심으래는 게 배추여."

"개 입이 비뚤어지는 건 아니구유?"

개라는 말에 황 노인은 뜬금없다는 표정을 지었다. 여느 때

같으면 그쯤에서 얼버무렸을 말머리를 중식은 빳빳하니 곧
추세웠다.

"아부지는 어째서 남이 내다 버린 개들 먹이까지 챙기느라
먹어도 살 한 점 안 될 말을 듣는대유?"

"워떤 개보다 못헌 것들이 남의 말을 헌다?"

"어떤 것은 어떤 것이겠슈? 바로 코앞에 들여놓고 자식보
다 귀히 여기던 것이지유, 뭐."

자초지종을 대강 짐작한 황 노인은 그 대목에서 입을 다물
고 가타부타 말이 없었다.

"그러니까 제 말대루 천안으루 나가서 살자니께유."

때는 기회다 싶어 중식은 벌써 며칠째 졸라대던 말을 다시
끄집어냈다.

"천안은 별천지간? 큰 것들이 작은 것들로 배 채우는 데?"

마트 때문에 하루아침에 문을 닫게 된 슈퍼마켓을 두고 하
는 황 노인의 말에 중식은 아픈 데를 찔린 듯 이맛살만 골 잡
히게 찡그렸다.

"여기는 별수 있나유? 데레비 뉴스도 못 들었슈? 조만간
세종시루 다 파헤친다는……."

"세종시 아니라 태조시를 해보라구 혀라. 내 깔구 앉은 땅
만은 어림두 읎으니."

바로 산 너머가 세종시로 편입되면서 거기 살던 이들이 보

56

상금 몇 푼 쥐어 들고 거미 새끼처럼 뿔뿔이 흩어지는 걸 본 뒤로 황 노인은 동네를 한 발자국도 벗어나려 하지 않았다. 대토를 구하려는 이들이 보상금을 풀어놓는 바람에 세종시 인접 지역의 땅값이 하늘 높은 줄 모르고 치솟는다는 소식에도 요지부동이었다. 오히려 이런 소식을 들은 자식들이 몸이 달아 번질나게 드나들며 이리도 삶아보고 저리도 꾀어보았지만, 텃밭 한 귀퉁이도 오려내지 못한다는 황 노인의 뜻을 바꾸지 못했다.

네 남매가 저마다 짝을 채워 서울로 천안으로 떨어져 나간 뒤로, 명절에나 두어 차례 얼굴 들이밀던 고향 집에 홍삼이며 최신 안마기를 사 들고 뻔질나게 드나들게 된 것도 결국은 다 세종시 때문이었다. 대기업의 부장으로 있던 맏아들 중만이 별로 명예롭지도 못한 명퇴라는 것을 한 뒤, 퇴직금에다 은행 빚까지 얻어 시작한 '대왕마마 떡갈비' 식당이 한 해도 못 가 거덜이 나자 남은 형제들은 행여 아버지의 땅을 팔아 올리지나 않을까 노심초사했다. 낮이 시커먼 경상도 횟집 주방장에게 시집간 누이가 개정된 상속법을 들춰가며 제 몫을 떠들고 나서는 판에 중식도 가만히 앉아 구경만 하고 있을 처지가 아니었다. 슈퍼마켓을 들어먹고 생전 해보지 않은 공사장에 날일을 다니던 중식은 가진 건 시간밖에 없는 터인지라 틈틈이 들러 농사일을 거들며 아버지의 마음을 사왔던 것이다.

그러던 중에 맞은 황 노인의 칠순 잔치는 모처럼 성황리에 치러졌다. 어머니를 여의고 서리 맞은 콩 졸가리처럼 추레한 행색으로 지내던 아버지의 얼굴에도 모처럼 화색이 돌았다. 자식들이 번갈아 따라 올린 술에 얼큰해진 황 노인이 자식들의 정성에 고마워하면서 남들 다 듣는 데서 내놓은 말은 자못 충격적이었다.

　"무조건 곁에 붙어사는 자식에게 물려줄 거여."

　아버지가 남길 논밭이 가만히 기다리고 있으면 제게 돌아오리라 철석같이 믿고 있던 맏아들 중만은 그 말에 충격을 받아 무어라 대꾸도 못 하였다. 사세부득이 남의집살이를 할지언정 애들 교육상 강남을 떠날 수 없다는 제 처의 의견을 무시할 수 없었던 중만은 그런 말에도 선뜻 내려와 모시겠다는 말을 내놓을 처지가 못 되었다. 순천에서 노래방을 하는 둘째 중선이나 출가한 막내 중희 역시 그럴 입장이 못 되어 이리저리 눈만 굴려가며 돌아가는 사정만 살필 뿐이었다. 가만히 돌아가는 눈치를 살피던 중식이 옆구리를 찌르는 마누라의 손짓도 뿌리치고 번쩍 일어나 부른 노래가 〈흙에 살리라〉*였다.

---

* 황세민, 〈흙에 살리라〉(1973년).

왜 남들은 고향을 버릴까
고향을 버릴까
나는야 흙에 살리라
부모님 모시고 효도하면서
흙에 살리라

2절에 이르러서 제 기분에 취한 중식은 조신하게 앉아 있는 제 마누라까지 끌어내 찰찰이를 흔들게 하고는 구석진 의자에 보살처럼 앉아 있던 아버지를 번쩍 등에 둘러 업고 장수부페 홀 안을 두어 바퀴나 돌았다. 마을 사람들은 당장 그의 내외가 부모를 모시고 효도하면서 흙에 살기로 약조라도 한 것처럼 흐뭇이 여겼다.

"노인네가 술 취해 한 말을 어떻게 믿우?"

털어봐야 빚밖에 안 남은 살림을 정리해서 고향 집으로 들어가자는 중식의 말에 아내는 따르려 하지 않았다. 당장 아이의 학교를 옮기는 일도 쉽지 않고, 시골에 들어가 먹고살 길이 뚜렷하지 않다는 게 이유였다.

"농사나 짓고 살지, 뭐."

농사라곤 방학 때 잠깐 텃밭이나 일구던 게 전부였던 중식이었지만 허리 고부라진 노인들도 호미 들고 사부작사부작 짓는 농사를 못 할 게 무엇 있겠는가 싶었다. 아무리 힘들어도 도시에서 장사하는 것보다야 힘들겠는가.

조만간에 황 노인을 설득해서 땅을 정리하여 천안으로 돌아온다는 약속 아래 중식 내외는 짐을 싸 들고 고향으로 돌아왔다. 칠순 잔치가 끝나고 한 달도 되지 않은 일이었으니 그야말로 전광석화 같은 기동력이었다.

짐을 싸 들고 들어온 중식에게 황 노인은 가타부타 말이 없었다. 며느리에게 시어머니가 입던 몸빼 치마를 내어 입히고, 자식에게 괭이며 낫이 걸린 창고를 열어 보인 게 전부였다. 중3짜리 중식의 딸은 천안의 처가에 맡기고, 내외만 옮겨온 터라 살림도 큼직한 것은 처가에 남겨두고 왔다.

"남들 허는 대루만 혀."

송곳처럼 닳아버린 낫 한 자루를 건네주며 황 노인은 그날부터 뒷짐을 지고 농사일을 중식에게 떠넘겼다. 논농사야 마을의 기계 있는 집에 삯을 주고 품을 사면 되니 이따금 나가 물꼬나 보면 되는 일이지만, 고추며 콩이며 철마다 푸성귀를 갈아먹는 밭농사가 문제였다. 금비金肥는 돈만 들고 땅기운을 뽑아내어 쓸 것이 못 된다며 풀을 베어 퇴비를 만들라는 황 노인의 고집에 여름내 풀독이 올라가며 논두렁을 깎는 게 일이었다. 거름이 좋아야 땅심도 좋아져 병충해도 줄어든다는 것이었다.

황 노인 모르게 슬금슬금 복합비료를 뿌렸다가 어린 오이

모가 누렇게 오그라드는 바람에 혼쭐난 일이며, 콩 순을 제때에 질러주지 않아 잎만 무성하게 웃자라 씨값도 못 찾은 일을 겪고 보니 중식은 엉겁결에 달려든 농사라는 것이 여간 만만치 않은 일임을 톡톡히 절감하게 되었다.

힘든 것은 그만이 아니었다. 손톱이나 다듬고 손님에게 거스름돈이나 내주던 중식의 처는 땡볕에 얼굴을 그을리며 온종일 밭에 엎드려 있느라 죽을 맛이었다. 틈만 나면 천안으로 돌아가자고 졸라대는 처에게 시달리던 중식은 어떻게든 아버지를 설득해서 땅을 팔게 하는 것만이 살길이라고 생각했다. 뻔질나게 드나들던 형제들은 중식이 들어와 살자 약속이나 한 듯 발걸음을 뚝 끊었다. 그건 다행스러운 일이었다.

"개든 사람이든 의리란 게 있어야 허는 벱여."

무얼 또 끓여대는지 누린내가 풀풀 풍겨오는 영봉네 집 쪽을 건너다보던 황 노인이 지나가는 말처럼 중얼거렸다. 때마침 천안 처가에 갔던 중식의 처가 녹이 벌겋게 든 철문에 손도 대지 않은 채 시월상달 물오리같이 슬며시 들어섰다.

"아무래두 다시 생각해봐야것드라."

부루퉁한 얼굴로 방으로 들어가려던 중식의 처는 예사롭지 않은 시아버지의 말도막이 마음에 걸렸는지 무지근한 엉덩이를 마루 한쪽에 걸치고 주저앉는다. 워낙 말수가 적은 데다가 모처럼 하는 이야기라는 것도 머리와 꽁무니만 있기 마련인지라 중식은 고개를 숙인 채 아버지의 말 뒤에 숨은 의도를 헤아리기 바빴다.

"알구 보믄 다 돈이 문제여. 저 영봉이두 그렇다. 가만히 지켜보니 남이 내버린 개럴 잡아다 몇몇이서 얼려 삶아 먹는가 싶더니 내중에는 읍내 개장수가 드나들더라 이거여. 결국은 돈이여. 돈이믄 읎는 사람두 모이구, 있든 사람두 갈라스게 허는 게 돈이여."

중식은 마을회의까지 소집해 아버지를 성토하던 영봉과 지그시 눈을 내리깔고 앉아 있던 이장의 속셈을 알게 되었다. 가만히 툇마루에 걸터앉아 이야기를 듣고만 있던 중식의 처가 걱정스러운 눈짓을 했다. 중식은 영문을 몰라 빈손을 들어 올려 보였다.

"니들이 내 모시구 살것다는 마음은 고마운디, 공연히 니들만 웬수 맨들어놓는 게 아닌가 싶다."

"웬수라니유?"

총알처럼 쏟아지는 제 처의 눈짓에 밀려 중식이 한마디 끼어든다.

"니들 동기간에 소식 끊은 게 언제 적이냐?"

"그거야 다들 바쁜 거 뻔히 아는데유, 뭐."

"그게 아녀. 안 보믄 남이여."

바지 주머니에서 축축이 땀에 젖은 담배를 주섬주섬 꺼내

문 황 노인은 반은 피우고, 반은 건성으로 태우고 나서야 무거운 입을 열었다.

"그래서 허는 말인디, 콩 한 쪼가리츠럼 똑같이 나눠 주려구 헌다."

"콩 한 쪼가리유?"

무언가 께름칙한 기분에 중식은 묻지 않을 수가 없었다.

"얼매 되지두 않는 것이지만, 논이구 밭이구 늬 형제들 넷이서 콩 한 쪼가리츠럼……."

중식은 곁에 있던 제 처가 파르르 숨을 떠는 걸 돌아보지 않고도 느낄 수 있었다.

"아버님, 말씀이 틀리잖아요."

발끈해서 일어선 중식의 처는 불도 켜지 않아 어둑한 마루에 허수아비처럼 앉아 있는 시아버지에게 달려들듯이 한 걸음 다가앉으며 따졌다.

"틀리구 옳구 헐 것두 옰다. 내다 버린 개두 팔아먹는 시상에……."

가만히 있는 자식들 사이에 분란만 일으켜 사이만 벌려놓았으며, 천안에서 하려던 일까지 접게 하고는 이제 와 그런 말씀을 할 수 있느냐며 중식의 처가 광목 찢어지는 소리로 떠드는 동안 중식은 어둠 속에서 더 진하게 코로 전해 오는 누린내에 까닭 모를 진저리만 쳐댔다.

결국 중식은 다시 천안으로 돌아가기로 했다. 더는 제 처를 붙들어둘 명분도 없었고, 흙에서 살아갈 자신도 없었다. 날이 저물었으니 내일 가자고 해도 막무가내로 짐을 싸 들고 나서는 제 처를 중식은 별수 없이 따라나서야 했다. 야밤에 길을 나서자니 왜 남들은 고향을 버리는지 모르겠다던 유행가의 가사가 물색없이 파고들어 중식은 가슴이 먹먹해졌다.

"아부지, 갔다가 다시 올게유."

마당에 선 채로 절을 하는 자식에게 황 노인은 어서 가라고 손짓만 내저었다.

어둠이 침침하게 가라앉은 툇마루에 불도 켜지 않은 채 혼자 앉아 있던 황 노인은 아들 내외가 떠난 문 쪽만 부질없이 내다보았다. 거뭇하니 어둠이 내려앉은 노간주나무 틈새로 무언가 희끗한 게 어른거렸다. 한동안 나무 등걸 틈으로 안을 살피던 희끄무레한 것이 집 안에 홀로 앉아 있는 황 노인 쪽을 기웃거린다. 어디에서 나타났는지 큼지막한 백구 한 마리가 꼬리를 흔들며 황 노인의 곁으로 다가왔다. 여름내 산속에 먹이를 주어 영봉의 손을 피하게 했고, 사람을 보면 달아나도록 돌을 던져 쫓았건만 얼마 전부터 저물녘이면 황 노인의 집 주변을 맴돌았다.

"그려, 버려진 것들끼리 정붙이구 살믄 되지."

백구는 꼬리를 흔들며 노인의 버석거리는 손을 다정히 핥

아댔다. 황 노인은 밀치려던 개에게 손을 내맡긴 채 그을음처럼 자욱한 어둠이 매캐하게 들어차는 빈집을 망연히 바라보았다.

(백중百中)

마당에서 떠드는 소리가 아니었으면 아마 해가 똥구멍을 치받을 때까지 내리 잘 판이었다. 재선은 들창으로 생쥐처럼 기어든 볕에 눈꺼풀이 근실거리고서야 땀에 흥건히 젖은 몸을 일으켰다. 겟날이라고 새벽부터 이슬도 마르지 않은 밭에 엎드려 거슬거슬한 열무를 솎고 나서 잠깐 눈을 붙인다는 게 조반도 거른 채 내처 잠이 들어버린 것이다.

허기를 느껴 방 윗목에 신문지로 덮어놓은 밥상을 헤쳐보니, 밥그릇에 콩 박아놓은 것처럼 바글바글 들러붙어 있던 파리들이 우르르 날아간다. 마르다 못해 뻣뻣해진 취나물이 마지못해 담겨 있고, 필시 어제 먹다 남은 것에다 물을 부어 더 지져댔을 된장찌개가 중 마빡 씻어놓은 물처럼 미지근하니 얹혀 있다. 누군가 베어 물다 만 총각무가 벌그죽죽하니 고춧가루 뒤발을 한 채 금이 간 자배기에 담겼는지 던져졌는지 모르게 놓여 있고, 그냥저냥 오늘이 어제인 밥상 풍경을 들여다보자니 미처 손에 쥐고 있지 않은 숟가락이라도 그 위에 동댕이치고 싶은 심정이었다. 보기 좋은 떡이 먹기도 좋다는 말이 있잖은가. 인물이 빠지면 음식 솜씨라도 있어야 공평한 일이 아니겠는가. 명색이 부엌살림을 틀어쥔 처지라면 철철이 푸지게 장에 나오는 찬거리들 요모조모 구워내고 지져내고 볶아낼 궁리는 않고, 무어라 한마디 하면 당장 질자배기 깨지는 소리부터 버럭 내지르고는 밥상 위에 펄펄 끓는 된장찌개 뚝배기를 내던져 아직 좋은 일 볼 날이 쌔고 쌘 사타구니 밑의 귀한 물건을 튀하려 하지 않던가. 사정이 이러하니 그저 나 죽었소, 하고 저 우리 속의 도야지처럼 엎드려 뜨물이건 수챗구멍에서 건져낸 콩나물 대가리건 주는 대로 받아먹어야 할 신세가 되고 말았다.

재선은 그럴 때마다 어머니에게, 지금은 양지 바른 뒷동산에 누워 계신 어머니지만, 원망 섞인 말을 아니 할 수 없었다. 이리저리 혼담이 오갈 무렵에, 저는 은근히 버스 옆구리에 그레이하운드 개를 그려 넣은 '개그린 버스' 읍내 차부에서 표를 팔던 영심을 마음에 두고 있었건만, 그저 여우처럼 얼굴 반반한 것들은 반드시 얼굴값 한다며 꼭 생겨먹기를 담배 건조실 지을 때 쌓아 올리던 넙죽한 흙벽돌을 닮은 지금의 마누라에게 등 떠밀어 하나밖에 없는 외아들 신세를 이 지경으로 만들어놓을 게 무어란 말인가.

"화무십일홍花無十日紅이여, 기집 인물 반반혀봐야 새끼덜 두 배만 낳구 젖 빨리구 나믄 죄 쭈그렁바가지 되는 건 매한가지여. 그보담 여자는 솜씨가 있어야 혀. 삼시 세 끼 채려놓는 밥상에 얹을 건건이 짭짤하니 채리는 솜씨야 날루 늘믄 늘지 줄기야 허것냐. 그저 기집은 음식 솜씨가 젤인 중이나 알어."

그러나 그 잘난 음식 솜씨란 것도 제 생겨먹은 대로 가는 이가 있다는 것을 염렵하기가 기름 바른 가래 알 같던 어머니가 어찌 몰랐단 말인가.

모처럼 서울 나들이를 할 때마다 창구 밖으로 표를 내밀던 영심의 버들개지 같은 손을 어떻게 하면 만져볼까 싶어, 한번 끊은 차표를 무르고 바꾸기를 서너 차례씩 하여 겨우 그 보들보들한 손가락이 손등을 지나가는 바람처럼 스친 게 남을 것도 모자랄 것도 없는 사이이기는 하지만, 재선은 지금도 그녀를 생각하면 가슴에서 문풍지 새로 드나드는 섣달 바람 소리가 났다.

더욱 안타까운 것은 그녀가 읍내에서도 한량으로 소문난 최봉팔과 짝을 채워 영영 남의 사람이 되고 만 일이었다. 봉팔은 초등학교 동창이면서도 노름판에서 으레 맡긴 돈 찾아가듯 재선의 주머니를 단골로 털어가던 노름꾼이었다. 하필이면 그것에게 마음에 두고 있던 여자를 빼앗겼으니 소 판 돈 노름으로 털린 기분보다 더 허망한 일이 아닐 수 없었다. 봉팔이 하는 일이라고는 낮이면 당구장에 엎드려 모처럼 장 보러 온 촌것들 꾀어 짜장면에 담배 내기로 배를 채우고, 해 저물면 복덕방에서 벌어지는 화투판에 끼어 남의 돈으로 술 타령이나 벌이는 게 직업인 셈이었다.

어려서부터 딱지치기에 구슬치기로 날을 새운 재선이 남 노는 것 가지고 뭐라 할 처지는 아니건만 유독 봉팔을 미워 한 것은 그것이 사람을 보아가며 공깃돌 놀리듯 하는 수작 때문이었다. 약아빠진 읍내 것들 앞에서는 그저 광이나 팔고 개평이나 뜯는 주제에 어리어리해 뵈는 촌사람들에게는 군 대서 익혔다는 기술인가를 써서 멀쩡한 돈을 털어대는 것이 었다. 그 어리보기 가운데 저도 끼어 있으니 재선이 분할 만 도 했다. 차라리 모르고 당하면 억울하지가 않을 텐데, 이것 이 읍내 것들과는 눈웃음까지 주고받아가며 사람을 고양이 가 쥐 놀리듯 얼러대는 데는 분하지 않을 수가 없었다. 국 쏟 고 탕기 깬 격으로 돈 잃고 바보 취급까지 받으니 어디 견디 겠는가. 판판이 주머니의 돈을 털리면서도 언젠가 한번 걸리 면 손모가지를 부러뜨려놓고야 말겠다고 두 눈을 화등잔만 하게 뜨고 지켜보건만 그 기술인지 마술인지 하는 걸 잡아낼 도리가 없었다.

"눈 뙤바루 뜨구 보래니께. 자, 엇세."

그런 봉팔이 총무로 있는 친목계에 들어간 것도 어찌 보면 금영심 여사 얼굴이라도 한번 더 뵈려는 순정 때문인지도 몰랐다. 부부 동반으로 한 달에 한 번씩 오리며 쏘가리며 삶고 끓이는 음식점을 찾아다니거나, 봄가을로 관광을 가는 게 활동이라면 활동의 전부이지만, 여전히 자태가 곱고 웃을 때마다 입에서 꽈리 부는 소리를 내는 영심 여사의 얼굴을 먼발치서 넘겨다보는 것만으로도 재선은 흡족했다. 개암산에서 흘러 내려오는 물을 다 같이 받아 먹고 조석으로 씻어냈건만, 재선은 분 씨 빻아 바른 듯 뽀야니 고운 영심 여사의 얼굴과 누가 뒤뚱거리다 잘못 밟은 메줏덩이처럼 거무죽죽한 제 마누라의 것을 번갈아 바라보자면 한숨이 〈장한가〉처럼 흘러 나오지 않을 수가 없었다.

놀이 가서 먹는다고 식전부터 동네 아주머니들이 모여서 열무를 다듬나 본데, 재선이 가만히 안방에서 듣자니 이야기가 여간 건 게 아니다.

"아니, 어제는 고추밭서 김매다가 식겁했다니께."

기차 화통 삶은 목소리로 주절거리는 건 내다보지 않아도 제 마누라밖에 없었다.

"워째?"

"요즘 비가 어지간히 와야지. 니열, 니열 찾다가 풀농사 지어먹게 생겨놔서, 읍내 나갈 일 있다구 밍기적거리는 벵긔 아부지 등 떠밀어 고추밭에 김을 매는디, 아, 모기 달려든다구 혀두 대이구 덥다믄서 고쟁이 차림으루 나서지 뭐여."

"요새 모기가 여간이간?"

"그이는 앞에서 잡아 오구 내는 뒷이랑부터 매어 가는디, 한참 엎드려 있다가 허리를 잠깐 펴는디, 아, 글쎄, 벵긔 아부지 가랑이 사이루 시커먼 구렝이 한 마리가 대가릴 쑥 내밀구 꺼떡거리는 바람에 기겁을 혀서 호미럴 내던지구 뛰 나갔지 뭐여."

"밤마다 이불 속에서 꾸물거리는 구렝일 봤나 부네."

"히히, 여자덜 삭신 쑤시는 디는 그기 젤이라는디 방 안으루 붙들구 가서 폭 고아 먹지 그랬어."

자지러지게 웃어대고도 걸쭉한 이야기는 번갈아가며 가라앉을 줄을 모른다.

"뭐니 뭐니 혀두 그거루는 장식이 아부지 당혈 이가 읎을 겨. 아, 한 동니서 세 번이나 바람을 피웠으니 그 구렝이는 워뜨게 생겨먹은 것이랴?"

"궁금허믄 진주 엄마두 한번 대려 먹어봐."

"달려봤자 한번 솥에 들갔다 나오믄 폭 삶은 가지츠럼 될 것이 달려봤자지, 뭐."

방 안에서 듣던 재선은 행여 제 이름이 다시 들먹여질까 싶어 숨소리도 크게 내지 못하고 귀만 밖으로 들이댔다.

"근디 내가 읍내 목욕탕 가서 봤는디, 영식 어미는 어려서 화루 깔구 앉았다드니 엉덩판이 석쇠에 얹은 돼지고기츠럼 죄 지근거려 보기만 혀두 정내미가 뚝 떨어지든디, 거기다 놓구 싶을까?"

"암만. 동니럴 한바탕 뒤집어놓구두 장식이 아부지 시방두 영식 어미 김치 공장서 오는 시간이믄 버스 정류장서 어정거리는 거 못 봤슈?"

"그저 남정네들은 그 구렝이가 화근여."

이제는 밖으로 나가려도 나설 형편이 아니었다. 마당에 주저앉은 동네 아주머니들이 저마다 매달고 있는 두 눈으로 번연히 제 사타구니 사이에 매달렸다는 구렁이를 유심히 걸터듬을 판이니 어디 얼굴을 내밀고 그 앞을 지나갈 엄두가 나겠는가 말이다.

'저런 밥 먹고 똥 못 쌀 여편네 같으니라구.'

부끄러운 줄 모르고 할 소리 안 할 소리 쓸어 담고 있는 마누라를 입속으로 구시렁거리던 재선은 아침에 일찍 나와 개 잡는 걸 거들어달라던 이장의 말이 뒤미처 생각나 마침내 방문을 밀고 나설 수밖에 없었다. 주춤거리며 마당을 가로지르자니, 열무를 다듬던 아주머니들이 두툼한 손으로 제 주둥이들을 가린 채 숨넘어가게 키득거리기 바쁘다.

토관을 묻어 버스가 드나들 마을 길을 새로 내는 바람에 요즘은 개 매달 때나 찾게 되는 새마을다리께로 나가 보니, 벌써 오만 원을 주고 맞춘 정구네 수캐가 혀를 빼문 채 볏짚에 그슬려지고 있었다. 털만 푸짐하지 근이 영 나오지 않는다고 두덜거리고 있던 이장이 연기에 눈을 찌푸리며 재선을 맞는다.

"스빠니알인지 뭐래는디 털 뽑구 나믄 워디 씹을 거나 있것어?"

"그저 개는 똥개가 젤이여."

어떻게 싱이나 한 점 앞서 물어볼까 싶어 자청해서 개 잡는 일을 거들겠노라 했던 재선은 늦게 나와 남에게 그 귀한 것을 뺏길까 싶어 공연히 부지깽이로 짚불을 들썩거리며 일을 거드는 척한다. 짚을 들쑤셔 불에 그슬린 개의 사타구니께를 뒤척거리는 재선을 보고 있던 이장이 한마디 던진다.

"어지간히 딸리나 부네?"

"나이는 못 쇡이나 봐."

불가에 둘러 있던 이들이 빙긋이 웃는 걸 보며 재선은 그렇게 싱이 제 것이라고 못을 박아둔 듯하여 비로소 안심이 되었다.

물놀이에 쓸 음식을 양푼에 바리바리 담고도 모자라 김장 담글 때 쓰던 함지박까지 끌어내어 트럭에 우겨 싣고 재 너머 가재울에 당도한 것은 해가 벌써 중천에 가까워질 무렵이었다. 제 동네 놓아두고 울룩불룩한 산길을 더듬어 남의 동네 후미진 골짜기까지 찾아 나선 것은 거기에 발목 담글 물이 흐르는 개울이 남아 있었기 때문이었다. 가재가 설설 기어 다녔다 해서 붙은 지명의 내력은 까치가 이마빡을 깨뜨려가며 종을 쳤다는 시절의 전설쯤이 되고 말았지만, 동네 친목계일망정 모처럼 잡은 백중날 물놀이를 농약 냄새 풍기는 논두렁에서 쭈그리고 앉아 보낼 수는 없는 일이었다.

마을에서 외떨어져 우묵히 들어선 골짜기라 한갓지기도 하고, 미적지근하긴 해도 허벅지까지 담글 만한 물이 흘러 제법 놀이 나온 기분이 났다.

큼지막한 호박돌에 솥을 걸고, 손질해 온 고기들을 솥에 담아 된장을 풀고 삶을 준비를 하는 동안 여자들은 벌써 신발을 벗고 물에 들어가 풍덩거리기 바쁘다. 유난히 이르게 다가온 더위에 이마가 훌러덩 벗겨지도록 연일 볕에 그슬리며 논밭에 엎드려 지내던 고달픔을 씻어내기라도 하듯 남정네들은 소주병부터 집어 들기 바쁘다.

"이제 좀 살 것 같네."

들여다보는 것만으로도 입안이 후끈해지도록 고춧가루로 뒤발한 겉절이를 안주 삼아 연거푸 소주 두어 잔을 들이켠 만수가 재선에게 잔을 내민다. 읍내 정육점에서 찬조로 받아 온 돼지 부속고기를 석쇠에 얹어 채 익기도 전에 입에 담느라 소주 네 병을 앉은 자리에서 비워가는 중에도 재선은 뒤로 물러앉아 여자들 쪽만 넌지시 건너다보았다.

어떻게 하면 제 마누라 눈을 피해 영심 여사와 도막말이라도 나눠볼까 연기가 풀풀 나는 솥 언저리를 어정거리던 재선의 눈에 물가에 발을 담그고 외따로 앉아 있는 영심 여사가 눈에 확 들어왔다. 우선 눈을 돌려 그악스러운 마누라의 현주소를 확인하자니, 정수리 위로 내리붓는 볕을 피해 다리 밑의 그늘 깊숙이 들어앉아 또 무슨 구렁이 이야기를 늘어놓는지 자배기 깨지는 소리를 내기 바쁘다.

재선은 물 가장이에 담가놓은 과일들을 씻는 척하며 물가로 비척거리며 다가간다. 그러고는 개울에 머리를 박고 있는 참외며 복숭아를 벅벅 소리가 나게 씻어서 볼이 발그레하니 잘 익어 뵈는 천도복숭아 한 알을 띄워 보낸다.

발을 담그고 찰방거리고 있던 영심 여사가 제 앞으로 떠내려오는 천도복숭아를 집어 들고 재선을 바라본다. 재선은 행여 누가 볼세라 등을 돌린 채, 한입 크게 베어 무는 시늉을 해 보인다.

"맛이 들었을라나 모르것지만, 한번 깨물어봐유."

영심 여사는 방긋이 웃어 보인다. 나이를 먹었지만 여전히 볼 가운데 오목하니 패는 웃음도 결이 곱기만 하다. 천생 여자란 이런 것을 두고 하는 말일 것이다. 이런 여자를 두고 밤

깊도록 바깥으로 돌며 남의 여자나 넘실거리는 봉팔이 재선은 복에 겨워 보였다. 신발 가게에서 산 고무신짝이라고나 하면 무르거나 웃돈 얹어 바꾸기라도 하련만.

나중에 못 얻어먹을 입이 있거나 말거나, 재선은 잘 익은 걸로만 골라서 참외며 복숭아를 씻는 대로 떠내려 보낸다.

"여간 금슬이 좋아 뵈지 않어유."

"금슬이 워디 굶어 죽었나 부네유."

"동니서두 소문이 났든디유, 뭐."

"날 것이 나야쥬. 그나저나 워째 나이를 자꾸 까꾸루 잡수신대유."

그 말에 영심 여사는 손으로 조막만 한 입을 가리고 호호 웃는다.

모처럼 깨 같은 말들을 주고받으려는데, 느닷없이 등 뒤에서 광목 찢는 소리가 비어져 들어온다.

"그 신란가 고릿적인가 허는 포석정 놀음들 허구 기시네."

웬만한 남정네들 두엇은 공깃돌 놀리듯 얼러대는 걸 취미로 삼은 서산댁이 왁살스러운 눈으로 양쪽을 번갈아 살피며 언성을 높인다. 일찌감치 과부가 되어 서산 갯가에서 돼지 껍데기에 탁배기를 팔던 대폿집을 하다 왔다는 서산댁은 요즘 말로 치자면, 동네 풍기반장 격이나 되는 셈이었다. 누가 읍내 다방에 들러 가슴 큰 미스 양과 냉면이라도 따로 먹었다던가, 들으나 마나 한 영농교육이 끝난 뒤 노래방에 들어가 도우미 여자들과 어울려 두어 시간쯤 놀았다는 소식들은 어느 시러베아들 놈이 제비 새끼처럼 꼭꼭 물어다 주는지, 하나 흘리는 것 없이 서산댁의 귀에 들어가기 마련이었고, 그때마다 안식구들을 물려 앉히고 제가 처가 푸네기라도 되는 양 나서서는 방바닥을 두들겨가며 남의 남정네를 쥐 잡듯 몰아세우는 게 그녀의 임무라면 임무였다.

그런 서산댁이 등 뒤에 쭈그리고 앉았으니 재선은 불 맞은 소처럼 벌떡 몸을 일으켜 자리를 뜨기 바빴다.

"뭐여, 나이럴 까꾸루 잡수시는 야그 즘 마저 허구 가시래니께."

징그러운 여편네 같으니라고. 언젠가 마을 대동회가 있던 날, 마을회관에서 화투판이 벌어졌는데 남정네들 틈에 혼자 끼어 앉아 돈만 잃으면 치마를 홀러덩 추어올리고는 시커먼 사타구니께가 뻔히 들여다뵐 자리에 제 화투짝을 늘어놓아 남정네들 눈을 어지럽히던 여자이니 더 말해 무얼하랴.

다행히 다리 밑에 앉아 있던 마누라는 눈치를 못 챈 듯했다. 안도의 숨을 내쉬며, 재선은 개 삶는 솥 옆으로 돌아와 더운 줄도 모르고 부지깽이를 집고 불가에 쭈그리고 앉았다.

솥 가장이로 설설 땀이 흐르며 구수한 냄새가 풍기기 무섭게 불가에 앉아 있던 재선이 조바심을 내며 뚜껑을 열어 이

리저리 뒤척여 싱이 제대로 익었는지 살펴보기 바쁘다. 그런
데 언제 나타났는가 모르게 등 뒤에서 마누라가 그의 소매를
뒤로 잡아끈다.

"하필이면 이런 날 개고기래?"

백중에 개 두어 마리를 삶아 개울가 다리 밑에 모여 호미씻
이를 하는 것이야 촌에서 늘 하는 일이건만, 난데없이 까탈을
잡고 나서는 마누라의 언성에 재선은 덜컥 겁부터 났다.

"남들처럼 절에 가서 불공은 못 드릴망정 꼭 이래야들 쓰
것냐고."

언제부터 불심이 그리 돈독하였다고 그 어미를 지옥에서 건
져낸 목련존자 이야기까지 내어놓더니, 두 손을 공손히 모아
허리를 접어 절까지 해대는 마누라를 지켜보던 재선은 남세
스러워 어쩔 줄을 모른다. 부모의 악업을 덜어내기 위해 재齋
를 올리는 날에 닭도, 오리도, 돼지도 아니고, 굳이 전생에 사
람으로 살았다는 개란 것을 잡아야 하겠느냔 말에 재선은 솥
안에 부글거리며 삶아진 싱을 찾느라 아까부터 손에 들고 있
던 부지깽이를 멀찌감치 내던지지 않을 수가 없었다.

"자고로 백중이란 것이 농사일허느라 욕봤다구 머슴들 하
루 쉬며 물가에서 개 도른 것이 하루 이틀이간? 쓸데라구는
김정일이 머리 볶을 때나 쓸 소릴 허구 앉었네."

남들 눈이 있어 서방이 한마디 이렇게 질렀으면 할 말이 낙

가리처럼 쌓였더라도 그 체면을 봐서 시르죽는 척이라도 할 것이건만, 기다렸다는 듯이 자배기 메어박는 소리를 내지르고 나선다.

"거그가 머슴여? 쌀 끓여다가 밥 잘 멕여놨더니 헌다는 소리 허구는……."

이건 마누라가 아니라 순전히 원수를 데리고 산 셈이다. 눈치 빠른 이장이 바닥에 내던져진 부지깽이를 집어 솥을 휘휘 젓더니 필시 싱으로 뵈는 걸 건져내어 제 그릇에 우겨 담는다.

"낸 교회 댕기니깐 해당 무여."

결국 부지깽이를 휘젓느라 땀만 흘린 개고기 솥에서 멀어진 재선은 아주머니들 틈에 끼어 푸석거리는 닭 다리를 붙들고 뜯는 신세가 되었다. 멀리서 영심 여사가 안되었다는 듯이 자꾸 건너다보는 듯싶어 재선은 가랑이 사이로 고개를 꺾어 내린 채 볼이 미어지게 고기만 뜯어 넣었다.

한바탕 배를 채우고 나면 으레 그래야 하는 것처럼 풍악이 울렸다. 개 삶는 것은 꺼리면서도 엉덩이 흔드는 데는 행여 남에게 일등을 빼앗길까 걱정하는 마누라가 집에서 가져온 설운도 테이프를 틀어놓는다. 불콰하니 술이 오른 남정네들이 입 가장이에 개기름을 번들거리며 어깨춤을 추자, 다리 밑 그늘에 얌전히 앉아 있던 여자들도 엉덩이를 들썩거리며 우줄우줄 따라나선다. 엉덩판 크기로는 제일가는 제 마누라

가 그 큼지막한 엉덩이를 팽이 똥구멍처럼 요리조리 돌려대
는 걸 재선은 차마 바라보기 징그러워 고개를 외로 꼬았다.

"아, 송대관이 〈차표 한 장〉이나 틀어봐."

"저이는 맨날 〈차표 한 장〉백에 모른대니께."

차표라는 말을 내어놓고 재선은 슬그머니 영심 여사 쪽을
그윽한 눈으로 건너다본다. 창구에 앉아 조막만 한 손으로 표
를 내주던 시절이 엊그제 같은데…… 너는 상행선 나는 하행
선 열차에 몸을 실었다, 사랑했지만 갈 길이 달랐다*.

"일루 와봐."

마누라가 우악스럽게 잡아끄는 바람에 재선은 신발을 신
은 채 물속으로 끌려들어가 억지로 어깨춤을 춘다. 남들이 보
면 없는 금슬이 금세 뒷박으로 쏟아져 보일 모양이다. 멋쩍은
얼굴로 억지 춤을 추면서도 여전히 눈은 영심 여사에게 박혀
있는 남편의 옆구리를 마누라가 남모르게 한 대 쥐어박는다.

"이런 순 구렝이 겉으니라구."

물을 텀벙거리느라 온통 옷을 적신 채로 얼마를 흔들어대
고, 개울에 빠진 채로 멱을 감기도 하면서 즐거워하자니 누군
가 개울 위쪽에서 어정거리며 다가온다. 더운 날, 허벅지까지
올라오는 장화를 신은 품이 어디 고추밭에다 약이라도 치고

---

* 송대관, 〈차표 한 장〉(1992년).

오는 품세였다.

시골 인심에 불러서 고기 춤이라도 떼어 먹일까 싶어 바라
보자니, 들고 있는 부대에서 허연 가루를 내어 개울가에다 뿌
려댄다. 보나 마나 벌레 잡는 농약 가루일 것을 개울에 몸 담
그고 노는 사람들이 있는 걸 번연히 알면서 흐르는 물에 날
려 들어가거나 말거나 뿌려대는 수작이 고약하다.

"물에서 버글거리니 죄 벤소 간 구데기루 보이나 베?"

곧은 말도 꼬아 하는 게 취미인 만수가 들으라는 듯 대놓고
크게 소리치건만 주인공은 들은 척도 않고 엿판에 밀가루 뿌
리듯 푸서리며 개울이며 한 움큼씩 뿌려대기 바쁘다.

"이 양반이 귀를 일찌감치 동치미 국물에 말아 드셨는가
부네."

허연 가루들이 물에 얹혀 내려오는 걸 보며 기겁하여 개울
에서 뛰쳐나온 사람들이 언성을 높이자 마스크를 뒤집어쓴
노인이 고개를 비틀어 돌린다. 한눈에도 고약스러운 심보가
덕지덕지 볼에 늘어지게 들러붙은 노인은 처음 보는 얼굴이
다. 웬만한 동네마다 외지에서 들어온 사람들이 절반을 넘어
서다 보니 면민 체육대회 때 슬쩍 얼굴 마주치는 것만으로는
타동 사람들 얼굴을 익혀둘 재간이 없었다.

"날 더운디 땡볕에 뭔 약을 친대유?"

한껏 누그러뜨린 이장의 말에도 돌아오는 노인의 대답은

퉁명스럽기만 하다.

"약 아니유. 석회 가루유."

석회 가루라는 말에 문득 짚이는 게 있어 모두 질겁하여 물에 담갔던 발을 빼기 바쁘다. 봄에 한바탕 난리를 쳤던 구제역 파동 때, 면내에서도 여기저기 소며 돼지를 수도 없이 파묻던 일이 생각났기 때문이다. 다행히 사람 먹고살기도 바빠서 짐승 기를 짬이 없이 지내던 명개리는 조용히 지나갔지만 타동에서 전해 오는 소식들은 들어 알고 있었다.

"워디 돼지래두 묻었슈?"

"묻기만 했게? 옆으루 새구 위루 솟구 넘친걸."

노인은 시종 못마땅한 얼굴로 이쪽을 바라보며 툽상스럽게 중얼거린다. 그러고 보니, 개울에서 멀지 않은 곳에 불룩한 흙 무더기가 노인이 뿌린 석회 가루에 덮인 채 솟구쳐 있다. 더욱 기가 막힌 것은 흙 무더기 옆으로 흘러나온 침출수가 개울로 흘러든 흔적이 아직까지 질척질척 골을 패고 남아있는 것이었다.

"그러고 보니 아까버텀 물에서 구중중한 냄새가 나는 거같드만."

만수 처의 말에 모두 이맛살을 찌푸리며 물에 젖은 몸들을 수건으로 문질러 닦느라 부산하다. 재선은 아까 제가 개울물에 씻어 영심 여사에게 흘려 보내준 천도복숭아가 생각나 우

85

선 고개부터 숙이고 보았다.

"아니, 그런 걸 개울루 흘려보내믄 워쩐댜?"

"흘려보내긴 누가 흘려보낸다는 겨?"

"그랴믄 파묻은 돼지가 기 나와 개울에 먹이래두 감구 들어갔댜?"

한잔 마신 술기운을 빌려 만수가 허리에 손을 짚으며 따지듯 말했다. 노인은 같잖다는 얼굴로 물가에 모인 사람들을 쓸어 보고는 들고 있던 부대를 냅다 메다꽂았다.

"제미, 날 더운디 뻴게 다 꾀여 거치적거리네."

한창 때 힘깨나 썼음 직한 노인이 소매를 훌쩍 걷어붙이고 시근덕거린다. 노인의 팔뚝에는 참을 인忍 자가 시퍼렇게 세 개나 새겨져 있었다.

"저 재 건너 명개리에서 물놀이 왔슈. 알구 보믄 죄 아는 처지에 그리 험악헌 말씀부터 헐 것이 아니잖어유."

"워디 물놀이헐 데가 읎어서 곡해두 션찮을 남의 농장 앞에 와서 노래 부르구 딴스를 추구 지랄이려."

"허, 참 이 양반. 진지를 똥구멍으루 자셨나 입에서 나오시는 말씀마다 워뜨케 두엄 냄새가 난댜?"

"양반이구 소반이구 구덩이에 죄 파묻기 즌에 죄용히 사라지는 게 피차 안녕이여."

한바탕 달려들어 멱살이라도 잡으려는 만수를 간신히 뜯

어말리고, 그래도 장長 자 얻어 붙인 이장이 나서서 분위기를 진정시켰다.

"보아허니 노인께서두 기르던 짐승 파묻구서 심기가 편치 않으신가 분디. 아무리 그려두 그렇지, 장에 가믄 하루에두 몇 번씩 얼굴 마주칠 이웃 간에 잘 놀다 가라구 인사는 못헐망정……."

"이웃이구 뭐시구 간에, 개나 소나 드나드는 바람에 멀쩡한 돼지들만 병 옮기어 결딴난 줄이나 알우."

제 목장에 병이 든 원망까지 듣게 되니 아무리 밤이면 힘이 달리는 처지라지만 재선도 뜨물 먹은 돼지처럼 구순하게 듣고만 있을 수는 없었다. 화투판에서 이죽거리기를 특기로 내세우던 봉팔이 흙 먹은 조개처럼 입을 꼭 다물고 어디에 처박혀 있는지 흔적도 찾아볼 수 없는 데다가 곁에서 영심 여사가 빤히 저를 바라보는 터에 재선은 한마디 질러 넣을 수밖에 없었다.

"아무리 산 너머 어둔 골짜기에 사는 처지라 해두 요즘 접시 하나만 지붕에 얹으면 하루 칭일 쉴 없이 지껄여대는 게 뉴스인디, 그걸 못 들었을 리두 만무허구. 소며 돼지는 울 안에 가둬놓구 팔자 좋게 해외 관광이나 댕기다가 옮겨온 병이라는 소식을 발써 깜깜히 잊으신 것이나 아닌지 모르것네."

"참 요즘 국산두 별게 다 있다드만 여그 또 한 품목 숨어

87

있었구먼. 기르던 돼지덜 산 채루 땅에 묻어봐. 그딴 소리가
나오나."

"싯가보덤 더 쳐서 백이십 프로루 보상혔다는디, 뭔 소리가
더 나온댜? 그 돈으루 또 해외 관광이나 댕겨오믄……."

"뭐시여? 트더진 입이라구 아무렇게나 주절거려두 되는 중
아나 분디, 워디 구덩이에 산 채루 묻혀볼 텨?"

내친 김에 한마디 더 얹으려던 재선은 느닷없이 달려들어
제 목을 움켜잡는 노인에게 떠밀려 개울로 풍덩 빠지고 말았
다. 돼지를 길러 먹어온 탓인지 우악스럽기 짝이 없는 팔에
붙잡혀 개울물을 몇 번이나 들이킨 재선은 간신히 정신을 차
려 노인의 뒷덜미를 끌어안고 몇 번이나 엎치락뒤치락했다.

"보상? 늬 자식들두 싸그리 묻어놓구 보상을 혀줄까? 뭐시,
백이십 프로? 일 년이구 이 년이구 질금거리며 나눠 주는 그
잘난 보상?"

어디 건드려주는 이가 없어 싸움질을 못 했던 건지 노인은
간신히 뜯어말려 물 위로 끌어올려진 뒤에도 허공에다 발길
질과 주먹질을 아끼지 않았다. 물색없이 끼어든 재선은 그야
말로 걷다가 벌집을 발로 걷어찬 격이었다. 노인은 기어코 들
고 있던 석회 부대를 재선의 머리 위에 끼얹고 나서야 분이
풀린 듯 돌아갔다.

흥은 일찌감치 깨진 데다가 돼지 썩은 물이 흘러들었을 개

울이라 생각하니 께름칙하여 시들해진 얼굴로 주섬주섬 짐들을 챙기는데, 허옇게 석회 가루를 뒤집어쓴 채 푸서리에 앉아 있던 재선이 미진한 듯 한마디 퍼붓는다.

"엄한 돼지럴 묻을 게 아니라니께. 저런 종자부텀 쓸어 담어야 혀."

"모르는 소리 말어. 촌것들은 돼지 썩은 물 퍼마시든 말든, 그저 제 밥상에 오를 삼겹살 떨어질까 걱정하여 부랴부랴 외국서 수입허라구 아우성치는 서울 것들. 제 표 깎일까 싶어 허발을 하며 구덩이에다 쓸어 묻으라 허구서는 이제 와선 무지한 농민들 탓으루 미루는 정치허는 짐승들부텀 묻어버려야 허는 중이나 알어."

이장이 계 모임 파하는 인사말이라도 하듯 한껏 느릿한 말로 늘여 붙인다. 모두들 기름기 묻은 그릇들을 개울물에 담그지도 못한 채 트럭에 쓸어 얹고는 서둘러 돌아갈 채비에 바쁘다.

머리에 들러붙은 석회 가루를 씻어내라고 잔소리를 퍼붓는 마누라에게 변명이라도 하듯 재선은 아까 하던 말을 되풀이한다.

"싸그리 묻어버려야 혀."

"왜 그이만 묻어. 안즉두 첫사랑 못 잊어 그 곁에서 어정거리며 침 흘리는 구렝이두 찬조루다 묻어야지."

마누라의 말에 가슴이 뜨끔하여 재선은 천 마리나 넘는 돼지를 산 채로 묻었다는 저편의 배추밭 너머만 지척지척 뒷짐 지고 바라볼 뿐이었다.

"그러고 보니 올 백중엔 절간에 가서 향이라도 피웠어야 하는 거 아녀."

기름 낀 개장국을 숟가락으로 연신 지분거리던 만수가 번질거리는 입으로 중얼거렸다.

"그 많은 생명을 묻구서 화가 없을까 몰러."

"화도 없는 것들헌테만 들러붙는 벱여."

사뭇 평상에 앉아 몇몇 꾼과 화투짝만 붙들고 있던 봉팔이 쥐고 있던 흑싸리 껍데기를 오지게 내리치며 주절거린다. 재선은 그 와중에도 이웃들 주머니나 털어내느라 끽 소리 한마디 않고 화투짝만 붙들고 있는 봉팔이 밉상스러워 한마디 쏘아붙이지 않을 수가 없었다.

"안즉 남아 있었나 베. 일찌감치 여치츠럼 튄 줄 알았더니."

"튀는 것으루야 개울에 들어가 경중경중 튀는 이럴 당헐까."

"남은 허옇게 뒤쓰구 싸우는디, 동전푼이나 긁어대기 바쁜 것두 한 계원이라니, 드러."

"얼래, 워디서 뺨 맞구 엄한 디다 땡깡이랴."

"그려, 부모야 지옥서 까꾸루 매달려 있든, 노름판에서야 국진에 똥 쌍피가 젤이지."

이태 전, 제 모친상을 당한 중에도 봉팔이 조문객들 틈에 끼어 밤새 노름판을 벌였다던 일이 생각나 한마디 퉁겨주었더니, 삼킬 말은 없어도 내놓을 말은 늘 남아도는 봉팔도 색색거리며 숨을 몰아쉴 뿐 잠시 대꾸할 말을 잃는다.

"시방 내헌티 시비 거는 겨?"

"시비가 아니구 썹이여."

물에 빠진 김에 발뒤꿈치 묵은 때 벗긴다고, 재선은 내친 김에 밉상스러운 봉팔의 멱살도 한번 들었다 놓을 셈이었다.

"이이가 위째 이런댜?"

아무래도 백중날, 개장국 끓인 것이 더쳤나 보다고 두덜거리며 팔심 좋은 마누라가 뜯어말리고, 영심 여사가 사이에 끼어들어 봉팔을 떼어놓았다.

"위째피 구덩이에 묻히믄 피차일반여."

이장이 제 딴에는 화해랍시고 끼어들어 소금 없이는 입에 넣지 못할 소리를 골라 늘어놓았다.

시퍼렇게 식어가는 개울 위에선 날것들이 떼를 지어 몰려와 피라미 대신 찰방거리고, 등을 돌린 채 먼 산만 바라보던 재선과 봉팔은 이장이 국 대접에다 따라주는 소주를 단숨에 들이켰다. 그려, 피차 흑싸리 껍질 겉은 것들만 죄 묻히구 마는 겨.

머리에 여전히 석회 가루를 묻힌 재선은 영심 여사가 제 남편의 팔짱을 끼고 돌아갈 채비를 차리는 걸 물끄러미 바라보았다. 예정된 시간표대로 떠나야 하네, 너는 상행선 나는 하행선. 시동을 건 트럭에서 온종일 틀어댔던 〈차표 한 장〉이 불탄 강아지 앓는 소리로 지절거리며 흘러나왔다. 어느덧, 산자락을 타고 내려온 땅거미가 내려선 개울은 어스름히 비린내를 풍기고, 그 위로 사그라지는 짚불처럼 노을이 치익 소리를 내며 저물어가고 있었다.

(응달 너구리)

그러니까 황정식이 삼봉을 처음 대면한 것은 제 처와 함께 감자밭을 둘러보러 왔을 무렵이었다.

　"사람 거북하게 뭘 저리 쳐다본대?"

　잠자리 같은 색안경을 코 위로 밀어 올리며, 황정식의 처는 이맛살을 찌푸렸다. 이제 막 돋기 시작하는 어린 풀들에 덮인 논두렁을 코를 벌름거리며 내다보던 황정식이 혀를 차며 답을 건넸다.

　"똑 닮았네."

　"뭐가요?"

　"탄자니아 원주민들하고 말이야."

　"써 붙어 있네요."

　제 처가 가리키는 손끝을 따라가 보니, 아직 누런 참나무

잎이 워석거리며 매달려 있는 산자락에 비스듬히 걸린 현수
막 하나가 눈에 들어온다.

'땅 사고팝니다. 원주민 부동산'.

"아직도 저러고 사는 이들이 있으니……."

"좀 좋아? 낮이면 제 먹을 곡식 기르고 밤이면 세상모르고
곯아떨어지니, 기름값 오른다고 걱정을 하겠어? 정치가 어쨌
다고 인상을 쓰겠어?"

"암만 그래도 세계 십일 위 가는 대한민국에서 저게 뭐예
요? 배만 불린다고 사람 사는 거라 하겠어요."

"어쭈, 웃기도 하는데."

엉거주춤 논 가운데 발을 빠뜨리고 서서, 움푹 들어간 눈으
로 지나가는 차를 뚫어지게 쳐다보던 한 쌍의 농사꾼이 히죽
웃는 걸 황정식 내외는 신기한 짐승이라도 구경하듯 소리 내
어 웃었다.

"대체 저이들은 무슨 생각으로 살까? 희망이니 삶의 목적
이니 이런 것도 생각할까요?"

"생각은 무슨…… 그냥저냥 한세상 사는 거지, 뭐."

머리에 털 난 뒤로 빗 구경이라고는 한 적이 없는 듯 헝클
어진 머리에 흙 뒤발을 한 사내를 바라보며, 황은 그렇게 단
정을 지었다. 무언가 겁을 집어먹은 듯 움푹한 눈은 깊이를
헤아릴 수 없었고, 걸맞지 않게 앞으로 튀어나온 아래턱은 영

락없는 오랑우탄 꼴이었다. 사람이라고 다 같은 사람이 아니라는 걸 황은 오랜 외유 생활에서 익히 깨우친 바 있었다.

황정식은 주로 동남아와 아프리카처럼 후미진 나라들만 돌아다닌 이른바 제3세계 외교통의 공무원이었다. 나이가 차서 더는 녹봉을 받지 못하게 되자, 전부터 벼르던 시골로 내려와 살기로 했다. 물설고 낯선 이역에서 늘 꿈꾸던 삶이었다. 뒷동산에 연분홍 진달래가 함박 물들고, 노란 개나리로 울을 치는 배산임수의 아늑한 터에 조신한 한옥을 한 채 들이고, 옆구리에는 맑은 개울이 흘러 물방아가 쉼 없이 돌아가는 풍경을, 그는 원숭이가 목 아픈 줄도 모르고 온종일 끽끽거리는 야자수 그늘 아래서 동경해왔었다.

퇴직을 삼 년쯤 앞두고, 이리저리 손을 써서 국내 근무로 들어왔을 때부터 이 나라 구석구석 좀 외지고 조용하다 싶은 촌이라면 두루 찾아다닌 끝에, 서울에서 그다지 멀지도 않고 그러면서도 아직 사람이나 풍경이 어수룩해 보이는 음정면 용두리를 찾아내고야 말았다.

용두리로 말하자면, 용머리산을 뒤로 두고 앞에는 물 맑은 명천이 쉼 없이 흐르고, 행여 밋밋한 들판이 지루할까 봐 소지개를 안산案山 삼아 앞에 뉘어놓은 명당지처였다. 게딱지 같은 서른 안팎의 농가가 옹기종기 엎드려 있는 전형적인 농촌 마을이었다. 마을 옆구리에 돼지 농장이 파고든 것이 흠이

었지만 황정식이 마음에 둔 터와는 상당히 떨어진 데다 마주
뵈지도 않아 별 문제가 아니었다.

사무실 경비로 일하는 김 씨가 소개하여 알게 된 용두리의
풍광은 첫 걸음에 황의 마음을 빼앗았다. 그리고 주말마다 시
간을 내어 무시로 드나들면서 마을의 인심이며, 철마다 바뀌
는 산자락 풍경까지 꼼꼼히 살피고서야 제집 들어앉힐 터를
고를 수 있었다.

읍내에 즐비한 부동산을 통하면 힘 안 들이고 마음에 드는
땅을 찾을 수 있겠지만, 낯선 타국에서 오만 가지 일을 다 겪
은 황은 세상의 머리 검은 짐승 치고 남 속이지 않는 이가 없
다는 사실을 일찌감치 통감한 바 있었다. 입 하나로 남의 땅
에 웃돈이나 얹어 먹고사는 부동산업자라는 이들은 더 말할
것도 없었다.

그래서 느티나무에 앉아 삽에 들러붙은 진흙을 나뭇가지로
후벼 파고 있던 추레한 권 노인을 만났을 때, 그래도 흙 파먹
고 사는 이가 조금은 낫겠다 싶어 그를 앞세운 것이었다. 지
금은 나이가 들어 젊은 사람들에게 물려주었지만, 여섯 번이
나 이장 일을 보았다는 노인은 어디 조용히 살 만한 집터가
있느냐는 말에 이맛살부터 찡그렸다.

"땅 파먹구 사는 촌서, 어디 잘라 팔 여유 땅이 있것슈? 메
뚜기 이마빡만 헌 땅이래두 콩 놓아 먹기 바쁜디……."

크게 기대하고 건넨 물음이 아니니, 그런가 보다 하고 자리를 뜨려는데 노인이 등 너머로 한마디 던졌다.

"근디, 뭐 허시는 양반이신디 이런 궁벽한 촌엘 들어오실랴구 허신댜?"

"퇴직한 뒤에 공기 맑은 데서 조용히 좀 지내려구요."

"공기야 맑쥬. 조용허기두 허구."

"마을이 참 아늑하니 보기 좋습니다."

"그러구 말구유. 사변 때두 여그는 난리 난 중두 몰랐던 디유."

공연히 속내만 내보인 듯하여 서둘러 몸을 돌리는데, 노인이 뭉텅이져 던지는 말토막이 발에 걸린다.

"그러믄 내 땅 한번 보시려우?"

이제 농사도 힘에 부쳐 자식네로 들어갈 참이라며, 권 노인은 나중에 죽으면 돌아와 묻힐 요량으로 남겨두고 있다는 감자밭 삼천 평을 내보였다. 일이 되려면 우습게도 풀리는 법인지라 황은 그 길로 권 노인을 차에 모시고 감자밭으로 향했다.

권 노인의 밭은 마을과 적당히 떨어진 데다 정남향의 언덕배기에 자리 잡아 시야가 시원하게 트이고 볕이 바랐다. 호리병 모양의 밭은 아름드리 잣나무들로 에워싸여 아랫길에서는 잘 뵈지가 않았다. 풍수를 본다는 이들이 말하는 금닭이 알을 품은 '금계포란형金鷄抱卵形'의 명당자리인 셈이었다. 짐

짓 심드렁한 얼굴로 속내를 숨긴 채, 황이 지나가는 말처럼 노인에게 땅의 평수와 경계를 물었다.

"원래 증조 으른께서 산자락을 개거 따비밭을 일군 것인디, 시방은 손이 나질 않아 묵히다가 칡투셍이가 되었지만, 몇 해 전까증만 혀두 저 윗배미꺼정 다 밭으루 해먹었쥬. 지금두 등기에는 밭 삼천 평으루 올라 있슈."

생각보다 넘치는 면적이라 잘라 팔 수는 없느냐는 말에 노인은 누런 이를 드러내며 웃어 보였다.

"제우 밭 삼천 평 가지구 잘루구 붙일 게 뭐 있슈? 그나마 모개루 털어 자슥네 들어갈 때 한 뭉치는 들구 들어가야 눈칫밥이래두 덜 먹지 않것시유?"

한 뭉치 되는 금액을 가늠하느라 황은 머릿속으로 분주히 계산기를 두들겨댔다.

"그래, 얼마나 받으시려고 하는데요?"

"평생 땅만 파묵었지, 팔구 사구를 해봤어야쥬? 그러잖아두 넬이구 모래구 읍내 복덕방에다 내놓으려던 참인디, 돌아가는 금대루 혀야쥬."

읍내 복덕방에 내놓는다는 말에 황은 부쩍 몸이 달았다. 혹시세 어두운 노인의 땅이라고 부동산업자들이 달려들어 이리 삶아대고 저리 지져대다 보면 어느 아침에 낯선 사람 손에 넘어갈지 모를 일이었다.

"그래도 대강 생각하시는 금이 있으실 게 아닙니까?"

"생각이야 뭐럴 것두 읎이 많이 받을 수록 좋것지만 어디 달라는 대루 다 주것시유? 얼매 전에 저 개울 건너짝 물 나오는 밭두 평에 십만 원씩 받았다니, 그만은 혀야 허지 않것슈?"

평당 십만 원이면 삼억이었다. 아무리 행정수도가 옮겨 앉는다 해서 충청도 땅값이 들썩거린다지만, 이렇게 후미진 촌이야 고작 오만 원이면 족하리라 여겼던 예상의 곱이었다. 부르는 대로 다 주는 흥정이야 없으니 시간을 두고 밀고 당기면 중간선에서 절충이 되겠지만, 행여 미적거리다가 눈치 빠른 부동산업자들이 끼어들어 동티를 내고 나면 두고두고 잠을 설칠 만큼 탐나는 땅이었다.

며칠 말미를 달라며 노인에게 당부를 해놓긴 했지만 마음이 놓이지 않았다. 황은 이튿날 득달같이 제 처를 동반하여 땅을 뵈고, 읍내 부동산에 들러 용두리 땅금도 알아보았다. 워낙 거래가 없는 지역이라 고정된 땅금은 없지만, 주변 시세로 보자면 상급지는 십만 원도 간다는 말에 황은 내심 칠팔만 원에 매듭을 지으리라 속요량하였다.

"애덜이 하루래두 땡겨 오라구 성화여서, 낼이래두 복덕방엘 가볼 참인디……."

첫새벽에 걸려온 권 노인의 전화를 받고서 황은, 흥정은 쫓기듯이 하지 말자는 평소의 소신도 챙길 틈 없이 계약금을 싸 들고 내려갔다. 부동산 사무실에 가서 계약서라도 써야 되는 게 아니냐는 노인의 말에, 어차피 등기를 만들려면 법무사를 거치게 되니 그걸로 대신하자고 제가 챙겨 온 계약서에 서로 도장만 눌러두었다.

"애덜헌티 소리나 듣지 않을까 모르것네."

쌘값에 판 듯하다고 걱정하는 권 노인에게 계약금 천만 원을 떠맡기고서야 황은 겨우 안도의 숨을 내쉬었다. 그러고는 모처럼 여유롭게 땅을 둘러보았다. 경운기가 드나들며 남긴 바퀴 자국이 두 줄로 선명하게 남은 진입로를 오르자, 탁 트인 감자밭이 새 주인을 반기듯 가슴을 시원하게 했다.

"길은 있는 거지요?"

"오대조부텀 이 길루 댕기면서 농사지어 먹구살은 길이유. 근동이 죄다 조부 되시는 으른 땅이었는디, 세 아드님께루 나눠준 것이니께 죄 집안네인 마을서 니꺼 내꺼 헐 일두 읎었쥬."

시골길이야 서로 남의 땅 나눠 밟고 다니는 게 다반사라는 것쯤은 황도 알고 있었다. 주머니에 든 계약금을 꺼내 들고 무언가 께름칙한 얼굴을 하고 있는 노인을 보며 황은 서둘러 자리를 떴다. 행여 노인의 마음이 바뀌지나 않을까 걱정이 되었기 때문이다. 무엇보다 서울에 산다는 노인의 아들이 뒤늦게 파투나 내지 않을까 걱정이 되어 황은 서울로 올라온 뒤에도 한동안 전화 받기를 조심스러워했다.

그렇게 황의 땅이 된 감자밭에 집을 짓기 시작한 것은 올봄의 일이었다. 해동되기가 무섭게 장비를 불러들여 땅을 깎고, 대웅전 주춧돌만 한 바위들을 실어다 계석을 쌓은 뒤에 그 위에 보기 좋게 열 칸짜리 한옥을 지어 올렸다.

유난히 가물어 농사짓는 이들은 얼굴을 찡그렸지만, 상량을 올리고 지붕을 얹을 때까지 으레 봄이면 오락가락하던 이슬비도 뜸하여 황은 이게 다 하늘의 복으로 여겼다. 큰 절만 지으러 다녔다는 대목을 어렵게 구해 매미 소리 낭자한 한여름까지 꼬박 일을 벌인 끝에 제법 집 꼴이 의젓해질 무렵이었다.

기둥 사이의 벽체를 황토 벽돌로 한창 쌓아 올리던 어느 아침에 대목 밑에서 십장 격으로 이런저런 심부름을 하던 최 씨가 숨이 턱에 차서 전화를 걸어왔다.

"길이 끊겼슈."

뜬금없는 소리에 간밤에 마신 술이 덜 깼냐고 야단부터 치던 황에게 최 씨는 여전히 두서없는 토막말만 되풀이했다.

"엊저녁만 혀두 멀쩡허던 길이…… 눈뜨니 끊어져 있다니께유."

평소에도 말을 더듬는 최 씨를 반은 달래고 반은 윽박질러 겨우 알아낸 사정에 의하면, 집에 오르는 길을 트랙터로 끊어 내 발이 푹푹 빠지는 무논으로 만들어버렸다는 것이다. 도대체 누가 한 짓이냐는 말에 최 씨는 '웅달 너구리 삼뵝이래유' 라는 알아듣지도 못할 말만 더듬거렸다.

앓느니 죽는다고 말더듬이 최 씨에게 묻느니 제 눈으로 확인하는 편이 낫겠다 싶어, 황은 긴요한 약속도 미룬 채 허위허위 용두리로 달려갔다.

최 씨 말대로 집으로 올라가는 길목이 댓 걸음쯤 끊겨 난데없이 논바닥이 되어 있어 차는커녕 사람도 건널 수 없게 되었다. 도대체 누가 이딴 짓을 했느냐는 말에 논 한가운데 들어가 미나리 순을 꽂고 있던 삼뵝이 내외가 겁먹은 얼굴로 이쪽을 쳐다보았다.

허벅지까지 올라오는 노란 장화에 흙 뒤발을 한 삼뵝이 내외는 아침에 물 말아 먹은 밥알이 죄 흘러나오도록 입을 반쯤 벌린 채, 삿대질을 해대는 황을 우두커니 바라보았다.

"남의 집 앞길을 이렇게 끊어놓는 법이 어딨소? 오늘도 나무 실은 차가 들어와야 하는데……."

보면 볼수록 어딘가 모자라는 느낌을 주는 두 사람에게 황은 초장부터 정신이 버쩍 나게 닦아주리라 마음먹고 언성을 한층 높였다. 촌사람을 다룰 때는 관이나 법을 들먹이는 게 약이거니 여겨, 황은 가능한 어려운 법률 용어들을 흰밥에 콩

두둣 듬성듬성 섞어가며 삼봉을 을러댔다.

"이렇게 공유도로를 임의로 차단하면 농지법 위반인 거 모르나 본데, 불법행위로 남의 적법한 공정에 손해를 끼쳐 배상 청구 소송을 내면 책임질 수 있겠소?"

"워낙 찬물이 나는 논이래서유. 소출두 안 나구 혀서, 미내리래두 심궈 먹을려구유."

두 손을 배꼽 밑에 조아리고 삼봉이 더듬거리며 변명을 했다.

"아니, 당신 미나리만 걱정이고 남의 길은 어찌 되든 모른다 이 말이오?"

"진작버텀 미나리 농살 지을려구 혔던 거구먼유."

"그건 거기 사정이고, 하여간에 당장 원상태로 메워놔요."

망연자실하여 큰 눈만 끔벅거리는 두 사람이 답답해서 황은 목소리를 조금 눅여 지금이라도 어서 굴삭기를 불러 길을 원상복구시키라고 조곤조곤 일러주었다. 목마른 이가 우물 판다고 하지 않던가. 공연히 뻗대고 나와 일만 늦어지면 자신만 손해임을 황도 잘 알고 있었다. 이런 사람들은 적당히 겁을 주고, 얼러줘야 한다는 것을 황은 아프리카나 아시아 등지의 원주민들을 상대하며 일찌감치 깨우치고 있었다. 당근과 채찍이라는 것이 꼭 원숭이나 곰이 재주 부릴 때만 쓰는 게 아니라는 사실을 황은 기회 있을 때마다 주변 사람들에게 설토해왔었다.

"자, 이제 가을이면 나도 이 마을 사람이 될 텐데, 이웃 간에 이런 일로 얼굴 붉혀서야 되겠소?"

"근디유, 저두 가진 거라군 이 땅백에 옰어서유. 세 식구 먹구살자믄 물 나는 땅이래두 놀릴 순 옰거든유."

"아, 답답하네. 농사야 당신 논에서 하면 되지, 어째서 남의 길까지 깎아서 논으로 만드느냐 이 말이오."

마침 목재를 가득 실은 트럭이 도착하여 돌아갈 시간이 바쁘다며 그냥 길섶에다 목재를 부려놓으려는 바람에 황은 조바심이 나 말귀 어두운 삼봉을 다시 윽박지를 수밖에 없었다.

죄 지은 사람처럼 어쩔 줄 모르던 삼봉은 등 뒤에 숨어 자꾸 고의춤을 잡아당기는 제 처와 함께 연신 고개만 꾸벅거렸다.

"죄송이고 뭐고 당장 차 들어가게 길을 메워놓으라니까 그러네. 이러다 화물차 돌아가면 당신이 물어낼 거요?"

물어내라는 말에 늘어진 눈두덩에 반쯤 가려 있던 눈을 버쩍 치켜뜬 삼봉이 다 들어가는 입속말로 무어라 중얼거렸다.

"근디 거기두 즤 논인디유."

"뭐요?"

"즤 논이 거그꺼정이거든유."

삼봉이 벌벌 떨리는 손가락으로 황이 서 있는 발밑을 가리켰다.

"무슨 소리요? 어제까지도 길이었던 땅인데…….”

"당숙 으른네니께 여즈껏 길루 내드린 거시쥬, 뭐.”

"그럼, 이 땅이 당신 것이다 이 말이오?”

삼봉은 당연히 다 아는 일 아니냐는 표정으로 고개만 끄덕였다.

"난 그 양반에게 돈 주고 산 것이니까 이제는 내 길이다 이 말이오.”

삼봉은 굴에서 기어 나온 두꺼비처럼 흙투성이가 된 빈손을 들어 보였다.

"난 몰라유.”

"모르다니, 그 양반한테 물어보면 알 것 아니오.”

"미국으루 이사 간 으른헌티 워뜨게 문대유?”

"미국?”

용두리에 남은 집이며 전답까지 말끔히 정리한 삼봉의 당숙 되는 권 노인이 미국 사는 아들에게 이민을 갔다는 말에 황은 멀거니 입을 벌려야 했다. 황은 아차 싶었다. 지적도를 검토하던 법무사가 길이 남의 땅을 밟고 지나간다는 말을 했을 때도 권 노인 말만 믿고 건성으로 흘려들었던 게 화근이었다. 그렇다고 이제 와서 맥없이 물러설 수만도 없는 일이었다. 부동산도 없이 직거래로 맺은 계약이니 어디 가서 원망할데도 없었다.

"아무리 그래도 오래전부터 사람이 오가던 길을 사전에 말도 없이 무작정 끊어버리는 법이 어디 있단 말이오?"

"즤가 뻡이구 뭐이구 알어야쥬. 그저 즤 땅에다 한 뼘이래두 넝사럴 지어 먹것다는 거쥬, 뭐."

"그러니 서로가 좋게 해결을 해야지."

은근히 뒤가 켕긴 황이 부드럽게 누그러진 말을 건넸지만, 삼봉은 고개를 주억거리면서도 제 논을 길로 내주겠다는 말은 끝내 하지 않았다. 몰라서 그러는 것인지, 혹 땅값이라도 생각하고 일부러 그러는 것인지 황은 갈피를 잡을 수가 없었다.

당장 내일부터 황토 벽돌 차가 무시로 드나들 판에 길이 끊어졌으니 난감한 일이었다. 황은 이리저리 머리를 굴려보아도 땅 주인인 삼봉을 구워삶는 수밖에 없다는 결론에 도달했다.

"누가 옳은지는 측량을 해보면 알겠지만, 혹 거기 말대로 이 길이 거기 땅이라도 어떻게 하겠소? 다 지어놓은 집을 하늘로 날아다닐 수도 없는 일이고……."

이미 지붕까지 다 얹은 집을 이제 와 허물 수도 없는 일이었다. 원래 하나로 붙어 있었을 삼봉의 논 가운데로 길을 내고 드나들었으니, 면적으로는 서너 평도 안 되는 땅이지만 그걸 딛지 않고는 옆으로 돌아갈 수도 없는 일이었다.

"즤는 암것두 몰러유. 그저 한마을서 넝사짓던 당숙이 떠났으니께 갈라졌던 논 한데루 몰아붙인 것밲에 읎는디……."

아무것도 모른다며 꿩처럼 논바닥에 머리만 박고 있는 두 사람을 우두커니 바라보고 있자니 황은 가슴이 터질 듯했다. 견디다 못해 황은 결국 속에 감춰두었던 말을 입에 올리고야 말았다.

"막말로 땅값을 내라면 내서라도 길을 오가야 하지 않겠소?"

땅값이라는 말에 삼봉은 숙였던 머리를 잠깐 치켜들고는 잇몸이 벌겋게 드러나도록 히죽거렸다.

"팔 것두 아니지만서두, 논을 묵뎅이츠럼 짤라 팔 수두 읎는 일이구유."

"못 팔 것은 또 뭐요? 그동안 길로 내주었으니 인심 쓰는 셈치고 세 평 정도만 잘라 팔면 되지 않겠소?"

"멀쩡한 논얼 토막을 내믄 넝사짓기두 여간 거북헌 게 아니쥬. 그간 당숙 으른네끼 참구 왔지만서두유."

참는 김에 좀 더 참으라고 매달려보았지만 삼봉 내외는 연신 싱거운 웃음만 지을 뿐이었다.

트럭 운전사의 성화에 별수 없이 목재를 길 가장자리에 내려 쌓고는 일꾼들에게 져 나르게 했다. 일도 느리고, 져 나르는 일꾼들도 여간 고생이 아니었다. 앞으로 줄줄이 들어올 자재들을 생각하니 막막하기만 했다.

"길이 없으면 준공 허가두 안 나와."

십장 격인 최 씨가 다가와 시르죽은 목소리로 귀에다 쏘삭거렸다. 허가라는 말에 황은 잔뜩 긴장이 되었다. 평생 인허가 서류에 도장밥을 들여온 황으로서는 허가라는 것이 얼마나 사람을 애먹이는가를 누구보다 잘 알고 있었다.

서울로 올라오는 대로 황은 법무사에게 달려갔다.

"그러게 길이 남의 땅으로 되어 있다고 말씀드렸잖아요."

자초지종을 전해 들은 법무사는 안경을 머리 위로 추켜올리며 혀를 찼다.

"별수 없어요. 돈으로 싸발라야지."

"돈으로요?"

"맹지는 허가가 안 나와요. 그쪽에서 달라는 대로 주고서라도 길을 내야지요."

그 뒤로 황은 서너 차례나 삼봉을 찾아갔다.

"글쎅, 안 판다는 땅을 대구 팔라시니 참 거시기 허네유. 서울 사는 양반덜은 워쩔지 몰러두 우리츠럼 땅만 파먹구 사는 이덜헌티는 땅이 바루 목심이유. 당장 먹기는 꽃감이 젤이라구 있는 땅 팔아묵구 나선 뭐 혀서 장 먹구살라구유. 배운 게 있어유, 벤벤헌 기술이 있어유? 꼼짝옰이 굶어 죽는 수뱆에는 옰지 않것슈?"

"다른 땅을 사면 되잖아요?"

"글쎄, 서이 평두 안 되는 땅을 얼매나 받게유? 평에 백이라 혀두 서이 평이믄 제우 삼백뱍에 안 되는 걸루 워디 가서 땅을 산대유? 공연히 멀쩡한 땅만 쪼가리 맹드는 거지유."

"평에 백요?"

십만 원도 과하다고 생각하던 황에게 평당 백만 원이라는 말은 청천벽력과 같았다. 금액은 물러두고, 시가의 열 곱이나 되는 액수를 아무렇지도 않게 불러대는 것에 황은 입만 벌린 채 할 말을 잃었다.

결국 밀고 당기느라 몇 번이나 삼봉을 찾아가 두 손도 모자라 머리마저 조아리고 애쓴 끝에 결국 황은 달라는 값에서 한 푼도 깎지 못한 채, 그것도 안 팔겠다는 삼봉에게 사정을 하여 간신히 길 세 평을 사들이게 되었다.

돈 삼백만 원이야 직거래로 아낀 부동산값으로 치른 셈 치면 될 일이었다. 황이 잠을 자려고 누웠다가도 벌떡 일어나 거친 숨을 몰아쉬는 것은, 아프리카 원주민보다 나을 것이 없는 삼봉에게 머리를 조아리게 된 자신의 꼴이 저 스스로 보기에도 부끄러워 견딜 수가 없었기 때문이었다. 마을 사람들은 그렇다 치고, 전입신고를 하러 들른 면사무소에서도 직원들이 힐끔거리며 이야깃거리가 되었으니, 참 사람 꼴이 말이 아니게 된 것이다.

살면서 지켜보니, 삼봉의 논이란 것이 말이 좋아 논이지 아무짝에도 쓰지 못하는 늪이나 다름없었다. 산자락에 달라붙은 두어 마지기 논은 해가 잠시만 기울어도 절반은 산 그림자에 가린 데다 찬물까지 질척질척 스며나서 소출이 다른 논의 반도 되지 않았다. 게다가 물이 늘 질척거려 가만히 발끝만 들여놔도 허벅지까지 잠겨 들어가 빠질 줄을 모르는 진구렁이었다. 그런 땅을 평에 백만 원씩이나 주고 샀으니 두고두고 남의 말 안줏거리가 될 만도 한 일이었다.

무엇보다 황이 분한 것은, 집을 짓는 것을 뻔히 알면서도 가만히 엎드려 있다가 지붕까지 얹어 무를 수도 없게 되었을 때 길을 끊어버린 삼봉의 음흉함에 보기 좋게 당한 일이었다. 이 나라 저 나라를 손안에 넣고 마음대로 주물렀던 외교관 생활 삼십 년의 황정식이 앗 소리도 못 하고 그냥 앉은 채로 당하고 만 것이었다.

"세상 헛살았어. 그런 무지렁이에게 당하고."

남부끄러워 제 처에게도 말을 못 한 황은 그저 액땜한 셈 치고 다 잊기로 했다.

나중에 집에 놀러 온 마을 사람들에게 하소연을 했더니, 한 구석에 앉아 맥주만 비우던 반장이라는 젊은이가 되바라지게 한마디 얹은 것도 황은 마음이 편치 않았다. 그것도 하려고 했던 말이 아니었다. 마을에 유일한 외지인인 화가가 마침 함께 물어왔기에 하소연 삼아 건넸던 말이었다.

"세상이 아무리 변해도 촌까지 이러면 되겠냔 말이오. 시골이란 게 뭐요? 도시 사람들이 잃어버린 마음의 고향 같은 곳 아니겠소?"

"맞아요, 요즘은 촌이나 도시나 다를 게 없어요."

그렇게 둘이서 주고받는 이야기에 느닷없이 끼어들어, 그동안 무슨 혁신농업 연수니 하는 자리에서 주워들은 게 뻔한 설교를 한바탕 늘어놓는 것이었다.

"그런 개풀 뜯어먹는 소린 귀에 못이 백히니께 그만허유. 그려, 도시 사람덜은 우주선 타구 달나라 가믄서 촌것들만 그냥 마음의 고향이니 뭐니 허면서, 굼벵이 기 다니는 초가지붕 엊구 살래는 것이 워떤 나라 뱁 몇 조란 말이유? 도시 사람덜 지름진 괴기에 물린 입에 이따금 별미 삼아 푸성귀 반찬이나 해 먹이려구, 돈이야 되든 말든 창새기가 달라붙든 말든, 농약 치지 말구 메뚜기나 길러가믄서 유기농인가 뭔가 허라는 말씀은 미안혀지만 사양허것슈. 그기 그리 먹구 싶으믄 아파트 팔구서 촌에 들어와 즤 손으루 비름나물두 무쳐 먹구, 유기농 배차두 심궈 먹으라구 혀유."

다부지게 쏘아붙이고는 제 것도 아닌 맥주를 벌컥벌컥 들이키는 반장이라는 작자를 황은 기가 막혀 대꾸도 잊은 채 망연히 바라볼 뿐이었다.

"난 그래도 시골이 시골다운 게 좋던데……."

멀쑥하니 코가 빠진 화가가 턱수염을 쓰다듬으며 한마디

대구를 했다. 그러자 반장 곁에 있던 이장이 빤질거리는 이마의 땀을 때가 꾀죄죄한 손수건으로 훔치며 퉁명스럽게 한마디를 잊지 않았다.

"두 번만 좋았다간 돼지우리서 살것네."

화가가 소를 키우던 축사를 빌려 그 안에 방을 들여 사는 것을 비꼬는 말이었다. 좋다고 팔아먹을 때는 언제고, 이제는 그 안에 들어와 산다고 돼지 새끼 취급하는 이장을 보며 황은 머리를 절레절레 흔들었다.

그러면서도 황은 가만히 생각해보니 시골 사람들 탓할 것이 없다고 답을 내렸다. 이 모든 게 저 살겠다고 남의 머리 위에 올라앉아 온갖 잔머리를 굴려온 도시 사람들이 가르친 덕이 아니겠는가. 농사가 어렵다 하니 살릴 생각은 버리고 그저 돈으로 싸발라 논 한가운데 모텔을 들이세우고, 문 닫은 촌학교 터에 단란주점을 세우며 그저 돈으로 입막음을 한 덕이 아니겠는가.

나라가 하는 일이 촌이 어렵다고 나라 안의 모든 촌을 도시로 만들려 하고, 막상 거기 사는 이들도 우리도 한번 텔레비전에 나오는 도시 사람처럼 잠시라도 살다 죽자고 소원하니 어디서 누구를 원망하랴.

응달 너구리 삼봉의 진면목을 만나게 된 것은 황이 용두리에 들어와 한겨울을 난 뒤였다. 봄부터 마을에는 물 공장 문제로 수런거렸다. 위아래로 붙어 있는 용두리龍頭里와 용미리龍尾里 두 마을 간에 다툼이 벌어진 것이었다.

용의 머리를 닮은 큼지막한 용바위가 얹혀진 용두리는, 북향의 산자락을 파고들어 마을을 얹은 터라 무엇을 하든 변변한 수확을 거두지 못하였다.

그러던 용두리에 몇 해 전, 대규모 돼지 농장이 들어와 마을 사람들마다 논밭에 걸쭉한 거름을 거저 몇 차씩 갖다 부어 쓰고 있으며, 때마다 돼지도 몇 마리씩 내어줘 마른 입에 기름칠도 하는 터라 보물이나 다름없이 여겼다.

그런데 아래쪽 용미리에 난데없이 생수 공장이 들어선다면서 두 마을 사이가 불편해졌다. 공장이 들어설 터를 둘러보러 온 이들이 마침 날이 가물어 용미리 앞 개울에 진득하니 고인 돼지 똥덩이들을 보고는 난색을 표했다는 소리를 전해 들은 것이다. 돈도 되지 않는 농사는 가외로 돌리고, 생수 공장에서 공원이나 경비로 또박또박 월급 타먹을 재미만 기대하고 있던 용미리 사람들로서는 이웃인 용두리 사람들이 갑자기 눈엣가시처럼 여겨지게 되었다. 막걸리 잔이라도 놓고 마주치는 장터 선술집이건, 농협 작목반 모임 자리나 이장 협의회 회식 자리건 사사건건 두 마을 사람들이 위아래 없이 개가 원숭이 만나듯 말싸움을 벌이게 되었다.

"워째 용대가리선 나라서 읊는 돈 내어 돼지 똥 가지런히 모아두라고 똥 광꺼정 지어줬더니만, 그 안에단 트랙터 뫼셔 놓구 냄새나는 돼지 똥은 개천으루다가 흘려보낸댜?"

"엄한 소리 말어. 흘려보내긴 누가 흘려보낸댜? 비가 와서 쬐금 씻겨 내려간 걸 트집 잡으믄 농사짓는 이덜이 워째 산 대? 용꼬리 사램들 밭에선 맑은 물만 흘러 들어간댜?"

"공연히 하늘 탓허다가 베락 맞을게 무서워. 돼지 똥얼 개 천에다 바짝 대구 쌓아놓은 건 뭐여? 어여 비가 와서 쓸려 가 라구 고사럴 지내는 거 아녀?"

"냄이야 어디다 쌓든 벨걸 다 트집여?"

"그려, 거기야 똥으루 밥을 비벼 먹든 말든 모르것지만, 워째 남의 동니 개천까정 돼지 똥 뒤발을 혀놓느냐 이 말이여."

"자꾸 똥, 똥 그러지 말어? 넝사꾼에겐 똥이 밥여. 여즈껏 그거 은어다 넝사 잘 지어 처먹구선 무슨 소리여? 개울두 나 가 봐. 줌 걺긴 혀두, 용두리서 나가는 개울 언저리에만 괴기 들이 바글바글허는 거 보지두 못했어?"

이렇게 시작된 말싸움은 날이 지날수록 험악해져 나중에 는 종종 주먹다짐으로 번졌다. 관에다 고발을 하느니, 용미 리 앞길을 막느니 하는 험한 말이 나오자, 용두리에서도 용 미리로 내려가는 개울물을 끊어버리자느니, 억울하면 마을 을 용두리 위로 이사하라는 등 거칠고 귀에 거슬리는 말들만 골라 오갔다.

　그래도 지각이 조금은 있고, 책임이라는 게 걸린 감투를 쓴 두 마을의 이장들이 어떻게든 이 험악한 상황을 면하고자 이마를 맞대다가 외교관 황정식을 찾아왔다.

　"그라두 이 나라 저 나라 외교를 맡았던 분이니께, 묘안이 있질 않것나 혀서 찾아왔슈."

　두 이장의 말에 황정식은 내심 흐뭇하면서도 한편으로는 뾰족한 묘수가 생각나지 않아 난감했다. 기껏 서로의 형편을 잘 이해해서 양쪽이 다 잘되는 상생의 방도를 찾아보자는 하나 마나 한 말만 늘어놓고 말았다. 두 마을 사람들을 모은 자리에서 그런 취지의 말씀을 직접 들려달라는 이장들의 청에 황은 마을회관에 나가게 되었다.

　"에, 이웃사촌이란 말이 있습니다. 멀리 떨어져 사는 혈육보다 가까이 지내는 이웃이 더 가깝다는 말씀이지요. 용두리나 용미리가 바로 이웃사촌이지요. 밉든 곱든 날마다 얼굴을 마주하고, 서로 의지하며 살 수밖에 없는 처지 아닙니까? 그러니, 이런 처지에 누가 옳으냐 그르냐를 따지기보다는, 상대방의 입장에서 서로의 처지를 헤아려 이 문제를 잘 해결해나가야 할 것입니다. 그러자면 우선 용두리에서는 어떻게든 돼지 분뇨가 개울로 흘러들지 않도록 힘써야 하고, 용미리에서도……."

별 영양가는 없지만 그다지 그른 말도 아니기에 묵묵히 듣고만 있던 마을 사람들은 바로 이 대목에서 목에 뭐가 걸린 듯 컥컥거리며 다음 말을 잇지 못하며 땀만 자꾸 흘리는 외교관 황정식의 얼굴을 멀거니 바라보아야 했다.

상호협동이란 것이 주고받는 관계이니 용미리에서도 무언가를 내놓아야 하는데, 막상 뭘 내놓아야 할지 황은 퍼뜩 머리에 떠오르지가 않았기 때문이다.

"용미리에서도 뭔가를 협조해야겠지요."

이렇게 대강 얼버무리려던 황은 코앞에 앉은 삼봉과 눈이 마주치자 할 말을 잃고 만 것이었다.

그때 삼봉이 굴에서 기어 나와 볕 쪽으로 다가서는 응달 너구리처럼 몸뚱이를 움직거리며 입을 열었다.

"그러니께 바꾸믄 되것네유? 용미리 생수 공장을 개천 위쪽인 용두리루 올라오라 허구, 용두리 돼지 농장을 개울 아래쪽인 용미리루 옮기믄 되잖유."

얼핏 그리하면 되는 줄은 알지만, 누구도 그리되기를 원치 않는지라 양편 마을 사람들은 일시 입을 다물었다. 그리고 가만히 생각하니 밑질 게 없다 여긴 용두리 사람들이 좋은 수라고 쾌재를 부르며 억으로 그리하자고 아우성치니, 냄새나는 돼지 농장을 곁에다 끼고 살자는 말에 기겁을 한 용미리 사람들은 대꾸를 못 했다.

먼저 트집을 잡았던 용미리 사람들이 더 이상 입을 열지 않자, 이 문제는 유야무야 넘어가게 되었다.

제 나라보다 남의 나라에 나가 살기를 더 많이 하며 나라 간의 분쟁을 조정하는 일을 업으로 삼아왔던 외교관 황정식도 아프리카 원주민 행색을 한 응달 너구리 삼봉에게서 한 수를 배운 셈이었다.

황이 정작 응달 너구리 삼봉을 두려워하기 시작한 것은 얼마 전의 일 때문이었다. 삽 한 자루 사러 들렀던 농협에서 황은 삼봉이 어느 낯선 노인과 이야기를 주고받는 것을 어깨너머로 볼 수 있었다.

"아주, 혀만 대두 죽는 독헌 걸루 줘봐."

"근사미라구, 이건 뿌리꺼정 죽는 거유."

창구 직원이 노인에게 제초제 한 병을 내밀며 주의를 주고 있었다.

"뿌리구 뭐구 슬쩍 입만 대두 뒈지는 걸루 달래니께."

"얼다 쓰려구 그러시는 데유?"

"길개루 복숭아 낭구 하나가 있는디, 대처 것덜이 지나갈 적마다 장 따 먹구, 밤이구 낮이구 남의 집 담장 너머루 넘실거리니, 워디 사람이 살 재간이 있어야지."

"그려서 제초제럴 발라놓으려구유?"

"당최 견딜 수가 있어?"

창구 직원이 혀를 차며 내어놓은 제초제를 되가져 가는데, 곁에 섰던 삼봉이 느근거리는 웃음을 흘리며 한마디 말참견을 했다.

"녕약을 써야쥬. 제초제럴 썼다간 단박에 결딴나니께 거시기 허구유. 녕약이야 당장 표가 안 나구 시름시름 앓아눕게 허니께 맞춤이쥬, 뭐."

여전히 소처럼 큰 눈을 끔벅거리며 싱거운 웃음만 짓는 삼봉을 바라보던 황은 등줄기에 뱀이라도 기어오르듯 섬뜩해졌다. 거죽에 드러난 순만 가지고는 땅속에 든 고구마 밑을 알 수 없듯이, 사람도 겉으로만 봐서는 알 수 없다는 걸 황은 새삼 절감하는 순간이었다. 그저 맥없는 흙바닥으로 여겨 마음 놓고 디디고 섰던 발아래가 움찔거릴 때의 소스라침이라고나 할까. 뒷덜미가 아뜩해지는 걸 느끼며, 황은 이제껏 뜻도 모른 채 불러오던 삼봉의 별호에 대해 묻지 않을 수 없었다.

"아, 응달 너구리가 응달 너구리지 벨 뜻이 있것슈. 너구리 두 마리가 골짜구닐 새루 두구 마주 보구 살았대지 뭐유. 근디 그늘배기 굴에서 겨울을 난 응달 너구리는 맞은편 양지짝을 보니께 발써 봄이 온 거잖유. 그래 굴에서 기어 나와 먹이를 찾아 먹구 살아났는디, 반대짝 양지 바른 굴에 사는 너구리는 여적지 눈이 안 녹은 그늘배기를 보구설람에 '아, 안즉두 한겨울이구나' 하구 마냥 굴속에 머물다가 결국 굶어 죽었다지 뭐유. 그래서 보기엔 영 출구 딱혀두 그 나름으루 의뭉스럽게 살아가는 인생을 웅달 너구리라 헌다는디, 내야 뭐 의뭉스러운 꾀래두 낼 재주나 있나유? 그저 벤소 깐에 세워놓은 묵은 빗자루쥬, 뭐."

말을 듣고 난 황은 자신이야 말로 영락없이 양달배기에서 굶어 죽은 너구리요, 변소 깐에 세워놓은 묵은 빗자루라 여겨져 슬그머니 혀를 차고 말았다. 그 뒤로 황은 길에서 웅달 너구리 삼봉을 마주치기라도 하면 예전에 그가 자신에게 하였듯이 저도 모르게 두 손을 조아렸다. 그러고는 처음 삼봉을 만나던 날, 그가 차 안의 자신을 바라보듯 움푹 들어앉힌 눈으로 물끄러미 그가 하는 거동을 지켜보게 되었다.

(개 도둑)

조석으로 짖던 개들이 날이 더워 그런지 대낮에도 목을 놓아 울어댄다. 지각없는 짐승이라도 필통만 한 우리 안에 욱여넣어 목을 매어놓았으니 차라리 죽는 게 낫다고 곡을 하고도 남을 일이다. 이따금 물까지 뿌려가며 삶아대는 후덥지근한 날씨에 사람이건 축생이건 견딜 재간이 있겠는가.

　쓸데없이 부지런한 여름 해가 산등성에서 대가리를 곧추세우고 올라선 중에도 주르르 빗줄기를 쏟아붓고는 누가 붙들기라도 할까 봐 구름 한 덩이가 쏜살같이 달아난다. 쨍쨍한 불볕 중에도 난데없이 양동이로 들이붓듯 쏟아대고는 언제 그랬냐 싶게 뚝 시치미를 떼는 날씨였다. 호랑이 장가가는 비라지만, 무슨 놈의 호랑이가 장가를 한 달 내내 가는지 눈앞에 있으면 콧등배기를 한 대 걷어차고 싶다. 비가 잦으면 아무래도 과일을 찾는 이들도 줄어들 뿐더러 한창 당도가 높아질 시기에 수박이며 참외가 싱거워지게 마련이었다. 벌써 달포를 두고 오후 두세 시만 되면 어김없이 뿌려대는 소나기에 죽어나는 것은 농사꾼뿐이었다. 이대로 가면 열대지방이 되겠다니, 얼마 후면 개울에 악어가 굼실거리고, 노송 쓰러진 뒷산에선 바나나 나무가 무성하여 원숭이가 꽥꽥거리며 뛰어다닐 날이 멀지 않았다.

일찌감치 고추밭 언저리에 묻어두었던 옥수수는 호기롭게 싹을 내밀어 하루가 다르게 키를 키우더니 막상 달아야 할 강냉이는 중학생 자지처럼 오그라뜨린 채 성근 수염만 몇 가닥 삐져낸 게 고작이었다. 그저 제 세상 만난 것은 모기며 파리뿐이니 밤이 되어서 마당귀에 뉘어놓은 평상에 나앉을라치면 독을 품고 달려드는 통에 푹푹 삶는 날에도 창문 한번 시원히 열지 못하고 한증을 내야 했다. 이게 다 개 농장이 들어서고 나서였다.

"영 도움이 되지 않는 인간여."

춘식은 생각할수록 규만이 마뜩잖았다. 젊어서부터 읍내나 뻔질나게 드나들며 온종일 다방에 주저앉아 땅주릅이나 하더니, 그마저 '쫑'이 생기면서 뒷전으로 밀려나 고작 새 일을 벌인다는 것이 개백정 노릇이었다.

산에 묻은 제 부모를 들어내어 콩깍지 털듯 화장해서 흩뿌리고는 그 자락에 시커먼 개들을 한두 마리도 아니고, 여남은 마리도 아닌, 수십 마리를 매어놓고 조석으로 귀신 우는 소리를 내게 하니 누가 좋아하겠는가. 그나마 아직도 세상에 둘 없는 촌으로 남아 고향 인심이라는 것을 영 떼어 던지지 못하고 있는 마을이다 보니 누구 하나 대놓고 언짢은 소리 하는 이가 없을 뿐이었다.

춘식은 규만이 개장수 주제에 사장 행세를 하는 것도 우스웠고, 애견농장 대표 김규만이라고 금테 두른 명함까지 품에 넣고 다니다 아무에게나 떡 돌리듯 뿌려대는 품새도 같잖아 혹간 길에서 만나도 소 닭 보듯 해왔던 것이다. 말이 좋아 애견이고 농장이지, 무언가 건건찝찔하니 공것이 생길 자리에 선 누구 못지않은 축산이고 돈을 거두거나 궂은일에는 취미로 물러앉았다. 축협 송년회엔 으레 앞자리에 다리 꼬고 앉아서는 축산이 어쩌고 흰소리를 늘어놓다가도, 매달 하는 축산 농가 공동방역 작업 때는 개가 무슨 가축이냐며 뒷짐 지고 구경만 했다.

그런 규만이 개나 소나 나선다는 지방선거를 놓칠 리가 없었다. 선거라고 해봐야 사돈의 팔촌까지 탈탈 털어봐도 먼 친척 지스러기 하나 관련된 이가 없기는 피차 매한가지건만, 개장수 규만이 뜬금없이 가슴패기에 시퍼런 띠를 두르고 트럭에 얹혀 조용하던 동네 안팎을 휘저으며 마이크로 '아, 아' 소리를 더듬어가며 국가와 지역 발전을 걸터듬고 떠들어대는 품이 과연 볼만했다. 게다가 고졸 출신 대통령이 온갖 구설을 들어가며 행정수도를 멀지 않은 곳에 옮기려 해서 모처럼 감동 비스름한 감정까지 품고 있던 터에, 새로 대통령 된 이는 멀쩡한 강을 파헤치는 데 기갈이 나서 행정수도 옮기는 일쯤은 꿩 구워 먹은 자리로 삼으려 하니, 춘식이 비록 제가 거느린 가족이라고 해봐야 올 들어 갓 주민증 받은 여식까지 동원해도 넉 장이 고작인 선거였지만 여느 때와 달리 비상한 관심을 쏟았던 것이다.

그런 중에 평소 제 근본도 별다를 바 없으면서 말끝마다 촌것을 매달아 업신여기던 개장수가 하필이면 서울만 사람 사는 곳으로 여기는 것들 편에 붙어서 운동원 노릇을 하고 다녔다. 형편이 어려워 개 사료값이라도 벌충하러 나섰다면 혹여 그럴 수 있겠다고 넘길 수도 없지 않겠으나, 말끝마다 선진조국이니 애국애족을 주워 삼키며 저 혼자 애국자 노릇을 하는 데야 속이 느글거리어 견딜 수가 없었다. 마주 대할 적마다 춘식이 사사건건 엇먹는 소리를 내어놓으니 심사가 사나워진 개장수가 춘식이 없는 데서 고운 말을 할 리 없었다. 심지어 육이오 전쟁 때 논에 물꼬 보러 나갔던 춘식의 선친이 인민군에게 붙들려 삿갓봉 질러가는 길을 일러준 일을 들춰가며 좌파니 바닥빨갱이니 하는 소리까지 너불거린다는 것이었다.

찬물에 밥을 풍덩 말아 밭에서 따 들고 온 고추 서너 개로 서둘러 점심상을 물리고, 춘식은 담벼락에 걸린 모자를 집어썼다. 이장이 며칠 전부터 영농교육이 있으니 잊지 말라고 신신당부를 해서 죄 면사무소로 끌려가는 날이었다. 농약 신청도 하고, 서울 어느 부자 아파트 부녀회와 직거래 건을 논의한다니 가기는 가봐야 할 자리였다.

마을회관 곁의 참외막에 구부정하게 선 채 까마중을 따서 입에 넣던 이장이 멋쩍은 듯 입안에 든 것을 우물거린다.

"먹을 만해."

"좋은 거 놔두구 웬 까마중이래."

"참외라구 워디 개 불알만 혀서."

개라는 말에 문득 생각이 난 것처럼 춘식은 개 농장 이야기를 꺼냈다.

"그나저나 요즘 들어 개들이 더 지랄들인디, 이장이 워찌케 좀 해봐."

"복이 다가오니께 슬퍼서 그런가 부지, 뭐."

"그것들 슬플 때 입 트더지게 웃는 인간두 있것지만, 잠 설치는 이웃들 생각두 혀야지 않것냔 말여."

해마다 이맘때면 복 삶이로 한 마리씩 내어놓는 개고기 맛에 이장도 불거진 눈만 뒤룩거릴 뿐 침 먹은 지네처럼 잠잠

하기만 했다. 한마디 얹으려던 춘식은 요란한 소리를 내며 트럭 한 대가 제 앞으로 달려오는 서슬에 움찔 뒤로 물러서기 바빴다. 차창 밖으로 노랑 털실 같은 머리를 내민 젊은것이 입 한쪽에 삐딱히 문 담배를 질겅거리며 길을 묻는다.

"아즈씨, 저수지 가려믄 워디루 간대여?"

차 안에는 팔뚝마다 꿈틀거리는 구렁이며 용을 새겨 넣은 것들이 셋이나 겹겹이 끼어 앉아 쳐다보면 어쩔 것이냐는 눈으로 내다보고 있었다. 애꿎은 남의 동네 붕어 건지러 온 듯 트럭 뒤에는 색색의 낚시 가방에 매운탕 끓여 먹음직한 양은 솥까지 얹혀 있다. 마뜩잖은 얼굴로 이장이 손가락으로 길을 대강 짚어주자 노랑대가리는 고맙다는 말 한 도막 내놓지 않고 횡하게 가버렸다.

"동네가 안 되려니 저런 쉬파리 같은 것들만 꼬이고⋯⋯."

트럭이 일으킨 먼지에다 가래침을 뱉어내고 중얼거리는데 쉬파리 한 마리가 뒤뚱거리며 고샅길로 걸어 내려왔다.

"혹시 개 사러 온 이덜 아녀?"

규만이 사타구니에 낀 바지를 연신 훑어 내리는 한편 눈으로는 제 개 농장 쪽으로 달려가는 트럭의 뒤를 좇으며 중얼거렸다.

농협에 내는 부추 상자를 쟁여 실은 트럭 조수석에 이장이 올라타고, 나머지는 짐칸에 얹혀 면사무소 강당에 들어섰을 때는 너나없이 땀으로 후줄근히 젖어 있었다.

농약 신청받느라 한바탕 북새통을 벌이고 나자, 읍내에서 삼대째 돈만 받고 병 안 낫는 약만 파는 삼대약국 약사가 고사 상에 오른 돼지머리 같은 얼굴로 강단에 올라선다. 근동 사람이라면 그이가 소화제나 박카스 나부랭이나 파는 처지라는 걸 뻔히 알고 있는 터에 자신을 뜬금없이 '농촌 살리기 한마음 도농교류협회'라는, 기억력 나쁜 이들은 세 번 들어야 겨우 한 번 알아들을까 말까 한 단체의 홍보위원장이라고 소개한 약장수는, 에프티에이 시대를 맞아 농촌이 살아남기 위해서는 어떻게 해야 하느냐고 누구보다 알고 싶은 좌중에게 외려 묻고 나섰다.

"벤쯔 타고 백화점만 드나드는 강남 여사님들두 밥상 앞에 앉으면 여기 앉아 기신 농민 분덜이 땀으루 심구 눈물루 기른 곡식을 삼시 세끼 거르지 않구 먹으며 살아야 헌다 이 말씀유."

해봐야 입만 아프고 들어봐야 귀만 가려운 소리로 저 혼자 주절거리던 강사가, 썩은 어금니가 온통 드러나도록 면전에서 하품을 해대는 이들이 보기 민망했던지, 제 딴에는 재미있는 이야기라고 돌려댄 것이 한물간 왕년의 안보교육 재탕이었다.

"솔직히 우리가 이렇게 끼니 걱정 안 하고 살게 된 것두 새마을운동 덕 아니겠시유? 배불러 죽겠다는 사람은 있어두 배고파 죽겠다는 이는 저 북쪽에나 해당되는 사실이구유. 근디 사람이 등 따숩고 배부르면 마음이 오뉴월 소 거스기처럼 축 늘어지는 건 인지상정이지유."

솔깃하여 몇 마디 들어보다가는 이내 좌익사범 근절이니, 국가안보 해이니 귀에 익은 왕년의 레퍼토리가 이어지는 걸 안 춘식은 시큰둥한 눈을 돌려 슬며시 빠져나갈 요량으로 출입문 쪽만 둘러보기 바빴다.

"한마디루 요즘 들어 이 나라 백성들이 위아래 할 거 없이 지난 좌파 정권 시절에 정신이 해이해져서 간첩들이 거리를 활보하며 됩데 큰소리를 쳐두 싫은 소리 한마디 허는 이가 없었으니, 군함보담 더헌 게 가라앉어두 놀랠 일이 아니다 이 말씀유. 다행히 호국영령의 도움으루 절체절명의 기회를 얻었으니 만시지탄이나마 사회 기강을 바로 세우구 국가안보 태세를 구비하야 유비무환의 초석을 이루자 허는 취지루다 디리는 말씀입니다."

저이가 어떤 식으로 농촌을 한마음으로 살리려는지 춘식이 외려 걱정스럽기도 하고 궁금하기도 하여 조마조마한 기분으로 들어주고 있자니, 약장수는 제풀에 열이 나서 벌게진 얼굴에 흐르는 땀을 연신 찍어내며 목소리를 높인다.

"햇볕정책? 아니, 거기는 해가 없어서 햇볕정책이래유? 쌀 퍼다 주고 비료 퍼다 줘서 밥 잘 먹고 열심히 핵무기 맨들라구 등 뚜딜겨준 햇볕정책? 정신 번쩍 나게 소내기루 석 달만 내리부어 싹 쓸어버리는 장마정책이 낫것다 이 말씀입니다요. 바로 이 대목에서 거족적으루다 박수가 나와야 하지 않을까 싶네유."

그렇게 북 치고 장구 치며 약장수가 지껄여댄 말씀의 요지는 도농 간에 힘을 합쳐 국가안보에 총화단결로 도덕 재무장 하야, 승공통일로 민족부흥에 나서야 나라도 살고, 나라가 살아야 도시도 살고, 도시가 살아야 거기에 밥상거리를 내다 파는 농촌도 살아남는다는 소리였다. 그런 씨알도 안 먹힐 소리를 입가에 거품 물며 시간 반이나 지껄이고서야 약장수는 아쉬운 얼굴로 마지못해 내려갔다.

너나없이 병든 닭처럼 고개를 꺾고 졸던 패가 우르르 몰려나가 이제 막 퍼런 잎이 무성해지는 층층나무 밑에서 자욱하니 담배를 피우고 있을 때였다. 얼마나 달게 자빠져 잤는지 규만이 눈두덩이 부석하고 입가에 침 자국을 끈끈히 매단 주제에 '들어보니 구구절절이 지당한 말만 골라 하더라'며 총화단결 국가안보로 농촌 살리자는 약장수가 세상에 없는 명강사라며 떠벌리는 게 꼴사나워 한마디 퉁겨주지 않을 수가 없었다.

"그런 명강사가 워째 개나 소나 다 하는 군의원 선거서 미역국을 자셨나 모르것네."

그 밑에서 선거 운동원 노릇을 한다고 읍내 사거리 횡단보도 앞에서 아침저녁으로 일당 받는 아주머니들과 퍼런 띠를 두르고, 곰 같은 몸뚱이를 흔들어가며 어깨춤까지 추어대던 개장수는 국수 먹다 회충 씹은 얼굴로 그를 노려보았다.

"미역국은 몸에나 좋지. 안즉두 부엉이바위서 뛰내린 이 섬긴다구 괴기를 삼가는 인물은 어쩌구?"

한때는 저도 그 밑에서 아이들 학자금까지 타서 쓴 주제에 하필이면 전직 대통령의 죽음으로 온 나라가 슬픔에 잠길 때, 개를 잡아 동네잔치를 벌인 인간에게 말을 해 무엇하랴. 제 앞에 들여온 개장국을 돌려보낸 걸 두고 기회 있을 적마다 빈정거려댔다.

"아무리 백정이구 뭐시구 따지지 않는 시절이라지만, 측은지심까정은 아니래두 수오지심쯤은 있어야지, 원."

처음 들어보는 문자 앞에 무르춤하던 규만은 솜씨 없는 점쟁이가 산통만 흔든다고 뜬금없는 좌파 타령을 내어놓는다. 그의 말대로라면 부엉이바위에서 뛰어내린 이도 좌파이고, 그이에게 표를 던진 춘식 같은 이도 죄 좌파인 셈이었다.

"좌우지간 잃어버린 십 년 동안 좌파 것들이 허방 짚는 통에 촌에선 워디 살아갈 재간이 있것느냔 말여."

"양파는 아니구 좌파여? 은제부텀 촌을 사랑허구 걱정해주었는지 눈물이 다 흐르려구 허네."

"돌아가신 으른이 새마을루 이만치 먹구살게 해준 덕인 중이나 아는지 모르것네."

"암 생기는 스레트루 지붕 갈이 헌 새마을? 새벽부텀 새벽좆이 워쩌구 잠 깨워서 품두 읎이 공구리질시킨 새마을 말여?"

"워째 거기는 싸래기 밥을 먹었는데, 말끝마다 삐딱하니 자꾸 왼쪽으루만 간다?"

"부랄이 왼편으루 처져서 그려. 그러는 누구는 즤 마누라 올라탈 때두 우측통행만 허나 부네."

그 말에 주변 사람들이 끼룩거리자 얼굴이 벌게진 규만은 고작 주워 삼키는 것이 아까 약장수가 지껄여댄 총화단결이었다.

"임자두 그러는 게 아녀. 요즘처럼 나라가 어려울 때믄 도시구 촌이구 가릴 거 읎이 한마음으루다가 똘똘 뭉쳐야……."

"똘똘 뭉쳐서 금가락지 내놓으라구? 아니믄 평환지 즌쟁인지 허는 땜 짓는다구 애덜 돼지 저금통 배 갈라 바치라구? 거그가 사랑하는 국가안보에 총화단결이 뭔지나 알구 싶네."

"거기는 국방의 의무두 몰러? 나라가 위태로울 때 왼 국민이 하나루 뭉쳐……."

언젠가 뒤에서 저를 가리켜 바닥빨갱이로 몰았다던 말이

생각나, 춘식은 작정하고 규만을 닦아세웠다.

"국방의 의무? 그러는 거기는 군대는 갔다 왔나 모르것네."

"급양대서 삼 년 꽉 채우구 만기제대 헌 신분여. 논산 군번으루 일이칠하나……."

"그려, 급양대서 삼 년 동안 콩나물에다 물 주느라구 고생혔다 치고, 그런 것두 않구 요리조리 미꾸리처럼 빽으루 군대 안 간 것들이 그것두 자랑스러운 가퉁이랍시구, 제 자식꺼정 외국으루 빼돌려 미국 시민 맨드는 동안 읎는 집 자식들만 그 잘난 나라 지키느라 몇 년씩 보초 세우는 공역살이 허는 건 워찌 생각허는지 모르것네."

"군대 안 갈 적엔 다 사연이 있는 벱여."

"사연? 신체검사 받을 적에만 정신분열에 상습 탈구 맨드는 사연? 거기는 안즉 귀두 어둡지 않을 텐디, 말끝마다 북쪽에다 폭격허라구 악쓰는 것들 치구 군대 갔다 온 것들 드물다는 소리두 못 들어봤댜? 육이오 전쟁 났을 때 후방에서 딸라 장사나 해서 돈 긁어모은 것들이 그 시절이 그리워 틈만나면 전쟁하자구 설쳐댄다는디, 막상 전쟁 나믄 젤 먼저 노스웨스트 비행기 잡아타구 미국 나가서 읎는 집 자식들끼리 대가리 터지두룩 싸우는 거 테레비루 들이다보믄서 '쥑여라, 쥑여라' 손뼉 칠 것들인 줄 안즉두 몰러? 즤 자식들은 미국이다 일본이다 높은 공부시켜서 전쟁 끝나믄 즤 애비처럼 위세

부리며 읊는 집 자식들 종 부리듯 혀달라구 그것들이 일으킨 전쟁판에 또 뛰어나가라구? 아서, 무지혀서 제 고생허는 거야 팔자소관이라구 허지만 즤 자식꺼정 큰집 잔치에 잡는 작은집 돼지 맨들 수는 읐는 겨. 흥, 국방의 의무? 총화단결? 그거야 말루 제집 닭 서리해 먹는 줄두 모르구 곁두리루 살코기 한 점 읃어먹었다구 입이 째지는 격 아니것어?"

"즤 마누라 돌려 먹구 좋다는 것두 있다는디?"

언제나 싱거운 소리 잘하던 금옥이 아버지가 불쑥 끼어들어 말을 도막내었다.

"건 또 무슨 듣기에 쓸데 있는 소리여?"

"옛날 물 건너 칠푼이 얘기 못 들었대? 그 칠푼이가 모자라긴 혀두 처복은 있었는지 벙어리루 말은 못혀두 얼굴이 반반한 마누라를 읃어들였댜. 동네 건달들이 캄캄한 밤중에 마실 다녀오는 마누라를 보쌈해다가 방앗간에 뒤집어놓구 돌려가며 재미를 보는데, 지나가던 칠푼이가 엉겁결에 끼어서 즤 마누라를 올라탔는디, 연신 어유, 어유, 여간 좋은 게 아니라며 두어 지기나 더했다지 뭐여."

"에이, 설마."

걸쭉한 음담에 풀어져 두 사람의 언쟁은 중동무이되었지만, 피차 무지근한 얼굴로 담벼락만 바라보기는 마찬가지였다.

새로 농협 이사가 되었다는 철물점 주인이 내는 막걸리 몇 잔을 걸친 뒤에 마을로 돌아올 적엔 벌써 해가 기우듬히 저물고 있었다. 오랜만에 모인 김에 손금이나 보자고 이장이 잡아끄는 걸 마다 못하고 우르르 마을회관으로 몰려 들어갔다. 안에서는 잦은 비로 올 농사를 망쳤다던 토마토 작목반원 서넛이 둘러앉아 포장 작업을 하고 있었다. 넉살 좋은 규만이 남 일하는 틈에 끼어들어 토마토를 한 줌 집어 들고는 제 입 채우기 분주했다. 내일 농협에 낼 방울토마토를 상자에 담던 작목반장이 출하 표시를 하느라 매직펜으로 쭈그리고 앉아 끼적거린다.

"뭔 놈의 매직펜이 이 따우여?"

"중국산 아녀?"

"매직펜두 중국산이 있다?"

"아, 뭐는 읎어? 돈만 된다믄 즤 할애비 부랄두 짝퉁으루 맨들어낼 것들인디."

"매직은 북한 것이 젤여. 폭탄이 터져두 까딱읎이 남아 있대잖여."

한창 일하는 중에 화투판을 벌이기도 무엇하여 뒷전에 쭈그리고 있던 춘식이 한마디 말추렴을 내어놓았다. 힐끔 뒤를 돌아다본 작목반장 양 씨가 심심하던 차에 잘 되었다 싶은 얼굴로 말을 받았다.

"그 어뢰라는 것두 그려. 벌겋게 녹이 슨 어뢰에 1번이라구 끼적거린 것은 뭔 놈의 특수헌 잉크를 썼길래 짠물 속에서두 말짱하니 남았느냐 이거여. 노벨 미술상이래두 맨들어줘야 허는 거 아녀?"

"기호는 1번 찍으라구 선거운동혀주었던 게지."

우스갯소리를 잘하는 금옥이 아버지가 규만의 뒤편에서 한쪽 눈을 끔벅거리며 말을 거들었다.

"네미, 뻑하믄 예산이 읎다구 손 벌릴 적매다 애덜 밥값을 줄여가믄서두 군말 없이 내주었더니, 허발을 하며 사들인 그 비싼 군함이 엿치기 하드키 댕강 허리가 끊어지는 것은 뭐여. 뭐 개미 새끼 하나 기는 것두 빤히 들여다본다구 떠들어가매 사들인 첨단 레이다는 어느 적에 쏠랴구 배 밑으루 기어드는 잠수함 하나 못 잡구, 물에 빠진 배 토막두 못 찾아내서 까나리 잡는 탐지기루 찾아야 허냔 말여."

"어뢰는 워쩌구. 쌍끌이 어선이 단박에 끌어냈다며? 돈 먹는 하마 해체하고 그저 바다는 까나리 어선에 쌍끌이루 지켜야 할 판여."

"공부 못하는 애새끼들이 참고서 타령하매 손부터 내민다 잖여."

"뭔 놈의 어뢰라는 것이 배만 동강 내구 그 안에서 건진 병사들은 말짱허냔 말여. 부서진 배 틈새기에 낀 거시기 병사두 그렇구. 목탄 때서 차 굴린다는 북쪽 것들이 워디 사람 몸은 상허지 않구 배만 동강내는 친환경 녹색 폭탄이래두 개발혔다는 겨?"

올봄에 있었던 일을 두고 설왕설래하는 걸 애꿎은 토마토만 더끔더끔 입속에 집어넣던 규만이 헛기침을 하며 끼어들었다.

"아무리 남의 일이고, 지나간 일이래두 헐 말이 있구 안 헐 말이 따루 있지, 힘 안 든다구 아무 소리나 마구 떠들어두 되는지 모르것네."

"헐 말은 뭐구 안 헐 말은 뭐대?"

"오죽 답답허믄 그러것어."

지난 선거에 마을 몫으로 적잖이 받아 혼자 챙겼다는 소문으로 말은 안 해도 모두 규만을 벼르던 참이라 말이 여느 때와 달리 고분고분하지 않았다.

"제미, 국격 높은 나라서는 말두 못 허구 살아야 되나 보네."

"말 많으면 빨갱이여. 한 나라두 아니구 호주며 미국이며 눈 퍼런 스웨덴 전문가꺼정 불러다 꼼꼼히 훑어본 뒤에 나온 결론인디 뭔 뒷소리가 구구혀야 것냐고?"

"구구는 팔십일에 멧비둘기 쥐눈이콩 파먹는 소리여."

"자꾸 쥐 얘길 허덜 말어. 요즘 쥐새끼 욕혔다가 욕보는 이덜두 욕 나오게 많다는 말 못 들었댜?"

정색을 하고 열을 내는 규만이 재미있어 둘러앉은 이들은 화투도 잊은 채 부러 말을 늘여나갔다.

"시방 국가의 운명이 백척간두에 풍전등화가 된 입장에 농이 나오기두 허것네. 오늘 밤이래두 자다가 쾅 소리를 내며 폭탄이 봉당에 떨어져야, '앗, 뜨거라' 정신이 버쩍들 나것지?"

"뜨거운 폭탄꺼정은 몰러두 시원한 수박 한 뎅이는 생각나네."

"아, 그려. 공연히 날 더운데 열 올리지 말구 가서 수박이나 줌 따와봐."

낮에 얻어 마신 탁주에 목이 컬컬했던 터라 모두들 저수지 부근에 수박 농사를 크게 지은 춘식을 돌아본다.

"그려, 아침에 둘러보니께 대갈박만 한 게 여그저그 널려 있던디."

공것이라면 잿물도 마다치 않을 규만이 좀 전의 얼굴 붉히던 일도 말끔히 잊은 채 입맛부터 다시며 다가앉는다.

"애써 기른 수박 내놓는 것두 뭐한데 따다 바치기두 허라구?"

수박 심부름하기는 모두 귀찮은지 이제 막 벌인 화투판에 머리를 숙인 채 말이 없자 규만이 모처럼 솔선하여 일어선다.

"개밥두 줘야 하니께."

욕심 많은 그가 수박밭을 아주 쑥밭을 만들까 봐 조바심이 났지만 춘식은 모른 척 앉아 있었다.

"비가 자주 와서 수박 농사는 잘되았을 틴디……."

"수박 농사? 삼백 통 품 사서 트럭에 실어 보냈더니 십칠만 원 주는 농사 말여? 게서 품값 오만 원 빼믄 통당 사백 원짜리 농사 말허는 거여? 그 수박이 읍내 마켓 매장에 가보니께 즘잖게 이만 원 금딱지 붙이구 앉아 기시는디 헐 말이 옳대."

"갈아엎는 거보다야 낫것지, 뭐."

"아무리 다섯 중에 한 번만 아다리가 맞으믄 되는 게 밭떼기 농사래지만, 거간 것들 배나 불려주는 농사를 언제꺼정 붙들구 있어야 허는지……."

"워떤 것들이래두 잘 먹구살믄 다행이지."

"얼래, 용주골에 부처 났네. 시방 내 허리가 꺾이게 된 판에 남의 사정 봐주게 되었어?"

"아니믄 워쩔 겨?"

춘식은 지껄여봐야 제 몸만 후끈 달아오르는 농사 이야기를 끊은 채, 제 앞에 돌아온 화투패만 집어 들었다. 볼 장 다 본 농사지만 화투는 오늘따라 패가 잘 들어온다. 뒤집는 족족 쓸어오기 바쁘고, 번번이 들어맞는 홍단 짝에 신바람이 난다.

"드러. 공짜루 수박 한 쪽 먹나 했더니 홍단값이네."

"규만이 있었으믄 대번에 뻘갱이 소리 들었을 텐디."

화투를 놀다가도 누가 홍단 짝이라도 맞춰들이면 '거, 사상이 불온혀. 뻘건 것만 챙겨가는 걸 보니께' 하며 되어먹지도 않은 농을 지껄이는 규만이었다.

　"그것두 병여. 세상을 온통 뻘건 거 아니믄 퍼런 거루 보는 것두."

　"아, 전번엔 수박 쪼개다 말고도 뻘갱이 타령허더래니께."

　"수박?"

　"겉은 퍼런데 안은 시뻘건 게 뭔 줄 아냐믄서, 그게 바루 바닥뻘갱이라는 겨. 육이오 때 인민군보덤 더 무선 것이 바닥 빨갱이였다며 씨월거리는 겨."

　"그러믄 겉은 노랑인디, 속은 허연 참외는 뭐여. 양키 앞잽이여?"

　금옥이 아버지가 하는 말에 모두 허허 웃고 말았다. 말끝마다 '뻘갱이'를 찾는 규만은 어디서 산불이 나도 빨갱이 탓, 텔레비전에서 며느리가 시아버지를 부엌칼로 찔렀다는 뉴스에도 방바닥을 두들기며 저런 독한 빨갱이, 멀쩡하던 아파트가 우르르 무너져도 죄 빨갱이 짓으로 돌렸다. 행여 집안에 빨갱이에게 해라도 입은 이가 있나 더듬어 물어도 그도 저도 아니었으니, 어디서 그리 영 지워지지 않을 뻘건 물이 들었는지 알다가 모를 일이었다. 춘식이 생각하기로는 그저 제 맘에 들지 않거나 제 편이 아니다 싶으면 도랑의 붕어 통발 아가리로 몰아대듯, 빨갱이로 모는 수작으로 보였다.

"근디 이이는 수박을 짝으루 싣구 오려나?"

먹는 이야기에 갈증이 나 모두 창밖을 내다보는데, 전조등을 번쩍이며 급히 달려오는 규만의 트럭이 어른거린다. 치던 화투판을 접어놓고 모두 마당의 평상으로 나앉는데, 규만이 기다리던 수박 대신 난데없는 총을 붙든 채 숨을 헐떡인다.

"죄 쏴 죽일 겨."

"워째 이런댜? 난리래두 났대?"

눈이 뒤집혀 설쳐대는 그의 행색에 놀라 모두 몰려들어 자초지종을 물었다.

"그 뻘갱이 겉은 것들이 개를 싹 쓸어갔다니께."

헐떡거리는 숨을 몰아가며 그가 내어놓은 말을 추스르자니, 수박밭에 가기 전에 개밥을 챙겨주려고 축사에 들렀는데, 며칠 후 읍내 보신탕집으로 낼 개들이 흔적도 없이 사라졌다는 것이었다.

"워느 뻘갱이?"

"노랑대가리 뻘갱이 말이여."

'노랑대가리 뻘갱이'라는 말에 모두들 어리벙벙한 가운데, 이장과 춘식은 낚시를 하러 왔다며 저수지 가는 길을 묻던 패를 어렵지 않게 머리에 떠올렸다. 불량스러운 눈빛이며 개농장 가까운 곳으로 트럭을 몰고 가던 걸로 미루어 그럴 수도 있겠다 싶었다. 규만은 농장 부근에 어정거리는 멧돼지를 잡겠다고 지난겨울에 월부로 산 사냥총을 부들거리는 손으로 감싼 채 트럭에 허겁지겁 올랐다. 사람들은 영문도 모른 채 이장이 시키는 대로 마당에 세워두었던 작대기며, 빗자루에 곡괭이를 집어 들고 엉겁결에 규만의 트럭 뒤에 올라탔다.

개 농장에서 빤히 뵈는 저수지 언저리에 펼쳐진 천막은 이미 텅 비어 있었다. 조금 전까지도 낚시를 한 듯 서너 대가 펼쳐진 낚싯대 끝에는 피라미 한 마리가 걸려 고추찌를 경중거리고 있었고, 물에 반쯤 잠긴 어망에는 고춧잎만 한 붕어가 배를 뒤집은 채 자빠져 있었다.

"여기 짐이 있으니 다시 오지 않을까?"

"그까짓 짐? 큰 개가 서른 마리여. 도매루 마리당 팔만 원씩만 잡어두 팔삼은 이십 거시긴디……."

손가락으로 셈을 더듬던 규만이 버럭 소리를 지르며 앞에 놓인 낚싯대를 걷어차는데, 어디선가 첨벙거리고 다가오는 차 소리가 난다. 어둑한 중에도 아까 보았던 노랑대가리네 파란 트럭이 틀림없었다.

"그것들이여."

그것들이라는 말에 모두 갈숲에 몸을 웅크리자니, 규만이 소리 나는 쪽으로 대뜸 총부터 겨누는 걸 이장이 재빨리 붙들어 앉힌다. 개를 붙들어간 패거리는 담도 크게 시시덕거리며 차에서 내려 천막 쪽으로 다가온다. 겨우 허리도 차지 않는 갈대에 몸을 반쯤 숨기고 있던 사람들은 빗자루며, 곡괭이며, 바지랑대를 손에 든 채 서도 앉은 것도 아닌 엉거주춤한 자세로 제 앞으로 걸어온 패의 눈에 금세 드러났다.

"손들엇, 움직이면 쏜다."

규만이 총을 겨눈 채 앞으로 나서자 노랑대가리가 당황한 얼굴로 물러선다.

"늬들은 포위되았으니께 꼼짝 말구 손들어."

"뭐여? 간첩여, 공비여?"

어이가 없다는 목소리로 두덜거리는 중에도 패는 주춤거리며 두 손을 추켜올리는 시늉을 했다. 그에 힘을 얻은 규만네는 이장이 깨 털던 작대기로 노랑대가리의 어깻죽지를 한 대 후려갈기는 것을 시작으로 우르르 달려들어 저마다 손에 든 것들로 용이나 구렁이가 칭칭 동여맨 팔뚝이며, 등가죽을 사정없이 두들겨댔다.

"증말 왜들 이런댜? 한동니서……."

"워디서 굴러먹든 것이 한동니여."

"증말 짜증나네. 아즈씨, 구양리서 왔다니께, 참."

구양리라는 말에 한참 깼단 털듯 작대기질을 하던 이장이 추켜들었던 손을 멈추었다.

"구양리? 저, 삿갓봉 너머 장재울 말여?"

"워째 매산리서는 이웃 동니 사람을 작대기루 패구 난리
려."

"장재울이믄 누구네여?

"내는 공판장 허든 김병규 씨네 둘째구유, 쟈들은 안강목장
서 일허는 친구들이래니께."

"김병규래믄, 술만 먹었다 허믄 파출소 깨부수는?"

이태 전에 행정하는 것들이 삿갓봉에다 새 금을 그어 구양
리는 금양면으로 넘어가 남의 동네처럼 되었지만, 버스가 드
나들기 전만 해도 장 보러 갈 때면 삿갓봉 고개를 넘어 한 번
씩 거쳐가던 곳이라 한동네나 마찬가지로 지내왔던 근동이
었다. 오래 묵은 느티나무가 선 초가에 병규 씨 노모가 허리
꼬부라지도록 주막을 했는데, 어려서 거기서 술심부름을 하
던 병규 씨가 홀어미 밑에서 대책 없이 훔쳐 마신 술로 주정
만 익혀 장날이면 으레 파출소의 긴 의자를 여관방 삼아 쓰
러져 자기를 일삼아 장바닥에서 그를 모르는 이가 없을 정도
였다. 주막을 폐하고 공판장을 차렸다는 소리는 들었지만, 그
집에 장성한 아들이 둘씩이나 있는 줄은 알지 못했다. 이리
저리 엮으면 모르는 사이가 아닌 남의 집 자식을 두들겨놓은
것이 덜커덕 겁이 나 이장은 들고 있던 작대기를 슬며시 내
려놓고는, 아직도 총을 치켜들어 겨누고 있는 규만의 눈치를
살폈다.

"근디 여그는 뭔 일이래?"

"보믄 몰러유? 밤에 잠 안 자는 괴기나 붙들러 왔는디. 아, 그 총 줌 내려놔유."

규만이 여전히 미심쩍은 얼굴로 마지못해 총을 내려놓으니, 노랑대가리가 작대기로 맞은 어깻죽지를 주무르며 그에게 한마디 뱉어냈다.

"개 도둑은 놓치구 엄한 디다 총질이래."

개 도둑이라는 말에 모두들 그 주변에 다가앉아 귀를 기울였다.

"아, 낚시를 하고 있는디 갑자기 개들이 짖드라구유. 밤낚시 하려는디 개새끼들이 왕왕대니 신경이 쓰여 되겠시유. 워쩐 일인가 돌아보니 누군가 포타에다 개들을 싣는디, 좀 전까정만 해두 죽겠다구 짖던 개들이 이따금 앓는 소리만 낼 뿐 신통허니 잠잠허더라구유. 멀찌감치서 보니께 둘이서 쌀가마 얹듯 나자빠진 개들을 차곡차곡 짐칸에다 싣는 품이 좀 이상스럽다 했지만 복날이 가차이 오니께 밤중에 개를 내다 보다 생각했지유. 그려서 괴기두 안 잽히구 날은 삶아대구 복두 다가오니께 떡 본 김에 고사 지낸다구 개나 한 마리 도매금으루 헐하게 도를까 싶어 줄레줄레 갔더니, 이쪽을 보자마자 후다닥 차에 올라타더라구유. 그래, 잠깐 보자니께 들은 척두 않구 가버리는 거여. 이상타 싶어 농장 안을 들여다보니께,

여기저기 개들이 나자빠져 있는디, 가스총으루 쐈는지 전기
봉으루 지졌는지 숨은 쉬는디 꼼짝을 못 허드래니께유. 순간
적으루 워느 존경허는 인종이 개를 뿌리쳤구나, 아, 뿌리 몰
라유? 훔쳐 가는 거 말여유, 그렇구나 싶어 차를 끌구 쫓아갔
지유."

"근디?"

모두 목이 빠지게 그다음 말을 기다리는데, 맥 빠진 소리로
노랑대가리가 입을 연다

"죽겠다구 내빼는디, 당최 따라붙을 수가 있어야쥬. 개울
건너느라 속도 줄인 중에 간신히 번호만 따왔슈."

담뱃갑에 볼펜으로 끼적여놓은 차 번호를 전해 받은 규만
은 고맙다는 말은커녕 몽둥이질을 해서 미안하다는 말 한마
디 남기지 않고 개 비린내 물씬 풍기는 트럭을 몰고 파출소
로 달려갔다.

규만이 떠난 뒤 맥쩍게 된 사람들은 몽둥이로 맞은 데가 욱
신거린다는 노랑대가리의 어깻죽지에 모기 물린 데 바르려
고 가져온 물파스를 철철 발라주기 바쁘다.

"미안혀서 워쩐댜?"

"됐구유, 날 더운디 수박이나 한 통 짜개봐유."

그 말에 아까부터 행여 송사나 걸릴까 싶어 뜨악한 얼굴로
눈치만 살피던 이장이 팽이처럼 일어나 밭으로 달려가 제 머

리보다 큰 수박 서너 개를 끙끙거리며 따 들고 온다.

"증말 구양리허구는 한통나나 다름웂는디, 미안허게 되았
어."

생긴 것보다 순진해 뵈는 패거리는 언제 매질을 당했느냐
는 듯이 신이 나서 제 앞에 놓인 수박 쪼개기에 여념이 없었
다. 수박이건 사람이건 겉만 보고 속단할 것도 아니지만, 속
만 보고도 퍼렇다 뻘겋다 입바른 소리를 할 일도 아니었다.

한참을 기다려도 오지 않던 규만은 밤이 이슥해서야 겨우
이장 앞으로 전화를 넣어왔다. 아직 잡지는 못했지만 대강 개
도둑의 정체는 파악이 되었다는 것이다. 파출소에 와서 차 번
호를 조회해보니, 놀랍게도 그 차는 규만의 개 농장에 이따금
들러 개를 도매로 사서 읍내 건강원에 넘기던 나카마(중간상)
중의 하나라고 했다. 보기에 착실하고 셈도 밝아 외상도 깔아
놓고 주어왔다는 말에 모두 제 일처럼 맥이 풀려 말을 잃었다.

두 팔을 늘어뜨린 채 달빛에 어른거리는 물만 소금쟁이처
럼 들여다보고 있자니, 천막 안에서는 노랑대가리가 작대기
로 맞은 어깨가 욱신거린다며 먹던 수박도 팽개친 채 밤마다
귀신 우는 소리를 내던 개들을 대신하여 앓는 소리를 내며
누워 있었다.

(구사시옷생九死人生)

"회의 못 혀 뒤진 귀신들이 붙었나?"

분필을 담배인 줄 알고 입에 물었던 노강욱 선생은 행여 남이 보았을까 봐 침에 젖은 분필을 슬그머니 호주머니에 집어넣으며 부러 언성을 높였다. 남교사 휴게실 담벼락에 등을 붙이고 있던, 피차 머리 허연 퇴물들은 담배 빠는 일에 극진히 열심이어서 사람이 들어서도 돌아보지도 않는다.

"교내 금연 몰러?"

"교장두 피는디, 뭐."

오리발로 붙어 다니는 전자과 김주연과 상과 오선근이 대꾸하기도 바쁘다는 기색으로 마지못해 내어놓는다. 미처 재를 털어댈 틈도 없이 그 무슨 몸에 좋은 것이라고 연기 한 오라기 새어 나갈까 싶어 주둥이를 닭 똥구멍처럼 한껏 오므리고 빨아대는 담배 연기로 휴게실 안은 너구리 아니라 곰도 벌써 여러 마리 잡았을 판이다.

"애덜은 변소간에서 피구 선생들은 휴게실서 빨구 자알 허는 짓이다."

"사제동행이 별거 간디?"

"을매나 볶아대는지 담배 한 대 끄스를 시간두 읎대니께."

그건 맞는 말이었다. 십 분씩 쉬는 시간 틈틈이 수두룩이 모여 피차 담배 연기를 들고 내던 휴게실도 근자에는 철 지난 해수욕장처럼 쓸쓸해졌다. 노 선생도 종이 울리기 전에 한 모금 빨아볼 셈으로 주머니를 뒤적거려 짚 대롱 같은 에세 한 대를 뽑아들었다.

"그나저나 뭔 회의래?"

"바빠 죽는 법 가르치는 회의랴."

정명종합고등학교에서 학교 이름을 따라 부르기도 숨이 찬 '정명유비쿼터스첨단정보고등학교'로 바꾼 이래, 죽으려도 죽을 틈이 없어 억지 춘향이로 살아가는 선생들을 모아놓고 한갓지게 컴퓨터 연수니 교육개혁 협의회니 하는 것을 시키는 것들이나, 두덜거리면서도 복날 끌려가는 황구처럼 줄래줄래 모여드는 것들이나 속없기는 도긴개긴이었다.

정신 사납게 이름을 갈아대던 생기부인지 학생부인지 익히느라 꼬박 몇 해를 고생하여 겨우 손가락 두 개로 컴퓨터 자판을 또닥거릴 만하게 되면 또 바꾸어 중머리에 참빗질 하는 꼴을 만들어놓은 것도 심히 잘하는 짓이었다. 바꾸지 않으면 누가 죽기라도 하는지, 쉴 새 없이 바뀌는 것이 어디 그뿐이랴. 쌀독에 묻어 반들반들 길들이며, 상업과 선생 자격증을 따는 데 일등 공신 노릇을 하던 주판도 컴퓨터인지 뭣인가에 밀려 그저 무좀 걸린 발바닥 문지를 때나 쓰는 추레한 신세가 되고 말았다.

"그저 장판지 깔아놓구 볼펜으루 끼적거릴 때가 호시절이었어."

"것두 가로세로 오사마리 지으려믄 여간 골 아픈 게 아녀."

"점 하나 빠졌다구 경위서 써내라구 허는 디 비할까."

노 선생은 셈이 느린 선생들 점표를 앞에 놓고 주판알을 튕기던 시절이 아쉽기만 했다. 값이 눅어진 계산기가 촌 학교 교무실까지 호기롭게 등장하면서 빛을 잃기는 했지만 그래도 주판 하나로 생색내던 시절이 있었다. 사람이건 물건이건 때가 지나면 찬밥 덩이가 되는 건 어쩔 수 없는 일이었다.

어김없이 종소리가 울리자, 손 타들어가도록 빨던 담배를 재떨이에 비벼 끄고는 김과 오 선생이 독일 병정처럼 발딱 일어선다.

"츤츤히 가. 재게 가면 상이래두 줄까 베."

"상은 몰러두 늦으믄 수당서 제헌댜."

"제혀? 누구 맘대루."

"씨이오 맘대루."

지각을 하거나 회의에 늦으면 그때마다 초과근무 수당에서 얼마씩 까겠다던 교감의 말이 되살아나 노 선생은 구시렁거리면서도 의자 깊이 묻었던 엉덩이를 들어 올렸다.

"씨이오 좋어허시네."

작년 겨울까지만 해도 제 것으로 여기던 교감 자리였다. 전임인 박운칠 교감이 매점에서 라면 먹다가 풍을 맞아 쓰러진 뒤로 주변에선 노 선생이 그 자리에 들어앉으리라 생각했었다.

지금은 비록 한물간 생선처럼 누구 하나 거들떠보는 이 없는 상과 담임이나 맡고 있지만, 노 선생은 여전히 때를 기다리니, 잠시 강바닥에 엎드린 용이요 주머니 속에 감추어진 송곳인 셈이었다. 불뚱가지가 나면 '시부럴'이라는 고상치 못한 비어를 촌 노인네 커피에 설탕 섞듯 애용하는 버릇이 흠이긴 하지만, 그것도 아무나 흉내 내지 못할 그만의 소탈한 재주가 아닐 수 없었다. 학교 관례상 교무부장은 '넘버 쓰리'의 자리요, 경력이나 업무 능력으로 보나 장차 교감 자리에 침을 발라놓는 위치인데, 그로 말하자면 그 자리에 내리 육 년이나 눌러앉아 있었다. 이따금 심기가 뒤틀리면 아무에게나 험한 소리를 해대긴 해도 노 선생은 일 잘하고 사람 좋기로 주변에 칭송이 자자했다. 게다가 이 학교가 배출한 몇 안 되는 인물 중의 하나요, 모교에 봉직하는 유일한 교사이다 보니, 거의 선배 아니면 후배인 주민들이야말로 노 선생에겐 듬직한 '빽'이 아닐 수 없었다.

교실에 유리 한 장 갈아 끼우는 데도 면사무소 옆에 옴팍하니 들어앉은 '창신유리' 김만섭 동문을 무시로 불러대고, 운동회다 스승의 날이다 해서 선생들에게 비록 뼈다귀만 핥다가 지치는 감자탕이나마 회식 상을 차리려면 25기 김진주, 일명 돼지엄마에게 아쉬운 소리를 해야 하는 학교로서는 24기 동창회 부회장에다가 총동문회 홍보부장을 맡고 있는 노 선생이야말로 요긴한 사람이 아닐 수 없었다.

그런 사실을 알면서도 노 선생은 오래 묵은 소처럼 맡은 일을 충실히 해냈다. 크고 작은 교무 일에다가 자리에 누운 교감 몫까지 감당하느라 하루걸러 입술이 부르텄고, 해 있을 적에 퇴근한 적이 없었다. 아무리 난봉꾼 계집 고르듯이 제 입맛대로 주무르는 게 사립학교 인사人事라지만, 느닷없이 생면부지의 사람을 불러들여 누구를 닭 쫓던 개꼴로 만들어놓을 게 무어냔 말이다. 예전만 해도 대처大處였던 홍성에서 이사장 아들과 같은 고등학교를 다녔다는 새 교감은 서울에서 학원을 차려 빌딩을 몇 채나 긁어들인 자라는데, 교장 말로는 새 피를 수혈하는 아웃 소싱이라나 뭐란 거를 한 꼴이었다. 그자가 새 피면 여기서 목 터지게 애들 가르치던 것들은 죄 묵은 피가 되는 셈이었다. 시간당 몇십만 원짜리 족집게 과외로 학원 차릴 종잣돈을 만들었다는 새 피는 말끝마다 '씨이오'란 말을 입에 달았다.

"이제는 학교도 기업이유. 선생님들도 자기 반에서는 씨이오가 되어야 혀유. 워뜨커면 다른 반보다 앞설 수 있을까……."

시장, 수요자, 이윤…… 이따위 소리를 듣고 있자면 부글부글 속이 끓어 가만히 듣고 있기 버거웠다. 그 밑에서 교무부장으로 시중들 생각을 하니 아득하기도 하고, 불뚱가지도 나서 그동안 기생첩처럼 끼고 있던 교무부장 자리를 내놓았더니 건성으로 붙잡는 척도 없이 염생이(인문과 고복수 선생)를 데려다 앉혔다. 그리고 노 선생에게는 생기는 것 없이 신역만 고된 상과 담임 자리를 안겼다. 공장이나 회사를 찾아다니며 애들 취직자리나 허리 꺾어지게 부탁하는 한직이 돌아온 것이다. 기생오라비처럼 뺀질거리는 상판대기에 혀 말리는 외국 말을 무슨 종합비타민처럼 주워 삼키기 바쁜 '씨이오'는 양념 삼아 해보는 말인지는 몰라도, '학교가 기반이 잡히면 본업으로 돌아갈 것이며, 길어야 이삽 년 안짝'이라고 공언을 했다. 귀가 솔깃하긴 했지만 어느 불행한 군인이 혼란에 빠진 나라가 기반이 잡히는 대로 군복 차려입고 본업으로 돌아가

겠다던 공약公約인지 공약空約인지가 생각나 선뜻 믿어지지가
않았다.

"감투 자리라는 것이 높건 낮건 한번 깔구 앉아보믄 남이
떠다밀 때까지 내려가기 싫어지는 거 몰러? 저는 돌아가구
싶지만 나라와 국민이 원하니 마지못해 눌러앉겠다며 눈물
까지 짜던 군복 출신도 있잖았던가. 째진 입이라고 거기다가
뭐, 다시는 저와 같은 불행한 군인이 나오지 말라나 뭐라나?"

그렇게 구시렁거리면서도 노 선생은 솔직히 말하자면, '씨
이오'가 이 년만 지껄이다가 제 본업인 서울의 학원으로 돌
아가기를 정화수 떠다 놓고 빌고 싶은 심정이었다.

느지막이 뒷문을 밀고 들어서니 벌써 회의실 앞에선 '씨이
오'가 마이크를 잡고 열을 올리는 중이었다.

"앞으로는 종이가 사라지는 시대가 되는 거유."

오늘도 그 잘난 혁신인가 개혁인가를 한바탕 늘어놓을 참
인가 보았다. 뒤편에서 다리를 비틀고 앉아 있던 노 선생이
입을 가린 채 한마디 빈정거려주었다.

"그러믄 뒷간 가서는 꼼짝없이 손바닥 신세를 져야 하것
네."

"손가락이 경제적이지."

미리 짜지 않아도 척하니 반죽을 빚는 그 곁의 납땜쟁이(전

자과) 김주연 선생이 여선생들 쪽을 힐끔거리며 한마디 거들었다. 앞자리에서 점잖게 입을 다물고 있던 박 국어가 고개도 돌리지 않은 채 한마디 튕겨댔다.

"저러니, 눈앞의 곶감도 못 따 먹는 겨. 요즘 벤소깐서 뻿뻿한 종이루 밑 씻는 인간이 어딨어. 누르면 핥아주는 비데 몰러?"

곶감(교감)이라는 말에 노 선생은 멀쑥해져 입을 꾹 채워버렸다.

"싫든 좋든 무한경쟁으로 들어선 시대에, 인제 학교도 능력대루 대우를 받을 수밖에 없잖으냐 이 말씀이유. 그동안 사이좋게 나눠 드시든 성과급두 얼마나 애들을 잘 지도하시고, 능력을 발휘하셨느냐 정확한 데이타를 분석혀서 깔끔하니 나누게 된다 이 말씀이유."

말이 좋아 능력이지, 애들을 들볶아 서울에 있는 대학에 밀어 넣는 성적이란 것을 모를 노 선생이 아니었다.

"올림픽은 금메달 수루 알아주구, 인문과는 뭐니 뭐니 해두 스카이가 말해주는 것이구, 실업과는……."

전에 없이 '씨이오' 입에서 실업과 이야기가 흘러나오니 노 선생은 저도 모르게 긴장하지 않을 수 없었다.

"실업과야, 뭐, 취업이 젤 아니것슈? 전원 취업 백 퍼센트."

취업이 무엇인지도 모를 '씨이오' 입에서 '전원 취업 백 퍼

센트'라는 말이 이 빠진 노인네 침 떨구듯 맥없이 흘러나왔
다. 벌떡 일어나 한마디 해주려던 노 선생은 어제저녁에 교장
이 넌지시 전하던 말이 생각나 꾹 참고 말았다.

"노 부장은 뭘 맡겨두 잘해서. 교무를 깔끔히 해내시더니,
이제는 그 어렵다는 상과 담임도 척척 해내시니, 참."

어제 돼지네 감자탕집에서의 회식 자리에 동석한 교장이
눈웃음까지 섞어가며 건넨 말에 노 선생은 밤늦도록 잠을 이
루지 못했다. 누군가 지켜보고 있다는 것, 무엇을 맡겨도 잘
한다는 찬사가 겨울밤 감주보다 더 들척지근하니 들려왔다.
교감 자리가 비는 대로 그 자리를 맡아보라는 은근한 제안
아니겠는가.

"젤 먼저 취업 백 퍼센트를 달성하는 실업과 담임에게두
똑같은 상을 드리것다 이 말씀이유."

수시와 정시를 합쳐서 스카이 대학에 가장 많은 합격생을
내는 담임에게 성과급 최고 등급에다가 소정의 금일봉을 얹
어 준다 했을 때도 노 선생은 남의 일처럼 귓등으로 흘려들
었던 것이다.

삐딱하니 꼬고 앉았던 다리를 슬며시 내려놓으며, 노 선생
은 우선 제 반에 남아 있는 미취업 아이들을 더듬어보았다.
선도부장 명애, 짤막이 선경이, 거기에 반장 연희…… 눈앞
이 아득해진다.

육 년 만에 하는 담임 노릇에, 더욱이 상과 졸업반을 맡으니 여간 신경이 쓰이는 게 아니었다. 실업과 담임으로 잔뼈가 굵은 노 선생은 비장의 노하우를 꺼내 들고 학년 초부터 제 반 아이들에게 단단히 일러두었다.

취업을 잘하려면 무엇보다 자격증이다, 되지도 않을 대학 진학에 마음 두고 시간 보내다가 닭 쫓던 개 꼴 되지 말고, 좋은 직장 들어갈 취업 준비나 잘 하라고 독려했다. 취업에는 어느 자리든 성실이 우선이고, 착실이 필수이니 담임 말 잘 듣고 무엇보다 학교 빼먹지 말라는 당부를 조석으로 염불처럼 외워대었던 것이다.

어디 가나 이리 가라면 저리 가는 것들이 있게 마련이니, 제 담임 말을 콧등으로 흘리고 속 썩이는 것들이 없지 않았다. 얼굴에 분첩이나 두들기며, 머리 노랗게 물들이고 손톱이나 다듬으면서 학교 빼먹기를 나오는 날보다 자주 하는 것들이 적잖았다. 그때마다 맹세하기를, 저렇게 불성실한 아이들은 절대 취업을 못 할 것이라고 장담을 해왔다.

"워느 직장이든 취업을 허려면 생활기록부는 기본으루 보잘 텐데, 거기에 결석이 수십 일에 지각이 셀 수 없으믄 누가 데려가겠느냔 말이여."

말만이 아니라, 노 선생은 그런 일이 일어나면 장을 지지겠노라며 제 손가락을 수차례 아이들 눈앞에 들이밀어 보이기까지 했었다. 그런데 2학기 들어 장을 지질 일이 벌어질 줄이야.

　자격증이라고는 속눈썹에 먹칠하는 재주요, 수업 시간에 뒷문 열고 기어 나가는 자격뿐인 것들이 무슨 도우미인지, 모델인지로 가장 먼저 취업이 되는 걸 보며 노 선생은 그 직장이라는 것이 오죽하겠으며, 보나 마나 한 달도 못 넘겨 되돌아오리라 코웃음을 쳤었다.

　그 뒤로도 읍내에 하나뿐인 양판점에서 점원을 뽑는다기에 우르르 십여 명을 보냈더니 백설기에 박힌 건포도 뽑아 먹듯, 얼굴 반반하고 호리호리한 것들만 뽑아가고 자격증 사본을 무더기로 지니고 간 아이들은 풀이 죽어 돌아와야 했다.

　운동장 가장이에 심긴 오동나무가 손바닥만 한 잎새들을 뚝뚝 떨어뜨릴 즈음이 되어 눈에 띄게 홀쭉해진 교실에 남은 아이들을 둘러보자니, 하나같이 제 담임 말을 하느님 말씀처럼 여긴 모범생들이다. 제 친구들이 무슨 무역 회사다, 전자 회사다 경리직에 비서직으로 뽑혀 가는 걸 써늘한 교실에 남아 지켜봐야 하는 그 아이들에게 잘못이 있다면, 제 담임이 시키는 대로 일 년 내내 착실하게 지각 한번 않고 학교에 나와 워드니 사무처리 자격증이니 하는 걸 따느라 밤늦도록 애쓴 죄밖에 없었다. 얼굴에 분이나 처바르고, 남학생들과 어울려 남의 집 비닐하우스에서 술이나 퍼마시다 붙잡혀 오기를 밥 먹듯 하여 제 담임 속을 숯검정으로 만들어놓던 것들은 보란 듯이 뽑혀 나가는 걸 어떻게 설명해야 할 것인가.

얼굴에 성실이라는 글씨가 박혀 있는 아이들이 매번 면접 시험에서 미역국을 먹고 와 소금에 전 겉절이처럼 축 처진 채 썰렁한 교실에 우두커니 앉아 있는 걸 보자면 가슴이 묵지근한 오이지 돌에 눌린 것처럼 답답해졌다. 낮살이나 주워 먹은 선생이 어린 제자들에게 지키지도 못할 거짓말이나 늘어놓은 셈이니 애들 보기 민망해 교실에 들어가기가 두려울 지경이었다.

몇 남았던 아이들마저 제 아버지가 하는 공장이나 농장에 일손이나 거들겠다며 건성인 취업을 나가고, 이제 교실에는 셋만 남게 되었다. 그 셋으로 말하자면, 솔직히 짧거나 넘쳐서 요즘 인기 있다는 얼짱이란 것과는 인연이 조금 멀다 하겠지만, 키 작은 선경이로 말하자면 야무지기가 작은 고추요, 통통하니 살집이 있는 명애로 말하자면 그 무게만큼 듬직하고 근실하여 예전 같으면 부잣집 맏며느리감이었다. 그 둘을 섞어 짧고 통통한 연희로 치자면, 아무리 후하게 보려고 해도 인물은 좀 빠지지만 어디 직장이 화류계 판도 아닌 바에야 능력 있고 성실함이 제일 아니겠는가. 삼 년 내리 반장에다 지각 한 번 없는 개근에 자격증을 목에 걸면 한 바퀴를 돌고도 남는 모범생이 아닌가.

제 친척이 하는 노래방에 가서 일이나 거들겠다는 반장을 억지로 말린 것도 노 선생이었다. 조금만 있으면 좋은 자리가 나올 테니 기다려보라고 붙든 것이 벌써 두어 달을 넘긴 터였다. 솔직히 요즘 같아서는 공연히 붙들었다는 후회마저 들었다.

교실 문을 지긋이 밀고 들어서니 불도 켜지 않은 채 아이 셋이 불당골 부처바위처럼 앉아 있다. 취업도 끝물이 되어서 요즘은 수업도 제대로 하지 않는 터에 차라리 책상에 엎드려 잠을 잤더라면 노 선생의 마음도 조금은 편했을 것이다. 한 치의 흐트러짐도 없이 제자리를 지키고 꼿꼿이 앉아 있는 아이들을 바라보며 노 선생은 오늘은 어떻게든 결판을 내리라 마음을 다져먹었다. '취업 백 퍼센트'라던 교감의 말이며, 무엇이든 맡기면 잘한다던 교장의 찬사도 은근한 힘이 되어 그의 등을 떠밀었다.

자리에 돌아오기 무섭게 노 선생은 서랍에서 손때가 묻은 동문회 수첩을 꺼내들었다. 새카맣게 적힌 전화번호를 걸터듬어 목이 쉬도록 모교 사랑이니, 산학협동이니 하는 말들을 주워섬긴 끝에 명애와 선경이를 파장에 열무 떨듯 신천지 부동산과 풍산청과에다 떠넘겼다.

내일부터 보내라는 걸 오늘 당장 찾아가 인사드리라고 아이 둘을 등 떠밀어 보내고 나자, 이제 교실에는 반장만 덩그러니 남게 되었다. 혼자 남은 아이도 쓸쓸하지만, 하나만 털면 백 퍼센트 완수라는 생각에 노 선생은 내려놓았던 전화통을 마저 들었다.

'세운개발' 김태섭이 지난번 동창들 모인 자리에서 얌전한 여직원 하나 써야겠다고 지나가던 말처럼 흘린 것이 생각났기 때문이었다.

"애는 말허덜 말어. 여기저기서 보내 달래는 걸 너무 아까워 애껴둔 애래니께. 그려, 동문 기업인이구 허니께 믿구 보내는 거여. 산학협동이 벨거 간디."

세운개발은 요즘 24기에서 가장 잘나간다는 김태섭이 대표로 있는 토목업체인데, 동문회 홍보부장 간판을 내세워 반장을 그쪽에 밀어 넣었다. 아침에 얼굴 보면 점심, 저녁 거르지 않고 다시 마주치게 되는 읍내 바닥에 내보내기 아까운 아이들이라 여태껏 미뤄두었지만 이제는 별수 없었다. 달걀 아끼다가 곯린다고 끼고 있다가 그나마 해를 묵히면 곧 졸업이었다. 한나절 만에 곤달걀 같던 아이들을 말끔히 털고 나니 한갓지기 그지없었다. 등덜미에 매달린 혹덩이 같던 아이 셋을 내일부터 보지 않게 된 것만으로도 숨통이 트이는 기분이었다. 홀가분히 빈 교실을 흐뭇한 눈으로 들여다보며 노 선생은 일찌감치 이렇게 밀어 보내지 않은 것이 뒤늦게 후회되었다. 가급적 개인업체보다는 인근 도시에 있는 큼지막한 회사에 보내려던 것이 과욕이었다. 앓던 이 빠진 듯 시원한 기분에 교무실로 돌아와 노 선생은 평소에 않던 공치사를 한마디 내어놓았다.

"백 퍼센트 완수여!"

며칠이 지나 노 선생은 교직원 회의 시간에 교감이 제 이름을 들어가며 늘어놓는 찬사를 흐뭇하니 들었다.

"지가 부탁을 드리면서도 쉽지 않것다 생각혔는데, 보십시여. 당장 그날루 말끔히 해결헌 분이 기시잖습니까?"

앞으로 불려 나가 박수까지 자박하니 받으면서도 노 선생은 자신을 바라보는 교장의 표정을 염렵히 살피기를 잊지 않았다. 백 퍼센트 완수! 무엇이든 맡기면 말끔히 해결하는…….

당장 교감 자리라도 꿰찬 기분에 추후 나올 금일봉을 앞당겨 그날 퇴근길에 쌍쌍호프집에서 신바람노래방까지 풀코스로 한턱을 내겠노라 앞서 기분을 내었다.

그런데 점심 무렵에 지금쯤 세운개발 사무실에 앉아 참하니 계산기를 두드리고 있을 줄 알았던 반장 연희가 교복 차림으로 찾아왔다. 각이 진 턱을 유난히 부어 올린 연희는 그와 눈도 맞추지 않은 채 이젠 지겨울 만도 한 교실로 들어가 제 자리에 들러붙는다. 워낙 말수가 뜸한 아이를 이리저리 캐물으니 참 기막힌 사연을 내어놓는다.

167

일이라고 해봐야 강에서 골재를 퍼 담았다가 어디엔가 쓰
겠다는 곳에 갖다 부어주는 게 전부이니 차라리 덤프트럭 주
차장이라고 해야 올바를 공터 한구석에 컨테이너 두어 칸 쌓
아 올려 쓰는 사무실에서 전화나 받고, 일 없으면 온종일 때
묻은 소파에 눌어붙은 기사들 커피나 끓이는 게 경리직이더
라는 말에 봉급이나 제대로 준다면 못 견딜 바도 아니라고
고개만 끄덕였다. 그런데 출근한 지 이틀이 되던 날, 호젓하
니 둘만 남은 사무실에서 사장이란 물건이 하는 말이 명색
이 여직원이면 치마를 단정히 입어야지 등산 가는 것도 아니
고 바지가 될 법이냐고 점잖게 충고를 하더라는 것이었다. 그
것도 보기 시원하게 짧은 치마로 입고 오라는 말에 제 엄마
를 졸라 읍내 양장점에서 손바닥만 한 미니스커트를 큰맘 먹
고 육 개월 할부로 장만하였다는 것이다. 이튿날, 김 사장이
게슴츠레한 눈으로 제 종아리만 파리처럼 빨아 보는 게 께름
칙하기는 했지만 모른 척했다고 한다. 그리고 그날, 그러니까
어제저녁에 환영식을 해준다며 해물탕집에서 식사를 하고 2
차로 노래방까지 갔는데, 직원들이 슬금슬금 빠져나가더니
나중에는 어두컴컴한 노래방에 사장과 단둘이 남게 되었다
는 것이다. 그러더니 사장이 간 좀 보자며 치마 밑으로 손을
밀어 넣는 바람에 놀라서 그 길로 집으로 달아났다는 것이다.
  "잘 돌아왔다."

직장 생활 일주일 만에 깻빡치고 돌아온 제자지만, 그런 처지에 다시 가라고 등을 떠밀 수는 없는 일이었다. 무엇보다 동문이랍시고, 지역 유지랍시고 믿고 보냈더니 엉뚱한 짓을 한 김 사장이 괘씸하여 견딜 수가 없었다.

　교무실로 돌아와 김 사장에게 전화를 걸어 아이가 돌아왔는데 어찌 된 것이냐 물었다. 필시 점심으로 개장국이라도 먹은 듯 시종 쩝쩝거리는 소리를 섞어가며 김 사장은 태연히 이쪽을 원망한다.

　"아무리 성실이 젤이라지만, 워째 그리 인물 좋은 애럴 골라 보냈어?"

　"토목 건설 경리를 인물루 허나?"

　"여기두 드나드는 사람이 있구, 눈이란 것이 있는디."

　"그려, 눈깔이 있어서 즤 친구 딸 허벅지두 주물러랜 겨?"

　복날 올가미에 걸린 개 숨넘어가는 소리를 내며 무어라 변명을 늘어놓는 전화통에다 대고 노 선생은 호통을 내질렀다.

　"경산리 최북성이래믄 이따금 장에서 스쳤대두 면식이 없지 않을 틴디, 그이 딸헌티 그럴 수가 있는 겨?"

　"아니, 지역사회니 뭐니 끌어대며 애덜 취업 줌 시켜달래서 안 써두 될 애럴 데려다가 왼종일 얌전히 앉혀놓구 꽃병 애끼듯 뫼셔놨더니 뭘 워쩼다구 행패여."

　"지역사회? 꽃병? 제미랄, 두 번만 애끼다가는 신문에 나것다.”

“제미가 뭐여, 교육자가 즘잖지 못허게.”

“즘잖지 못혀?”

노 선생은 그예 참지 못하고 ‘시부럴 놈’이란 욕설을 교무실 앞에 앉은 교감까지 환히 듣게끔 전화통에다 퍼부어댔다. 자초지종을 알게 된 선생들도 제 딸이 당한 일처럼 분을 못이겨 성토의 목소리를 높였다.

“상고 애들이라구 얕보구 늠실거리는 것들이 한둘이 아니래니께.”

“이번 기회에 아주 버릇을 단단히 고쳐놔야 혀.”

“신문에다 대문짝만 허게 걸어서 망신을 시켜야 된다니께.”

그런 중에 곁에서 가만히 듣고 있던 교감이 헛기침을 섞어가며 한마디 끼어들었다. 앞으로 지역사회와 긴밀하게 유대 관계를 이어나가야 할 학교 입장도 있으니, 일을 크게 벌일 것이 아니라고 생뚱맞은 소리를 늘어놓았다.

“유대 관계는 무슨 유대유? 애덜 허벅지 주무르는 유대 말씀이여?”

“밖에다 마이꾸 대구 자랑헐 일두 아닌디, 떠들어봐야 핵교두 좋을 거 하나 웂대니께. 공연히 까탈스럽다는 소문만 나서, 그나마 가뭄에 콩 나드키 들어오는 채용 의뢰두 영영 끊길 것두 고려혀야 허구…….”

“신라는 아니구 고려여?”

“인자 첨단 정보 학교로 막 일어서려는 시점에, 학교 이미
지두 있는 거시구, 지역 눈치두 살피지 않을 수 없잖여. 아이
말만 들을 것두 아니구…….”

아무리 백 퍼센트도 좋고, 금일봉에 장차 교감 자리도 좋지
만 노 선생은 제 제자가 노래방 도우미 노릇을 하며 그 시커
먼 손에 농락을 당하는 데도 그 잘난 백 퍼센트만 챙기는 게
첨단 정보냐고 한마디 하지 않을 수 없었다.

“차라리 전처럼 주판 올라타고 복도에서 미끄럼질 치는 애
들을 가르치는 편이 낫지, 첨단 아니라 정보 할애비래두 그
짓은 못 허겠다 이 말씀유.”

정보란 말 붙은 데서 얼쩡거리던 이들이 나라를 손안에 쥐
고 제 맘대로 흔들어 먹었으며, 남산 어딘가에 토굴을 파고
제 아비 같은 국회의원을 잡아다가 수염을 뽑았다는 소리는,
귀는 양쪽에 빠짐없이 달려 있어 주워들었는지 요즘은 학교
도 정보란 말이 붙어야 대우를 받는 세상이었다.

손바닥만 한 읍내에서 상과 나온 아이들이 취업이라고 해
봐야 부동산 중개업소나 중기업체가 고작이었다. 말이 좋아
업체지, 남의 묵은 산 싸게 사서 얼렁뚱땅 뭉개어 되먹일 궁
리나 하는 것들이 사무실 한 칸 얻어 무슨 기업이니 건설이

니 간판 내건 곳이 대부분이었다. 다방에다 바칠 찻값 아낀다고 경리 여직원 하나 뽑아서 '이 양아, 김 양아' 불러가며 온종일 커피 끓이게 하며, 제 담배 심부름부터 고스톱 칠 때 잔돈 심부름까지 도맡아 시키는 것들에게 그저 계산기 두드려 복날 개 도른 것 머릿수대로 셈해주고, 이따금 어리보기 촌놈들 이마빡 친 돈이나 장부에 올려 더하고 빼는 셈이나 제대로 하면 될 자리에 무슨 말라죽은 정보며 유비쿼터스 첨단이냔 말이다.

기껏 잘나간다는 자리가 백화점 앞에 서서 온종일 배꼽에 손 모아 올리고 허리 꺾어 절하는 것이요, 혹 인물이 빠지면 지하 식품 매장에서 맷돌 돌리며 목청 좋게 순두부 사라는 소리나 질러댈 줄 알면 되는 자리이니, 차라리 어디 써먹을 데도 없는 공부를 폐하고 일 학년 때부터 얼굴에 분 두드리는 법이며, 손톱 다듬어 남자들 혼이나 빼놓는 기생 학교를 세우는 편이 낫지 않겠냔 말이다. 어차피 어느 놈 하나 챙겨보지도 않고, 찾지도 않는 워드에 정보기사 자격은 뭐 말라죽은 자격증이냔 말이다. 이번에 쫓겨난 반장 연희로 말하자면 워드 이급은 기본이요, 컴퓨터활용능력에 정보처리, 정보기기운영 자격증까지 줄줄이 꿰찼건만 짧은 치마를 입혀 허벅지나 주무르는 세상에.

연희가 주섬주섬 책상에 얹어놓았던 책을 챙겨 들고 일어선다.

"컴퓨터실에 가 있으믄 안될까요?"

"거긴 워째?"

"워드 일급 연습 좀 하려고요."

연희의 입에서 자격증 이야기가 나오는 순간 노 선생은 자신도 모르게 버럭 소리를 지르고 말았다.

"워디 자격증이 모질라서?"

엄한 데다 성질을 부리고 만 꼴이지만, 물정 모른 채 제가 가르친 '성실'이 골수에 박힌 어린 제자가 답답하다 못해 어딘지 모자라 보이기까지 했다. 그는 주머니에서 잡히는 대로 지폐 몇 장을 꺼내어 부루퉁히 서 있는 제자에게 내주었다.

"워디 가서 피부 마사지래두 받구 좀 이쁘게 화장허는 기술두 배워라."

우물거리는 연희의 등을 떠밀어 돌려보낸 뒤, 그는 울근불근해진 얼굴로 교무실로 돌아왔다. 남의 속도 모르는 박 국어가 기다리고 있었다는 듯이 반색을 한다.

"저녁은 근사헌 디루 가야 허것지?"

알량한 금일봉 — 이제는 그마저 받지도 못할 — 을 알겨먹을 재미로 번질거리는 웃음을 머금고 눈 한쪽까지 찡긋거리는 그가 쟁그라워 노 선생은 애써 외면했다.

"내게 돈 맽겨놓은 거 있어?"

"아무려믄 공돈이 들어올 턴디 야박허니 입 씻기야 허것어."

"받지두 못헐 돈이것지만, 받아두 맴 아픈 돈이여."

"돈에두 맴이 있다는 소리는 츰 들어보네."

나눠봐야 아무 득도 없을 말로 티격태격하는 동안, 곁에서 실눈을 뜨고 바라보던 교무부장 염생이가 자발머리없이 끼어들었다.

"돈 없으믄 암것두 안 되는 세상이여. 대통령만 혀두 대기업서 장사허든 이가 해먹구, 뭐니 뭐니 해두 머니가 젤이라는 말두 못 들어봤어? 핵교두 이제는 기업이구, 장사래잖여. 이가 안 남으믄 이마트에 치인 동네 슈퍼 문 닫기듯 종 치구 마는 겨. 워디 핵교가 정명핵교뿐이간디? 널린 게 핵교구 선생이여. 수요자 교육이란 말은 들어봤것지? 요즘은 애들이건 학부모건 즤 맘에 드는 핵교 골라 댕기는 판이여. 그런 판국에 살아남으려믄 어떡허여것어? 반반하니 벽에다 회두 바르구, 겨울이면 엉덩이 시리지 않게 따신 김 폴폴 나오는 스팀 난방에다 똥 싸구 나믄 뒷물시켜주는 비데란 것까지 채려놓으려믄 그게 다 뭐여? 돈 아녀? 근디 그 돈이 워디서 나오냔 말이여. 한 푼이래두 지역 유지덜 후원금 긁어모아야 허는디, 그 판에 초를 치구 밥상을 둘러엎어야 쓰것냐 이 말씀이여. 이제 졸업허믄 그 직장 귀신이 될 애럴 사장이 좀 짓궂은 장난을 쳤다구 단박에 파르르 달려가서 멱살을 잡아버리믄, 그나마 지역에다 동문이라구 집에서 판판이 놀 애덜 건져다가 책상이래두 안겨주는 취업은 워쩌려는 셈이냐, 막말루 노 선생이 도맡아서 집에서 파출부래두 시킬 거냐, 이런 요지루다 교감 선생께서 걱정허시는 게 아니냐 이 말씀이여."

실컷 제 속내를 드러내고는 교감을 찍어다 붙이는 염생이의 연설을 신통하다 할 만치 진득하니 듣고 있던 노 선생이 급기야 벌떡 일어서 대답 대신 걸쭉한 욕 한 사발을 퍼부어 댔다.

"에이, 시부럴 놈들아. 그 돈 챙겨서 잘 처먹구 잘 살어라."

온종일 방 안에 누워 빈둥거리던 노 선생은 행여 잠들었나 싶어 들여다보던 제 마누라에게 소리를 버럭 질러가며 성질을 부리다가 일주일 만에 학교에 나가 교감 앞에 쭈그리고 서서 자신의 행동을 심히 반성한다는 경위서를 쓰지 않을 수 없었다. 동료 교사에게 욕설을 퍼부어 교육자의 품위를 훼손하고, 인화단결을 해친 이를 다시는 신성한 교단에 서지 못하게 하라는 교장의 엄명이 있었다는데, 머리 허연 선생들이 그간에 학교를 위해 애써온 그의 공적과 노고를 감안하여 선처를 졸라 1차 경고로 마무리되었다는 것이다.

제 또래인 박 국어가 입내를 풍기며 그의 귀에다 대고 쏘삭

거리기를,

"교사 입에서 그런 심한 욕이 나올 수 있냐는 말에, 내가 뭐랬는 줄 알어? 그이가 허는 시부랄은 욕이 아니다, 그것이 국어사전적으루 말하자면 씨부랄이라 해야 욕인디, 시부랄이라고 하는 것은 속이 편치 않을 때 트림처럼 내어놓는 푸념이라구 카바를 해준 덕인 줄이나 알어."

한마디로 시옷 하나만 더 붙었어도 죽을 목숨을 제 재간으로 카바를 해 구명해냈다고 공치사를 늘어놓는 박 국어의 얼굴을 멀거니 바라보던 노 선생의 입에서 속이 편치 않을 때 내어놓는다는 트림 같은 말이 다시금 튀어나왔다.

"그려, 눈물나게 고마워. 씨부럴."

이후로 노 선생의 일을 두고, 시옷 하나로 살아남았다 하여 '구사ㅅ생九死ㅅ生'이라는 사자성어가 학교 안에 나돌게 되었다.

(봄 호랑이)

"호랭이래두 쫓아오나."

뒤도 안 돌아보고 달아나는 이삿짐 차를 지켜보던 이장은
묵정밭에 수북이 우거진 댕댕이 넌출만 욱지르며 두덜거렸
다. 그것도 정이라고 신새벽부터 몰려나와 지척거리던 안노
인들 가운데 몇몇은 연방 꾀죄죄한 손수건으로 눈가를 눌러
대고 있는 중이다.

"담에 뵙자잖어유!"

공연히 안노인들에게 버럭 소리를 질러보지만 그다음이란
것이 언제일지 막막하기는 피차일반이다. 여든을 내다보거
나, 훌쩍 넘어버린 노인들에게 다음이란 것이 안녕하게 기다
려주겠는가. 다음 세상에서나 보자면 모를까. 이장은 일없이
안섶을 뒤적거려 꺼칠하니 마른 입에 담배만 물어본다.

농사로는 안 된다며 소를 기르느라 밤낮없이 상머슴 노릇을 하던 재홍이 결국은 사료 빚을 감당 못 하여 삼 년 만에 탈탈 털어먹고 세상을 뜬 지 채 몇 달도 지나지 않았다. 혼자 남은 안주인이 어린아이들을 거느리고 기러기처럼 서울로 떠나는 뒷모습도 처량하지만, 뒤에 남아 그걸 바라보며 손 흔드는 이들의 심사도 편치 않았다. 짐을 끌어내느라 떼어낸 대문에 달려 있는 '모범 축산 농가' 표찰도 쓸쓸하기만 하다. 나간 집 부엌 문짝 같다는 말이 영락없었다.

"서울은 삐죽헌 수 있댜?"

"허다못해 남의 집 일이래두 여보담 훨 낫것지. 들이다보는 건 까마귀뿐인 촌에다 비할까."

성근 이빨 새로 질금거리는 말들을 우물거리며 매가리 없는 소리만 주고받던 노인들은 피차 못할 짓이라 여겼는지 슬그머니 입을 다문다.

"그나마 애덜 재잘거리는 소리는 그 집뿐이었는디……."

"오늘니열허는 이들만 남아서 상여질 걱정이나 허구 있으니, 절망이 희망이여."

비료대며 이세里稅 남은 걸 챙겨주느라 새벽부터 나와 섰던 이장은 주머니 속에 든 손가락을 더듬더듬 꼽아본다. 벌써 일곱 집이 뜬 셈이다. 한 집이 줄어든 만큼 빈집이 한 채 또 늘어난 것이다. 호수로는 열아홉이지만, 혼자거나 곧 혼자가 될 노인들만 지키고 있는 집뿐이니 인구로는 서른을 넘기지 못한다.

호암산 중턱의 물 좋고 볕 바른 자락에 자리 잡은 평성골은 얼마 전까지만 해도 군내에 한우 마을로 소문이 뜨르르한 마을이었다. 해발이 칠백 미터나 되어 여름에도 서늘하니 물것이 적어 소 기르기 안성맞춤이라고 했다. 면장이건 군수건 줄을 지어 달려와 부추기는 바람에 집집마다 소들을 들이고 길러 '한우 마을'이라는 팻말까지 동구에다 박아두었던 것이다. '평성 한우'라면 멀리서도 일부러 찾아와 고기를 끊어갈 만큼 호시절인 적도 있었건만 구제역이 두어 번 휩쓸고 지나고 나서는 소도 사라지고, 소를 기르던 사람들도 떠나기 바빴다. 휑뎅그렁하니 비어 있는 축사와 야반도주한 이들이 남긴 빚만 남은 마을은 을씨년스럽기만 했다.

"촌에 사람 읎는 게 어제오늘 일여. 개 새끼 허구 노인네덜만 남은 촌에 뭘 떼어먹겠다고 머물러."

자동차 회사를 다니다가 쫓겨난 맏아들이 노래방을 차렸다가 털어먹고, 시골로 내려와 농사나 짓겠다는 걸 극구 막은 홍 노인회장이 제 풀에 얼굴을 붉히며 언성을 높인다.

"상여 허니 허는 말인디, 구룡리에서 품 거슬러 달래잖유."

"품을 거슬러?"

"아, 지난번 송기 할머니 상 나갈 때 상여 멜 손이 읎어 구룡리에서 꿔 왔잖유."

"올겨울에 갚었잖여. 드럽게 추운 날."

"너이가 상여 메어주러 갔는디, 그중 칠순 넘은 공판장 김
씨가 꼈다구 반품은 거슬러 받어야겠다는 겨."

"피차 늙어가는 판에 환갑 진갑 따지구 있네, 드런 놈들 같
으니래구."

"그나저나 상여에 실리거나 메거나 거기나 여그나 도찐개
찐인디 워떡헌다?"

"워쩌긴 뭘 워쩌유. 구뎅이 파서 모개루 파묻구 말것지유."

작년에 기르던 비육우 오십 마리를 제 손으로 생매장했던
이장은 먼 산을 바라보며 한숨처럼 중얼거린다.

"긍게 선거를 잘허야 돼. 장관이란 것이 남의 나라 쇠고기
거간 노릇이나 하고."

"것두 모르는 말씸유. 밤낮루 대가리가 깨지도록 싸우는
여야란 것들두 농민들 죽이는 디는 일치단결에 상생화합이
유."

"에프틴지 디디틴지 농민 산 채루 묻어서 자동차 팔아먹것
다는 것들."

"칠레 포도 팔아주자구 제 백성 복숭아 낭구 자르라구 돈
주는 것들."

누가 먼저랄 것도 없이 돌아가며 한마디씩 내어놓느라 모

처럼 와자하다.

"그것두 나라 상전들이라구 주머니 털어 녹봉을 대줘야 하나?"

"안 주믄? 손모가지 묶어놓고 털어갈 것들인디, 안 주구 배겨?"

구제역 보상이 늦어져 얻어 쓴 대출금을 갚지 못해 축사에 빨간 딱지까지 붙게 된 담비 할아버지가 하늘에 삿대질을 해가며 목소리를 높인다.

"허다못해 노동자들은 그 잘나빠진 노조란 것이래두 있지. 농민들은 이자 놀이나 허는 농협뿐이니 워디다 하소연을 허것어."

"먹구 죽을 제초제나 할인해주는 넝협?"

그래도 때는 봄이라고 겨우내 꺼칠하니 가랑잎 소리만 가랑거리던 앞산에 아침볕이 희뿌여니 밝아온다. 들어봐야 맥빠지고 해봐야 늙은 홀아비 자지처럼 제 풀에 시르죽는 이야기만 주고받는 것도 금세 시들해진다.

"근디 소들은 워뜨케 허구 갔댜?"

외양간에 매인 채 굶어 죽어가던 송아지들의 안부가 문득 궁금해진 최 노인이 말끔히 비어 있는 축사를 넘겨다보며 묻는다.

"명구가 쓸어갔대잖여."

"명구?"

호암산 위뜸 산자락에서 개를 먹이는 명구가 받을 돈 삼십
만 원 대신 송아지 아홉 마리를 실어 갔다는 것이다.

"아홉에 삼십이믄 마리당 얼매여?"

"개금이지, 뭐."

말 그대로 개값이 된 송아지들은 사료값을 미처 감당하지
못해 매어놓은 채 굶겨 죽이는 판이었다. 어느 입바른 인간이
굶어 죽은 송아지 사진을 인터넷인가 어디다 찍어 올리는 바
람에 제 어미보다 동물을 더 아끼는 것들이 떼를 지어 비난
을 하고 나섰다. 인터넷인가를 호환 마마보다 더 무서워하는
관공무원들이 득달같이 나와서 기껏 한다는 게 송아지 굶겨
죽이지 말라는 소리나 주절거렸다. 오죽하면 제 새끼 같은 송
아지를 굶겨 죽이겠는가.

"그 운동 좋아허는 것들은 워째 사료래두 한 푸대 보내기
운동은 안 벌이는 줄 모르것슈."

불쑥 내어놓은 이장의 혼잣말에 모두들 뜬금없어 하다가
화제는 사료값으로 이어졌다.

"이태 전에 이십오 킬로 한 푸대에 오천 원 허던 것이 만삼
천 원꺼정 채니 안 망할 재간이 있어?"

"말로만 시장주의구 자유주의여. 사료값이 오르믄 소값두
오르는 게 당연헌 이치 아녀. 근디 쇠고기값만 조금 오른다

184

싶으믄 호주서 미국서 그날루 수입을 해대구 생지랄들이니
……."

빈집의 툇마루에 걸터앉아 종일 떠들어봐야 돈 한 푼 안 되
는 소리만 늘어놓던 노인들은 피워봐야 돈만 나가는 담배를
볼이 움푹 패도록 깊이 빨고는 한숨만 구성지게 뱉어놓았다.

"에프틴지 뭔지 허믄 아예 싸그리 망하는 거여."

"돼지 죽구 소 묻구 이젠 농민덜 파묻을 챔여."

"워디 파묻을 사램이나 남어 있것어."

지척에 놓였건만 그냥 곱게는 오지 않는 봄이 시서늘한 바
람만 불어 보내니 빈집의 마당에는 여기저기 흩어져 있던 나
부랭이들이 휑하게 공중으로 오르내리느라 어수선하다. 눈
으로 날아드는 먼지를 피해 오만상을 찡그린 채 옷깃 속으로
목을 움츠리고 있던 노인들에게 버럭 귀청을 때리는 소리가
날아든다.

"오래비들, 어여들 오셔. 아침 바람부텀 스지도 않는 거시
기 걱정은 그만허시구."

돌아볼 필요도 없다. 온종일 갈밭에 서걱거리는 바람 소리
뿐인 마을에 그래도 사람 소리다운 목청을 지닌 것이 부녀회
장 말고 누가 있겠는가. 젖은 바가지에 깨 달라붙듯 일제히
소리 나는 쪽으로 몰려가자, 부녀회장이 마을회관 옆구리에
붙은 부엌문을 한쪽 발로 기우듬히 지쳐놓고는 들고 있던 국

자를 휘저으며 반긴다. 아침부터 무얼 또 삶았는지 부엌문 틈새로 보기만 해도 구수한 김이 무럭무럭 비어져 나온다.

보기 좋은 떡이 먹기도 좋다는 말이 빈말이 아니었다. 촌에다 묵혀놓고 지나가던 뜸부기나 들여다보기에는 아까울 만치 인물이 고운 부녀회장은 음식 솜씨도 그에 못지않았다. 삼시 세 끼니라고 해봐야 늙은 양주 둘이거나, 덜렁 혼자 받는 밥상이다 보니 구미가 당길 리가 없었다. 그런 차에 부녀회장이 새로 바뀌면서 마을회관에 큼지막한 솥을 걸어놓고 무시로 별식을 해대어 한데 모여 밥 먹는 게 일과가 되었다.

누가 끓어왔는지 솥에는 푸짐히 넣은 시래기 새로 큼직큼직한 갈비가 먹음직하게 끓고 있다. 남은 밥에 찬물을 말아 군내 나는 김치를 억지로 욱여넣거나, 그도 귀찮으면 라면이나 삶아서 대충 때우던 노인들의 얼굴에 단박 생기가 돈다.

"뉘 귀빠진 날여?"

벌써 상을 받고 있던 노인네들마다 큼지막한 뼈다귀 하나씩을 집어 들고 깜부기 든 강냉이 같은 이빨로 애써 뜯어대느라 늦게 들어서는 이들 얼굴도 쳐다볼 틈이 없다. 머리에 '풀업세' 농약 모자를 비스듬히 얹은 느타리 작목반 공 씨가 엉덩이를 비척여 겨우 하나 끼어들 만한 틈을 벌려준다.

"아침부텀 웬 쇠갈비랴?"

이장도 한 점 집어 들고 소주로 입가심을 하는데 공 씨가 옥문 잇새로 비질거리며 대답이랍시고 한마디 건넨다.

"그냥 잡쉈두셔."

이사 가는 재홍네가 며칠 전에 굶어 쓰러진 송아지 한 마리를 동네에 내놓고 갔다는 것이다. 작별 선물인 셈이었다.

"가슴 아픈 갈비네그려."

지난봄에 안동에서 시작한 구제역으로 멀쩡한 소와 돼지를 이백만 마리나 땅에 묻는 난리가 벌어졌다. 일단 쓸어다 묻고 나니 당장 새로 입식할 씨돼지며 송아지가 남아 있을 턱이 없었다. 외국에서 긴급히 들여온다고 난리를 쳐대더니 그예 일 년도 못 가 송아지금이 폭락하여 사료값 대기도 어렵게 되었다.

"자고로 관에서 허는 말은 까꾸루 들어야 헌대니께."

기르던 가축들을 산 채로 땅에 묻고 나서 주저앉은 농민들에게 저리로 대출까지 해줄 테니 서둘러 새끼들을 입식하라고 쫓아다니며 성화를 부리더니, 이번에는 굶겨 죽일 판이었다.

"뭔가 대책이 있것지."

그래도 관돈 몇 푼이라도 얻어먹는 이장은 넌지시 정부 시책을 두둔할 수밖에 없다.

"이십억 건지자구 일조 넘는 돈을 파묻은 것들헌티 대책은 무슨?"

"그나저나 백신주사는 즤 어미헌티 찌를려구 아껴두나?"

"주사를 놓으믄 청정국 자격을 잃는대잖여."

"제미랄, 땅에다 돼지며 소를 생우루 묻는 건 참 청정헌 일일세."

홍 노인회장의 말에 쭈그려 앉아 있던 부녀회장이 남모르게 나무관세음보살을 중얼거린다.

"근동에 묻은 것만 혀두 만 마리가 넘어."

"밤길 댕기는 것두 으스스하대니께."

그냥 생긴 것만으로도 소 대가리를 닮은 공 씨가 눈을 지릅뜨고 쇠귀신 시늉을 내자 곁에 앉아 있던 부녀회장이 진저리를 치며 뒤로 물러앉는다. 하는 양이 재미있어 남정네들이 돌아가며 돼지며, 소 우는 소리를 내자 그녀는 덩치에 맞지 않게 몸을 옹그리며 비명을 내지른다.

"증말 무서운 것을 못 봤나 부네. 쇠귀신보담 더 무서운 게 녹 먹는 것들이여."

"무서운 게 아니라 징그럽대니께."

뜯던 갈빗살이 덕지덕지 들러붙은 이를 누렇게 드러내고 쇠귀신 시늉을 내는 공 씨를 밀치며 부녀회장이 둘러댄 말이었다. 평소에 걸걸하기만 하던 그녀가 의외로 겁이 많다는 걸 눈치챈 사람들이 돌아가며 놀리느라 마을회관이 왁자해진다.

가재울 골짜기에 외딴집 한 채를 짓고 옴팍하게 들어 사는 부녀회장은 쉰을 갓 넘긴 과부다. 일찌감치 남편을 앞세우고 혼자 산 지가 꽤 여러 날이 된 그녀는 육덕이 푸짐하고 이목구비가 뚜렷한 생김생김으로 넘실거리는 남정네가 없지 않았다.

한 가지 흠이 있다면 입이 걸다는 것이었다. 웬만큼 비위 좋은 남정네들도 그녀 앞에서는 한두 마디 대거리하다가 이내 낯을 붉히고 말았다. 혹 동네 노인이 막걸리 마신 기분에 혼자 자려면 적적하지 않느냐고 농 삼아 건네면, '적적허면 한번 해주려구' 하고 나서서 외려 말한 사람이 얼굴 붉히게 하는 입심이 그녀의 보호막인 셈이었다.

그런 부녀회장에게 요즘 무서워하는 것이 생긴 것이다. 얼마 전부터 밤마다 외진 그녀의 집에 무언가가 찾아와 창문에 모래를 끼얹는 것이었다.

"잠들만 허믄 뭣이가 창문에 우르르 모래를 껸진다니께."

곁에서 이야기를 듣던 담비 할아버지가 대뜸 호랑이 짓이라고 단정을 하고 나섰다.

"호랭이유? 동물원에두 벨루 읎다는 호랭이가 여그 나타나유?"

부녀회장의 반문에 담비 할아버지는 정색하며 마을 뒤편 호암산에 눈이 내리면 지금도 국화빵만 한 호랑이 발자국이 수두룩하니 찍혀 있다고 했다.

"땅에 묻은 멕이가 좀 많아."

지난봄에 파묻은 소며 돼지를 파먹으려고 마을 근처로 내려온 모양이라는 것이다.

"하이에난가 뭐시라믄 모를까, 뭔 호랭이가 썩은 괴기를 먹는댜?"

말도 안 되는 이야기라며 웃어넘기려는데 막상 주변에 둘러앉은 사람들은 아무도 선웃음 한번 짓지를 않는다.

"예전부텀 그쪽 골짝으루가 호랭이가 잘 다니는 길이여."

앞니가 듬성듬성 빠진 공 씨가 중얼거리며 끼어든다.

"지금은 못 봤어두 십 년 전까정은 있었던 게 확실해. 저 남이바우 밑에 영주 할매가 나물 뜯으러 갔다가 고양이 새끼를 두 마리 주워 왔대잖여. 그날 밤새두룩 호랭이가 마을에 내려와 울어대는 바람에 이상타 여겨 찬찬히 들여다보니께 괭이가 아니라 호랭이 새끼래잖여. 그래 문 앞에다 내놓으니께, 어미가 물어가더니 조용해지더래."

"언제는 동네 개들을 싹 쓸어간 적두 있대니께. 낭중에 산속에 뜯다 남긴 대가리들만 소복이 모아놨드래잖여."

옛날이야기 삼아 재미있게 듣자니, 동네에선 그래도 고등물 먹은 인텔리에 속하는 홍 노인이 헛기침을 하며 십오 년 전 신문에 난 일을 날짜까지 짚어가며 들려준다.

"호암산 넘어가면 바로 지곡인디, 거기 가믄 풍성슈퍼라구 있어. 그 집 딸이 여남은 살 되았을 적에 산에 갔다가 뭐에 물려 죽었는디, 어디 축산 연구소인가 하는 데서 나와서 팔목 하나 남은 걸 가져다 조사를 했더니 큰 고양잇과 짐승의 이빨 자국이라고 했다드만. 큰 고양잇과가 뭐것어. 살쾡이가 다 큰 애를 잡아먹것어, 아니믄 도둑괭이가 뜯었것어."

노인회장은 그걸로도 모자라 커다란 바위가 얹혀 있는 호암산 자락을 이리저리 손가락으로 짚어가며 호랑이가 주로 넘나든다는 길을 일러주기까지 했다. 그이의 손가락 끝이 가리키는 곳으로 말하자면, 풍광 좋고 호젓한 것을 즐겨 마을에서 외따로 떨어진 데 자리 잡은 부녀회장의 집 뒷산이 아니던가.

"조선 시대부텀 호암산에 호랑이가 많아서 호환이 을매나 잦았는지 마을 사람 수가 늘지를 못했대잖여."

지금도 산세 가파르기가 병풍 같은 호암산은 숲이 무성하고 골이 깊어 낮에도 혼자 드나들기가 섬뜩하였다. 그러니 어디선가 호랑이가 불쑥 튀어나올 만도 했다.

부녀회장이 사색이 된 얼굴로 입을 다물고 앉아 있자니, 구석에서 부지런히 땅콩만 걸터듬어 입속에 넣던 이장이 그녀 쪽을 힐긋거리며 한마디 얹는다.

"호랭이 중에서두 젤 무섭다는 게 봄 호랭이잖여."

미심쩍은 얼굴로 어쩨 그러냐고 묻는 그녀에게 그것도 모르냐며 이장은 친절히 설명을 해준다.

"생각해봐. 겨우내 굶주렸으니 잔뜩 독이 올라 있잖것어."

그 이야기를 하면서 뭐가 재밌는지 공 씨와 서로 눈을 찡긋거려가며 낄낄거리는 풍신이 무언가 꺼림칙하다.

"머리 시커먼 호랭인 줄이나 아셔."

이장이 주변의 남정네들과 눈을 맞추며 자꾸 빙긋거린다.

"곱게 채려입구 내다보셔. 점백이 호랭이 한 마리가 있을 테니."

점박이라는 말에 부녀회장은 뭔가 짚이는 데가 있었다. 동네 위쪽에서 개를 기르는 권명구는 눈 밑에 큼지막한 점이 있어 별명이 얼룩소였다. 그녀는 얼마 전부터 얼룩소 권 씨가 늙은 갈매기가 수평선 바라보듯이 자신을 아득히 바라보던 눈길이 생각났다.

"아, 것두 외로워서 짝을 찾아다니나 본디 뭐가 무섭냐?"

이장의 느물거리는 말이 숯불처럼 그녀의 귓불에 뜨겁게 닿아온다.

권 씨는 쉰을 넘기도록 장가를 가지 못한 노총각이었다. 들리는 소리로는 아랫도리가 부실해서 장가를 못 간다는 소문이 있었다. 별호가 '동네 스피카'인 영주 할머니 말로는 권 씨가 기운을 돋으려고 매일 개 불알을 삶아 먹는데도 별무신통이라고 했다. 그러면서 그녀는 손가락 중에서도 볼품없이 가늘게 휘어진 새끼손가락을 들어 보이며 깔깔거렸다.

망측하게시리. 부녀회장은 짤막하니 구부러진 그녀의 새끼손가락이 다시금 저를 가리킨 양 얼굴을 붉히며 화급히 눈을 돌렸다. 그러고는 아까부터 곁눈질로 이쪽을 쳐다보며 히죽거리는 이장에게 속내를 들킬까 싶어 부러 엄한 소리를 내어놓았다.

　"스도 않는 것을 워다다 들이댄댜."

　부녀회장은 공연히 붉어지는 얼굴이 남우세스러워 걸쭉한 말로 얼버무리며 자리를 모면했다.

　조반을 쇠갈비로 푸짐하니 채운 이장은 등산 삼아 마을 위뜸의 권명구네 개 농장으로 향한다. 멀리서부터 개 비린내가 코를 찌른다. 올여름 복날을 대비해 지난가을에 늘린 개들이 백 마리를 넘는다는데 낯선 인기척에도 짖는 소리 한 올 새어 나오지 않는다.

　마당에서 자전거 바람 넣는 펌프로 강아지 귀를 뚫던 권이 의아한 얼굴로 돌아본다. 바람에 고막을 뚫린 강아지는 죽겠다고 짖어대다가 저도 소리가 들리지 않는 게 이상한지 마당에 나동그라진 채 헛입만 벙긋거린다.

　"아, 그것두 세상 소리 들을라구 귀 달구 나온 것인디."

　이장의 말에도 권은 들은 척도 않고 소독약을 바른 면봉만 우악스럽게 강아지 귓속에 쑤셔댄다.

"식전부텀 뭔 일이래여?"

"참말루 귀머거리가 되믄 빨리 자라는가?"

우리를 덮어놓은 뚜껑을 열자 벌집처럼 사방이 막힌 칸에 갇혀 있던 강아지들이 난생처음 보는 외지 사람 구경이 반가운지 목을 추켜세우고 꼬리를 흔들어대기 바쁘다.

"세상 귀경이래두 허게 열어두지 워째 다 덮어놨댜?"

날이 풀렸는데도 시커멓게 뒤씌운 덮개를 벗기며 이장이 한마디 했다.

"쓸데없는 거 내다봐야 신경 쓰여서 살 내리기밲에 더해유?"

듣도 보도 못한 채 옴짝달싹할 틈도 없는 우리에 갇혀 주는 먹이만 먹고 자란 강아지들은 석 달이면 식당으로 팔려나간다고 했다. 외국에서 배로 싣고 온 비싼 사료를 먹여 일 년 가까이 기르다가도 구제역으로 파묻거나 가격 폭락으로 내다 버리는 소에 비하면 안정된 농사가 아닐 수 없었다. 읍내 식당이나 학교에서 남는 짬밥을 거저 얻어다 먹여 사료값 걱정도 할 게 없었다.

"나도 개나 멕여볼까."

이장의 말에 권은 부루퉁한 얼굴로 눈을 지릅떠 보인다.

"개는 쉬운 중 아시여?"

"아무려면 소 돼지만 헐까?"

뚝뚝하기가 소나무 껍질 같은 권은 대꾸도 않고 이내 저 할 일 하기 바쁘다. 이장은 재홍네서 끌고 왔다는 송아지들이 궁금하여 주변을 살피니 욕조만 한 시멘트 우리에 욱여넣은 송아지들이 목만 뺀 채 가쁜 숨을 내쉬고 있다.

"저렇게 해서야 워디 송아지가 살것나?"

"냅둬유. 기르다가 안 되믄 개나 삶아 먹이쥬, 뭐."

"소를 잡아 개를 길러? 이 사람, 증말 소 잡아먹을 호랭이네."

"소가 사람 잡아먹는 시상에 뭘 못 허것슈."

그 말에 이장은 뜨끔하여 입을 다물고 말았다. 그랬다. 시절은 그렇게 소가 사람을 잡아먹는 세상이 되었다.

재홍이 제초제를 들이마신 것은 송아지가 굶다가 쓰러져 죽어나가던 무렵이었다. 거래하던 사료 가게에서 밀린 사료값을 정리하지 않으면 더 대주지 못하겠다는 기별을 받고 달포를 굶긴 터였다. 밀린 사료값은 고사하고, 농협에서 빌린 돈의 이자도 갚지 못해 가산금이 눈덩이처럼 불어나가는 판이었다. 그 와중에도 자식 같은 소들이 굶는 것을 차마 보지 못했던 재홍은 짚도 썰어 먹여보고 남의 밭에 버려진 고춧대도 훑어다 삶아보았지만 사료에 길들여진 송아지들은 차라리 피골이 상접한 채 굶다가 주인이 보는 앞에서 쓰러져 죽었다. 세 마리째 굶어 죽던 날 밤에 재홍은 선반에 얹어 두었던 제초제를 마셨다.

가뜩이나 금간 장독에 간장 새듯 머릿수가 시나브로 줄어가는 동네에서 그런 일까지 일어나자 이장이란 감투를 뒤쓴 그로서는 밤에 잠을 설칠 지경이었다.

어디에서는 새로 전입해 오는 이들에게 집 지을 땅도 내어 주고 아이를 낳으면 대학까지 장학금도 나눠 준다는데, 주는 건 세금 고지서뿐인 면사무소 인간들 얼굴만 바라보고 있을 수는 없었다. 뭐라도 하는 시늉을 해야 하지 않겠나. 아무리 이장이라는 것이 물색없어져 봄날 한철에 꺾어 불다 내팽개치는 호드기 같은 신세가 되었을망정, 적어도 뒷자리에 의젓하게 눌어붙은 장長 자값은 해야 할 것 아닌가.

이장은 며칠 전부터 치근덕거리며 들러붙는 마누라를 밀어놓고 밤 깊도록 궁리한 수를 내어보기로 한다.

"오뉴월 땡볕에 하루가 어디고, 사람 줄어가는 마을에 한 쌍이 워디여."

저만 짝을 이루어 기러기 같은 자식들을 넷이나 두었다고 홀몸으로 늙어가는 이웃을 못 본 척할 수는 없었다. 그가 가장 존경하는 이가 남긴 말이 국민총화에 일치단결이 아니었던가. 이웃사촌이라는 말이 국어사전 심심할까 봐 허투루 있는 게 아니었다.

무엇보다 인화단결을 가훈으로 삼아 바람벽에 액자까지 내건 처지에, 쉰을 갓 넘긴 과부와 비록 머리는 허옇게 서리를 맞았을망정 명실상부한 총각을 마냥 구경 삼아 지켜보고만 있을 수는 없었다. 지난겨울에 비록 등 떠밀려 연임한 이장 자리이기는 해도 그냥 눌러앉기 무엇하여 내건 공약이 마을에 아이들 소리가 들리도록 하겠다는 것이었다.

비록 부녀회장이 아이를 낳기에는 늦은 나이라지만, 일찌 감치 남편을 잃고 쓰다 남은 음기淫氣가 죄 입으로 올라붙어 입만 열면 걸쭉한 패설들을 천상수로 흘려 내는 걸 보면 아이 두엇은 낳고도 남을 만했다. 한편 권명구로 말하자면 겉보기에는 여름날 우박 맞은 머구대마냥 어깨를 축 늘어뜨리고 다녀 하초가 부실하다느니 어쩌느니 입길에 오르내리는 신세가 되었지만, 그것도 촌에서 산다는 죄 하나로 혼기를 놓치고 팔자에 없는 외기러기 꼴로 지내는 처지가 스스로 맥 빠져 낙담한 결과일 뿐이었다. 음양이 합일하여 짝을 이루고 나면 용이 구름을 얻은 양 교룡운우蛟龍雲雨하여 온 동네에 불끈하니 힘을 돋우고 다닐 일이었다.

지금은 사세부득이 개나 기르면서 추레하게 지내고 있지만 사실 권명구를 제대로 소개하자면 왕년에 외양선을 타고 사해를 넘나들던 마도로스 출신이었다. 날이 푹푹 삶아대는 한여름에도 소매 긴 바바리를 걸치고 다니는 것만 봐도 아직 그에게는 낭만이 있고, 청춘도 남아 있었다. 그런 멋쟁이가 개 비린내를 풍기며 강아지 귀에 바람이나 쏴대고 있는 것은 죄다 시류를 잘못 만난 탓이었다. 예전 같으면 혼사란 것이 이 마을의 갑돌이가 저 마을의 갑순이와 맺는 것이 당연했을 터이나, 요즘 들어서는 허우대가 멀쩡한 총각들도 농촌이라는 말만 앞에 내걸면 뱀 보고 놀란 처녀 물 항아리 집어 던지듯 기겁을 하고 달아나는 시세時世였다. 때를 잘못 만난 덕에 마도로스 멋쟁이도 반거충이 노총각이 되고 만 것이다.

그저 비육우 길러서 베트남이든 필리핀이든 돈 주고 색시 사올 궁리로 이태를 축사에 묻혀 지내다가 때아닌 구제역 바람에 색시는커녕 기르던 소마저 땅에 모개로 묻고 난 뒤 그는 낙심하여 개들만 끌어안고 지내온 것이다.

"맨날 모래만 견지믄 뭘 혀. 뿌리를 뽑아야지."

"무슨 모래래여?"

시침을 떼어보지만 권은 벌게지는 기색을 미처 숨기지 못한다.

"다 봤다니께."

국지성 소나기가 한차례 내리붓는다는 저녁 뉴스를 듣고 느지막이 부산물 비료 더미에 비닐을 두르고 올라오는데, 부녀회장네 외딴집 어름으로 무언가 시커먼 그림자가 어른거렸다. 행여 여자 혼자 사는 집에 도둑이라도 들었나 싶어 노간주나무 그늘배기에 깊숙이 몸을 숨기고 지켜보았더니 검은 그림자가 모래를 집어 창문에 끼얹는 것이 아닌가. 가만히 살펴보니 구부정히 마른 어깨에 너풀거리는 옷자락이 눈에 익었다. 어둠 속에서도 물씬 풍겨오는 개 비린내의 주인공은 다름 아닌 마도로스 권이었다.

"애덜두 아니구 성인 남녀가 짝을 짓것다는디 누가 뭐랠껴."

그 말에 권은 고개를 숙이고 목덜미까지 붉힌다. 하는 대로 내버려두면 일 년 내내 호랑이 시늉이나 하면서 남의 창문에 모래나 끼얹고 말 풍신이다. 모래 대신에 고백을 제대로 해보라는 말에도 권은 묵은 달력이 내걸린 담벼락만 바라볼 뿐이다. 이런저런 말로 북돋고 얼러보았지만 권은 애꿎은 강아지 귀에다 펌프질을 거푸하는 바람에 강아지만 죽겠다고 나뒹군다.

곁에서 지켜보던 이장이 외려 제 일처럼 열이 달아 낮에 들은 이야기를 끄집어낸다.

"그러니께 스도 못 할 것을 들이댄다는 소리나 듣는 거여."

그래도 가랑이 사이에 추 달린 남정네라고 자존심은 남아 있는지 권이 눈썹을 갈매기 날개처럼 꼬부리며 부스스 고개를 치켜들었다.

그날 밤에도 부녀회장네 외딴집에는 호랑이가 찾아왔다.

자정이 가까워지자 어김없이 찾아온 호랑이는 여느 날보다 더 우악스럽게 창문에 모래를 끼얹어댔다. 방문 고리를 걸어 잠근 채 이불을 뒤쓰고 있던 부녀회장은 모처럼 용기를 내기로 했다.

머리 시커먼 호랑이라던 이장의 말이 자꾸 귓가를 맴돌았다. 그녀는 이불을 뒤집어쓴 채로 조심스레 문틈으로 바깥을 살펴보았다. 삑삑하게 에두른 노간주나무 울타리 너머로 시커먼 그림자가 어른거리고 있었다.

찬찬히 문틈으로 내다보니 우두커니 서서 이쪽을 쳐다보고 있는 것은 과연 작대기처럼 키만 껑충한 사람의 그림자가 틀림없었다. 공연히 며칠 동안 밤잠을 설치게 하고, 동네 사람들 입에 오르내리게 한 게 부아가 나 부녀회장은 대뜸 손전등을 찾아 들고 마당으로 쫓아 나갔다. 호랑이가 아닌 바에야 무서울 사람이 어디 있겠는가. 저승사자도 사람 행색이라면 버럭 소리를 내지르고도 남을 그녀였다.

울 밖으로 돌아간 그녀는 그림자를 향해 대뜸 손전등을 비쳐댔다. 얼굴에 쏟아진 불빛에도 동요하지 않고 우뚝 버티고 선 사람은 과연 권 씨였다. 철 이른 바바리를 걸친 권 씨는 자신을 향해 비춘 불빛을 피할 생각도 않았다.

"누군디, 남의 창문에 모래를 끼얹구 지랄이랴?"

부녀회장이 한 자배기 걸쭉히 타박을 쏟아내고 다가서는데도 권 씨는 빕더설 기미를 보이지 않는다. 그녀가 지척으로 다가올 때까지 장승처럼 버티고 섰던 권 씨가 갑자기 걸치고 있던 바바리를 활짝 펼쳐 보인다. 씨식잖게 바라보던 그녀는 눈앞에 펼쳐진 장면에 망연자실하고 말았다. 양쪽으로 활짝 펼쳐진 바바리 속에는 아무것도 걸치지 않은 하체 사이로 호랑이보다 더 무섭다는 시커먼 것이 덜렁거리고 매달려 있었다. 입심 좋기로 근동에 소문이 자자한 부녀회장도 예상치 못한 장면에 헛입만 벙긋거리고 있자니 마도로스 권이 잔뜩 볼멘소리로 외쳐댔다.

"봐봐, 스나 안 스나."

봄은 봄이었다. 소리도 없이 내리는 봄비가 슬금슬금 어깨며 얼굴에 는개처럼 내려앉는데도 그녀는 차가운 줄을 몰랐다. 홑으로 걸친 바바리를 풀어헤친 권 씨도 한기를 느끼지 못하기는 마찬가지였다. 봄은 어느 결에 과부집 울타리 너머로 호랑이처럼 넘성거리고 있었다.

(번지 없는 주막)

매화나무 등걸에 매달린 꽃들이 밤에 불을 켜놓지 않아도 마당을 환히 밝히던 것이 엊그제 같은데, 어느 결에 가장이마다 개 불알만 한 열매를 성글게 매달았다. 털어보아야 한 보시기도 안 될 것을 몇 개 비틀어보지만, 그나마 오갈이 들고 뒤틀린 쭉정이뿐이다. 건듯 지나가는 바람이 보잘것없는 열매 한 알을 양철 지붕에 툭 내려놓는다.

　보잘것없기로는 다 쓰러져가는 집이 더하다. 한때는 나룻배를 기다리는 장꾼들이며, 무주나 진안에서 흘러 내려온 뗏목꾼들로 벅적거리던 시절도 있었지만 지금은 다 쓰러져가는 움막 꼴이 되고 말았다. 비스듬히 기운 외벽이며, 당장이라도 주저앉을 듯 내려앉은 추녀가 낡은 집의 곤궁한 처지를 한눈에 보여주고 있었다. 집도 주인 따라가는 셈이었다. 바랭이가 수북이 자란 기왓장을 쳐다보며, 송만순 노파는 그 자리가 그대로 자신의 음택이 되리라 여겼다. 주인의 숨결이 다하여 더운 김이 끊어지면 가까스로 버티고 있던 집의 기둥이며, 서까래도 풀썩 주저앉고 말 것이다. 누구 하나 기억해줄 이도 없는 세상에 오랜 세월 손때 묻히며 살아온 집만 덩그러니 남겨두고 가는 것도 개운찮은 일이었다. 그 자리에 집이 있었다는 사실조차 남지 않도록 말끔히 사라지는 것이 마땅한 일이었다. 그런 노파의 생각에 대답이라도 하듯 담벼락에서 우수수 흙이 흘러내렸다.

이가 맞지 않아 여나 마나 한 문짝을 지쳐놓고 노파는 벌써 눈두덩 위로 올라선 아침 볕을 피해 손 가리개를 편다. 장마랍시고 비 한줄기 시원히 뿌리지도 않은 채 푹푹 삶아대는 통에 지난밤도 자는 둥 마는 둥 잠을 설친 노파는 절룩이는 다리를 끌며 강 쪽으로 걸어 내려간다. 여느 해 같으면 물에 흥건히 잠겨 있을 강 가장이가 알몸을 고스란히 드러낸 채 뙤약볕에 자글자글 익어가고 있다. 채 마르지 않은 둠벙이 물비린내를 풍기며 날파리들만 풀풀 날려댔다.

손이라도 적시려면 적잖이 다리품을 팔게 멀어진 강가에는 굴삭기 한 대가 쇠로 만든 아가리를 허공에 벌린 채 버팅기고 서 있다. 달포 전에 집 뒤꼍의 아름드리 가시나무들을 찍어댈 때와는 영 행색이 보잘것없어졌지만 노파는 밤마다 그

것이 제 정수리를 찍어 누르는 악몽에 시달리곤 했다.

"허기야 기계가 뭔 잘못이 있것어."

보를 막은 뒤로 눈에 띄게 흐름이 느려진 강은 날이 더워지기 무섭게 푸릇한 이끼들로 자욱하니 덮였다. 연신 삶아대는 날씨에 강이라고 견딜 재간이 있겠는가. 미지근한 강물로 입 안까지 우르릉우르릉 헹구고 나자 바짝 달아오른 해가 머리 위로 곧추섰다. 그야말로 머리가 벗겨질 더위였다.

날이 더워지면서 물것이 기승을 부리고, 부엌에 묻어놓은 독 속의 막걸리가 하루가 멀다 하고 쉬어터지지만, 혼자 사는 늙은이에게는 더운 편이 나았다. 뼈마디가 오그라들게 앙살을 부리던 엄동의 추위가 버거운 것이 어찌 노파뿐이겠는가. 단골이라 할 것도 없지만 하루에 두어 번씩 드나들며 국밥이며 막걸리 통이라도 비워주던 패도 모두 이틀 벌어 하루 살기 바쁜 처지라, 날들이 꽝꽝 얼어붙으면 바깥 일거리가 끊어져 그마저 발길이 뜸해지곤 하였다.

유난히 추웠던 지난겨울에는 하루 놀고 하루 쉬기를 일삼았는데, 날이 풀리면서 벌그죽죽한 등산복을 걸친 이들이 오다가다 들러주는 바람에 벌이가 쏠쏠해졌다. 늙은이의 어두운 귀에도 경기가 어렵다는 소리가 들리는 판에 죄 거리로 내몰려 이리저리 부랑이라도 하는지, 남녀노소 할 것 없이 날 풀리기 무섭게 강가로 쏟아져 나와 터덜터덜 걸어다니는 게 한둘이 아니었다. 어디를 가는 길이냐 물으면 미리 입이라도 맞춘 듯이 그냥 걷는 거라고 하니 참 맥없는 것들이다. 눈을 까뒤집고 벌어도 살기 힘들 세상에 그냥 느적느적 걷는 게 일이라니 알다가도 모를 일이다. 그래도 대가리에 탈바가지를 뒤집어쓰고 불알이 툭 불거지게 들러붙는 옷을 입은 것들은 자전거라도 끌고 다니니 좀 낫다. 어디 생선 두름 배달하는 일이라도 할 테니 말이다.

마당 한 귀에 호미로 되작거려 심은 쪽파가 어느 결에 바짝 고개를 쳐들고 하늘을 본다. 공사장 인부들 밥상에 올릴 찬거리가 마땅찮았는데 그것이라도 젓갈로 버무려 내놓아야겠다. 조금만 움직여도 삐거덕 소리를 내는 무릎을 간신히 주저앉히고 쪽파 몇 포기를 잘라내자니 벌써 이마에 진땀이 흥건히 배어난다. 낡아빠진 소맷자락으로 이마를 훔치던 노파는 비스듬히 기운 자신의 집을 물끄러미 바라본다. 그슬리다 만 개꼴을 한 집은 자신이 보기에도 흉물스럽기만 하다. 양철판이며 슬레이트를 누덕누덕 얹은 지붕에는 부스럼처럼 돌멩이가 여기저기 지질려 있고, 비스듬히 기운 집은 가까이에서 기침만 세게 해도 풀썩 주저앉을 것만 같다.

"가만 놔둬두 무너질 텐디, 고걸 못 참아 재랄들여."

목에서 가르랑거리는 가래를 한껏 긁어 올려 강가의 굴삭기 쪽에다 내뱉던 노파의 눈에 강가를 거니는 사람들이 얼비

친다. 얼어붙었던 강이 풀리고, 강가에 심은 벚나무에 꽃들이 화사하니 필 무렵부터 심심찮게 들러 빈대떡이며 두부 부침으로 막걸리 통이나 비워주는 것들 덕에 요즘은 먹고살 만했다. 여닫이문을 열고 빼꼼히 얼굴부터 들이밀어 주뼛주뼛 안을 살피던 이들은 무어가 그리 볼만하다고 말끝마다 탄성을 지르기 바빴다. 참 할 일도 어지간히 없는 것들이었다. 언제인지도 벌써 까마득하지만 읍내 천보당 약국 주인이 공화당 국회의원 해먹겠다고 나섰을 때 집집마다 돌린 달력을 보고도 '와아', '으아' 탄성을 질러댔다. 거미줄이 칭칭 들러붙고 파리똥이 점점이 박혀 있지만 이미자가 한복을 차려입은 그림이 보기 좋아서 벽에 붙여놓은 것인데 그게 뭐가 귀하다고 입을 벌려 소리를 지를까. 이젠 기운이 없어 한구석에 밀어둔 맷돌을 일삼아 돌려보고, 혹 전기가 나갈 때 쓰려고 천장에 매달아 둔 남포등에 불을 댕겨보라고 수선을 떨어대는 것이었다. 하루에 세 차례 드나드는 버스를 잡아타고 읍내만 나가도 사람 빼고는 뭐든지 다 파는 마트가 즐비하니 들어서 있고, 골목마다 온갖 장사가 늘어선 세상에 그을음내 나는 남폿불이 뭐가 그리 신기하다고 탄성을 지른단 말인가.

그런 중에도 시렁에 매단 돼지비계를 두어 번 둘러서 매운 고추에 신 김치 척척 썰어 부쳐주는 빈대떡에 환장을 하고, 데워서 내어준 먹다 남은 되비지에 며칠 굶은 것들처럼 달려

들어 퍼먹는 걸 보자면 참 나라가 어렵기는 어려운 모양이라는 생각이 들었다. 그런 이들을 보며 처음에는 행여 주머니에 든 것이 없다고 외상이라도 하자면 어쩌나 걱정을 했지만 아직 밥 사 먹을 돈들은 남았는지 꼬박꼬박 현찰로 내놓고 갔다. 어찌하였든 노파는 주머니에 들어오는 돈벌이로는 4대강인지 5대강인지 덕을 톡톡히 보는 셈이었다.

"쥐구멍에두 볕이 든다더니."

어제저녁부터 시큰거리는 무르팍에 파스 두어 장을 붙이고 나서 아침 겸 점심으로 찬밥에 물을 말아 달랑무 두어 쪽으로 때우려는데, 박봉석이 슬그머니 문을 열고 들어선다. 겨우내 쓰고 다니던 털벙거지를 봄맞이 삼아 벗어버렸는지 희끗거리는 머리털이 흡사 서리 맞은 까마귀 행색을 닮았다. 보나마나 엊저녁에 처먹은 술에 속이 부대껴 뜨뜻한 국물이라도 얻어먹으려고 들른 것이리라.

"오늘두 죙일 자빠져 지낼 심인가 베?"

그 말에는 대답도 않고 박은 제집처럼 시렁을 뒤적거리다가 아까부터 칙칙 소리를 내며 끓고 있는 솥뚜껑을 연다. 지난 장에 돼지 뼈다귀가 살점이 제법 투실하게 붙어 있어, 사다가 시래기 넣고 밤새도록 끓인 진국이었다. 국자로 국물을 떠서 후룩후룩 들이켜다가 혓바닥을 데었는지 부엌에서 개 잡는 소리가 터져 나온다.

"저 오살헐 것이, 마수두 안 한 국을 지분거려. 절구 팽이루 손구락을 짓쪄놓으야 정신을 채리려나."

말은 그리하면서도 몸은 여전히 방 안에 눌러앉아 있다. 박이 겨우내 달아놓고 먹은 밥값만 해도 이십만 원을 훌쩍 넘겼다. 강가에 움막을 짓고 지내는 그는 공구리 일을 다니다가 밀차에 발을 다쳐 해동 무렵까지 집에서 누워 지냈다. 집이랄 것도 없이 낚시꾼들이 얼기설기 엮어놓은 움막에 천막을 얻어다가 겹겹이 뒤집어씌운 것인데, 한겨울을 그 안에서 얼어 죽지 않고 난 것이 용했다. 지나가는 전깃줄을 몰래 따서 움막 안에 전기 장판을 쓴다고는 하지만 오죽하겠는가.

박의 움막에 비하면 노파네 집은 대궐인 셈이었다. 다리가 서기 전까지 나룻배로 장꾼들을 실어 나르던 시아버지가 손수 지었다는 집은 부엌 한 칸에 안방, 건넌방을 갖추고, 그 사이에 대청마루까지 끼어 있었다. 전쟁 중에 시부모를 차례로 보내고 나서 사고무친 혼자가 된 노파는 우렁 껍질 같은 집을 지금껏 지키고 살아왔다.

가진 게 몸뚱이밖에 없는 인생들이 겪는 고초를 빤히 아는 터라 노파는 입에서 나오는 말과 달리 박을 살뜰히 살펴주었다. 낯선 개나 고양이도 집을 기웃거리면 먹던 밥을 나눠 주는데…….

"저 허는 짓 좀 봐."

국밥을 말더니 부엌 바닥에 묻어놓은 술독에서 막걸리까지
퍼마시는 소리에 노파는 버럭 소리를 내지르며 자리에서 몸
을 솟구쳤다.

"다 적어놓으래니께."

"적으믄?"

"날 풀리믄 한방에 해결헌다잖유."

"지랄, 날이 풀리다 못해 골마지가 앉을 판여."

넉살 좋은 박은 이제 웬만히 해선 말도 타지 않았다. 입가
심 삼아 달랑무 한쪽을 베어문 채 탁자 앞에 주저앉은 박이
걱정스러운 목소리로 입을 연다.

"그나저나 면에선 벨 소리 없슈?"

면이라는 말에 노파는 찔끔 속이 켕긴다.

"있을 턱이 뭐가 있댜, 그것들이?"

"나야말루 큰집 잔치에 잡는 작은집 돼지 꼴유."

"머리 시커먼 짐승 거둬 멕일 게 아니래드니, 이 판국에 큰
집 작은집이 워딨간? 애덜 말대루 살길은 연대뿐이래잖여."

"연대는 이대 옆에 있는 대학이구유."

"그 알량한 움막 걷어 갈께미? 불알을 떼다가 소금 찍어 석
쇠에 귀 먹어."

"할무닌 법이란 것이 을매나 착살맞은 줄 몰러서 용감허신
거유."

"내 손으루 내 밥 지어 파는디 뭔 눔의 법?"

"법에는 말이 필요 없는 거유. 이거 한 장이믄 끝내는 거래니께."

그러면서 박이 아까부터 만지작거리던 종이 한 장을 탁자 위에 꺼내놓는다. 뻘건 글씨가 큼지막이 들어박힌 종이는 노파의 눈에도 익은 것이었다. 까막눈인 노파는 그걸 전하는 군청 공무원 앞에서 보기 좋게 박박 찢어 내던져버렸던 것이다.

"공문서 훼손죄까지 겹쳤으니 벌금을 물어두 곱으루 낼 테구, 징역을 살어두 곱징역을 살 거유."

"공문서 훼손죄만 있구, 늙은이 먹구사는 장사 방해죄는 읎는 중 알어?"

"하야튼 십칠 일까정 비우지 않으믄 강제 철거래잖유."

"철거든 지랄이든 난 몰러."

"야차 같은 깡패들이 난쩍 들어내다 눌러앉히구, 포클레인으루 툭 밀믄 '악' 소리두 못 지르구 끝나는 거유. 요즘 법이라는 게 그렇게 착살맞대니께유."

"밥 잘 읃어 처먹었으믄 어여 가. 착살맞은 소리 그만허구."

"내가 거시기 허다는 게 아니구 법이 그렇대니께."

해봐야 서로 입만 곤하고, 땡전 한 푼 생기지도 않을 대거리를 주고받는 중에 문이 살며시 열린다. 돌비늘 부숴놓은 듯

한 햇빛이 열린 문틈으로 스며들어 시커먼 가게 안을 환히 밝힌다. 실눈을 뜨고 내다보는 새 어느 결에 무엇인가 품에 먼저 들어와 안긴다. 영미다.

"뭘 은어먹을 게 있다구 여기는 맨날 드나든댜?"

대학교에서 무슨 신문 내는 일을 한다는 영미는 지난가을부터 심심찮게 찾아왔다. 무슨 금강 주변의 민속자료를 수집한다며 해봐야 한숨만 나오는 지난 이야기를 녹음기까지 틀어놓고 몇 시간이나 담아갔다. 그런 결에 정이 들었는지 제입으로 손녀딸 노릇을 하겠다며 여간 살갑게 구는 게 아니었다. 차림새를 보아하니 그리 넉넉한 집에서 살아 뵈지 않는데 올 때마다 털신이며 목도리를 가져와 발에 신기고 목에 둘러주었다. 고마운 일이지만 노파는 입에서 험한 말만 내어줄 뿐이었다.

"이년아, 니 부모 등골 그만 빼먹구 한 푼이래두 벌어서 시집갈 밑천이나 모아."

영미는 요즘 처녀답지 않게 그런 말에 노염도 타지 않고 구순하니 고개만 끄덕였다.

"할머니는 참."

"참이구 첨이구 간에, 저 멸치츠럼 허여멀거니 말라빠진 건또 뉘여?"

"방송국 피디 님인데요, 할머니 도와드리려고 오셨어요."

"피딘지 피린지 따질 것 읎이 증말 날 도와주겠다면 흘러가는 저 강물처럼 그냥 내버려두는 거여."

말을 하고 나니 흘러가는 강물도 그냥 내버려둔 것만은 아니라는 생각이 뒤미처 들었다. 무슨 놈의 공사를 한다고 난데없는 기계들이 강바닥을 긁어대고, 산더미처럼 쌓은 모래를 트럭으로 실어 나르느라 밤낮이 없었다. 몇 해를 뿌연 먼지 속에 덮여 지내다가 겨우 조용해지는가 싶더니 강 가운데 못 보던 둑이 가로질러 막았다. 가을이면 눈 쌓인 듯 하얀 갈꽃이 우거지던 강가에는 자로 잰 듯 반듯하게 포장도로가 생기고, 그때부터 자전거를 끌고 다니거나 일없이 팔을 위아래로 오르내리며 걷는 인간들이 어정거리기 시작했다.

"송챙이가 갈잎을 먹으믄 땅바닥에 떨어지는 벱여."

않던 짓을 하면 끝에는 꼭 변고가 나기 마련이었다. 강가에 황새처럼 버티고 앉았던 낚시꾼들이 이따금 들러서 국밥에 막걸리나 비우던 노파네 집에 사람들이 떼를 지어 몰리더니, 급기야 몇십 년 동안 얼굴도 안 비치던 관 것들이 종이 딱지를 들고 찾아온 것이다.

"그런데 늬덜은 밥이나 제때에 은어먹구들 다니는 겨?"

대답도 듣기 전에 밤새도록 고아낸 뼈다귀 국물에 밥을 풍덩 말아 두 그릇을 던지듯이 밥상에 올려놓는다.

"할머니, 이걸 다 어떻게 먹어요."

"먹는 뱁을 모르믄 떠멕여줄까? 요즘 것들은 뼉다구가 되어서두 살쪘다구 오두방정을 떨매 다야튼지 뭔지 지랄을 헌다는디, 너나읎이 사흘만 굶겨봐야 혀."

"난 하루만 굶어두 죽겠던디."

곁에 쭈그리고 앉아 있던 박이 꼴에 사내랍시고 오랜만에 맡은 분 냄새에 코를 실룩거리며 두서없이 끼어든다.

"남정네가 채신머리읎이 낄 데나 안 낄 데나 끼지 말구 처먹었으믄 어여 가."

"아, 피디 님두 오셨는디 말씀 즘 듣구 갈라구 그류."

등을 떠밀어도 박은 넉살 좋게 밥상머리 한쪽을 차고앉아 턱을 받치고 다가앉는다. 고양이 밥 먹듯 몇 숟갈 뜨는 시늉을 하던 영미와 피디라는 여자가 상을 물리고 대뜸 녹음기란 걸 앞에 내어놓는다.

"그러니까 금강에서는 할머니네가 가장 오래된 주막이잖아요?"

요즘 들어 귀가 아프게 들어온 말을 거듭하느라 노파는 넌더리가 나서 닭 똥구멍 같은 입을 비죽거리며 툴툴거렸다.

"그거야 내가 돌아댕기믄서 죄 조사럴 헌 것이 아니니 모르것지만, 강 건너서 뗏목꾼들헌티 국밥 말아 팔던 곰보 할머니네허구 여그가 젤 오래된 것인디, 그 노인네가 십 년 전에 시상 뜬 뒤루 문을 닫았으니 그런 줄루만 아는 게지, 뭐."

얼굴도 내밀지 않던 면 서기며, 군청 직원들이 찾아와 새통맞게 주막 이야기를 늘어놓을 때만 해도 설마 그것이 제게 미칠 일일 줄이야 어찌 알았겠는가. 문제는 4대강 공사로 온종일 마른 갈대만 버석거리고, 이따금 청둥오리들이 내질러 놓은 새끼들이나 삑삑거리던 강가에 난데없는 꽃밭을 꾸미고, 자전거 길을 만들어 사람들이 떼 지어 몰려들 적만 해도 그저 남의 다리 가려운 일로만 여겼던 노파였다.

"그러니까 군청에서 말하는 마지막 주막보다 더 오래된 거지요?"

"워디? 도리개 춘옥이네?"

읍내 쇠전 옆에서 대포집을 차려 갈보까지 두엇 들여놓고 한창 돈을 벌던 춘옥이 노름에 미쳐 거덜이 난 뒤에 강 아래편에 주막을 차린 건 사일구가 일어나던 해였다. 읍내에서 쓰던 '춘월옥'이라는 간판을 그대로 내걸다 보니, 그 햇수까지 얹었다고 해도 시부모 때부터 붙박이로 주막을 해온 노파네와는 비교가 될 수 없었다.

"마지막이믄 워떻구, 내중이믄 워떻다구 지랄들이래?"

"할머니, 그게 아니에요."

주막을 하는 것이 무슨 자랑이라고 장사를 해온 햇수를 따지는가 싶어 노파는 지금까지도 별로 그것에 대해서는 더 이야기를 늘이지 않았다.

"군청에서 거기다 이십억을 들여 새로 꾸몄거든요."

이십억? 아무리 애들도 억이란 소리를 쉽게 내어놓는 세상이라지만, 노파는 억은커녕 만이라는 수도 제대로 헤아리기가 어려운 사람이었다. 반쯤 타다 만 채 비스듬히 기울어가는 제집에 비할 바는 아니지만, 춘월옥도 큰바람만 되게 맞으면 밤새 안녕하지 못할 처지는 크게 다르지 않을 터였다. 그런 집에 이십억을 들였다니 기가 막힐 노릇이었다.

"네미, 드럽게두 쓸데가 읎나 부네. 그 돈을 나헌티 주믄 밤새두룩 깨물어라두 먹것네."

군청 공무원이란 작자가 찾아와 서산 엿가래처럼 톡톡 부러진 말로 몇 월 며칠까지 집을 비우라고 했을 때만 해도 노파는 콧방귀만 펑펑 뀌었던 것이다. 어디서 뒤져냈는지 강가에 자리 잡은 노파네 집자리가 군 소유의 하천부지이고, 그 위에 얹힌 집도 번지수가 없는 무허가 건물이라며 철거 계고장이라는 걸 들고 찾아온 것이었다. 대를 이어 살아온 집에 번지수가 무슨 필요가 있으며, 땅콩밭을 일궈 먹던 이장한테 시조부께서 벼 다섯 섬을 주고 산 땅이라고 이야기해도 소용이 없었다.

소용이 없기는 이쪽도 마찬가지였다. 번지수라는 것이 생기기 전부터 살아온 집을 무허가라고 부수라니 말이나 될 소리인가. 자다 보면 지붕 위로 포탄 날아가는 소리가 밤새도록 들리던 동란 중에도 제자리에서 꼼짝도 않고 지킨 집을 난데 없이 비우라니 씨알이나 먹힐 소리인가.

"내가 살아봐야 얼매나 더 살것어. 자다가 눈 안 뜨른 죽은 것일 텐디, 그라믄 장사 치를 것도 없이 집을 풀썩 주저앉혀 묘루 쓰면 될 것을."

노파가 한숨 섞인 소리로 주절거리자 여태껏 한쪽에 얌전히 앉아 있던 피디가 턱을 받쳐 들고 다가앉는다.

"군청에서 거짓말을 하다가 들통이 났거든요."

"그것들이야 입만 열면 거짓말인디 뭘 새삼스럽게."

노파도 들어서 알고는 있었다. 낙동강 변 어딘가에 오래된 주막이란 것이 세상에 알려지면서 관광객들이 발 디딜 틈 없 이 몰려들었다 한다. 그걸 군청의 어느 작자가 입을 놀렸는지 모르겠지만, 내세울 것이라곤 금강밖에 없는 군청에서 강 언 저리에 붙어 있던 춘월옥을 '금강의 마지막 주막'이라고 신 문에도 내고, 텔레비전에도 비추어댔다는 것이다. 마침 4대강 공사가 끝나고 강가로 자전거 길이며 꽃길이 만들어지면서 몰려든 사람들이 하루에도 수백 명씩 찾는 바람에 춘월옥은 명소가 되었다 한다. 군청에서 다 쓰러져가는 집을 손보고, 화장실도 신식으로 새로 짓고 그 곁에 홍보관이란 것도 만들 어 옛날 사진이란 걸 모아놓았다는 소리도 사람들 편에 전해 들은 바 있었다. 노파는 그보다는 아침부터 벌겋게 술에 취해

자빠져 있는 게 일인 춘월옥 주인 여편네가 몰려드는 사람들을 어떤 몰골로 맞을지 걱정도 되고, 자못 궁금하기도 했다.

"나는 마지막두 싫구 그냥 죄용히 살게 해주믄 되어."

노파는 공연히 사달을 만든 영미가 원망스럽기도 했다. 맥놓고 털어놓은 이야기를 무슨 신문인가에 싣는 바람에 이 야단이 벌어진 것이다. 신문을 보고 찾아왔다는 이들이 '마지막 주막' 어쩌고 할 때도 같잖아 대꾸도 않던 것인데, 어느 자발머리없는 인간이 사진까지 찍어서 컴퓨터로 군청 어디인가에 올렸다는 것이다. 그날부터 춘월옥을 마지막 주막이라고 속인 군청을 비난하는 글들이 이어지면서 일이 시끄럽게 되었다는 것이다.

"거짓말이 문제가 아니라, 그걸 덮으려고 할머니를 내쫓으려고 하는 거잖아요."

밤톨처럼 야무진 것이 웬만한 사내보다 나을 성싶은 영미가 끼어들어 한마디 내어놓는다.

군청 홈페이지라는 곳에 항의 글이 수두룩히 올라오며 시끄러워지자, 대책을 고심하던 군수는 송 노파의 주막이 무허가라는 점을 이유로 철거하려는 것이다. 노파의 주막을 없애면 춘월옥이야말로 명실상부한 금강의 '마지막 주막'이 되는 셈이었다.

"우리 시어머니의 시어머니 때부텀 해온 주막이 워째 불법이여. 뭐시, 허가가 없어? 요즘은 시대가 바뀌어서 쇠불알에 붙은 금파리 같은 것들이 죄 벗구 나와 지랄들 허고 춤추느라 뜸허지만, 라디오서는 가끔 틀어주는디 공무가 바빠서 못 들어봤나 부네. 문패도 번지수도 없는 주막에 궂은비 허는 노래두 있잖여."

"맞아요. 무슨 수가 있어두 할머니는 결사 투쟁해야 해요."

"결사 투쟁?"

노파가 주막을 떠나지 못하는 데는 따로 사연이 있었다.

귀밑머리를 쓰다듬어주던 남편은 신방을 꾸미고 꽃잠을 며칠 자기 무섭게 산으로 들어갔다. 당장 세상이 바뀔 것 같던 동란은 그리 오래되지 않아 판세가 뒤바뀌었다. 기세를 올리던 인민군들이 허둥지둥 보따리를 싸기 시작했다. 농사지을 땅을 나눠 준다는 말에 인민군을 따라다니던 남편은 그야말로 끈 떨어진 뒤웅박 신세가 되고 말았다. 그나마 인민군들을 따라 북쪽으로 올라가지 않은 것만도 다행이라 여기며, 그녀는 이장 노릇을 하던 집안 어른의 말에 따라 산에 숨어 있던 남편을 불러내어 지서에 자수를 시켰던 것이다. 산에서 내려와 며칠 조사만 받으면 풀려난다던 남편은 경찰에 끌려간 뒤로 감감무소식이었다. 이리저리 수소문해도 행방을 알 수가 없고, 그저 풍문에 금강 언저리에서 총 맞아 죽었다는 흉흉한 소문이거나, 토굴에 몰아넣은 채 폭약을 터뜨려 떼죽음을 시

컸다는 소리도 있지만 그런 건 믿을 바가 못 되었다. 세상 조용해질 때까지 산에 숨어 있겠다던 남편의 등을 떠밀어 자수를 시킨 일이 노파는 두고두고 후회가 되었다.

노파는 지금도 남편이 돌아와 수세미처럼 꺼끌꺼끌하고 허옇게 새었을망정 제 귀밑머리를 쓰다듬어줄 날을 기다렸다. 문패도 없고 번지도 없는 주막을 남편이 어떻게 찾아오겠는가. 그저 원래 있던 강가에 들러붙어 꼭 지키고 있을 수밖에.

남의 속도 모르는 사람들은 노래를 흥얼거리며 노파의 집을 찾아왔다. 어디서 소문을 듣고 찾아오는지 첫새벽부터 자전거를 끌고 온 패는 으레 '번지 없는 주막'부터 걸터듬었다.

"여그가 번지 읎는 주막이유?"

"번지가 있나 읎나 식전 댓바람부텀 호구조사럴 나온 겨? 미친넘들 같으니라구."

"워째 손님헌티 넘 자부텀 들이댄대유?"

"손님이구 잡것이구 뭘 처먹을 겨?"

"워매, 할머니 욕허는 솜씨럴 보니게 맞긴 맞게 찾아왔나 보네. 근디 손님헌티 너무 심한 거 아뉴?"

"심혀? 더 심허게 심심헌 걸루 줄까?"

"할매는 워째 입이 그리 거신댜?"

"워쪄, 열무래두 심궈 먹을랴구 입에 거름을 내서 그런가 부지. 아, 걸기루야 윗구녕보담 아래루 나오는 구녕이 훨 걸

찍헌디."

"오매, 할매는 안즉두 상하수도에 하자가 옰으신가 보네."

"아참부텀 씰데옰는 아가리 그만 놀리구 뭘 처먹을 겨?"

"빨간주뎅이 오리지날루 줘봐유."

"오리지랄이구 뭐시구 오래 살랴믄 막갈리루 혀."

"막갈리는 싱겁기만 허구 배가 불러서 못 먹어유."

"내가 여서 육십 년 넘게 장사를 해믄서 본께 이 동니서 소주 마신 노인네들은 죄 환갑두 못 은어먹구 갔구, 그나마 막갈리 먹는 이들은 시난고난 허리 꾸부리구 여적지 드나들구 있다니께."

하루가 멀다 하고 군청 공무원들이 드나들며 으름장을 놓았지만, 그럴수록 무슨 영문인지 부르지도 않은 사람들이 꾀어들었다. 아무리 욕을 퍼부어도 실실 웃으며 제 친구까지 데리고 동물원 구경 오듯이 다시 찾아와 나중에는 말릴 힘도 없게 되었다. 알다가도 모를 게 세상이고 인심이었다. 한때는 빨갱이네라고 손가락질하며 사람 그림자도 어른거리지 않던 집에 청하지도 않은 사람들이 제 발로 몰려들었다. 누군가 〈번지 없는 주막〉이란 대중가요의 주막이 금강 가에 있다는 사연을 인터넷인가 컴퓨터인가에 올린 뒤로 더했다. 구경꾼들은 군청에서 애써 물레방아도 해놓고, 시원한 원두막도 마당에 세워두었다는 춘월옥에는 가지 않고, 다 쓰러져가는 움막 꼴을 한 노파의 집으로 떼를 지어 몰려왔다.

하도 이상해서 연유를 물어보면 열에 아홉은 같은 답을 내어놓았다.

"번지가 없잖아요."

그런 이들은 막걸리 통을 비우고 얼굴이 벌게지면 으레 젓가락 장단에 노래 도막을 내어놓았다.

　　문패도 번지수도 없는 주막에
　　궂은비 나리는 이 밤도 애절쿠려
　　능수버들 태질하는 창살에 기대여
　　어느 날짜 오시겠소 울던 사람아

　　아주까리 초롱 밑에 마주 앉아서
　　따르는 이별주에 밤비로 애절쿠려
　　귀밑머리 쓰다듬어 맹세는 길어도
　　못 믿겠소 못 믿겠소 울던 사람아*

북적거리던 손님들이 다 떠나고 나면 노파는 바람벽에 굽은 등을 기대고 자신도 모르게 그 노래를 흥얼거리곤 했다.

_____

* 백년설, 〈번지 없는 주막〉(1940년).

귀밑머리 쓰다듬어 맹세는 길어도. 자수를 하기 전날 밤에 남편은 귀밑머리를 쓰다듬으며 며칠만 기다리면 돌아오겠다고 손가락을 걸어 맹세했었다. 이럴 줄 알았으면 차라리 인민군을 따라 북쪽으로 떠나보내기라도 할 것을. 공연히 등 떠밀어 경찰에 자수를 시킨 것이 노파는 평생 한이 되었다. 눈은 지물거리고 흐려졌지만, 노파는 아직도 남편이 몇 번이고 손가락을 걸며 돌아오겠다던 맹세를 믿고 있었다.

"죽었으믄 혼이래두 찾아올 겨."

딴 데로 옮기면 보상금도 주고, 새로 주막을 차릴 자리도 봐주겠다고 했지만 노파는 그럴 수가 없었다. 아무것도 모르는 것들이 그저 돈을 앞세워 남의 등을 떠밀고 있지만 노파는 강가에서 한 발짝도 떠날 생각이 없었다. 이곳을 지키고 살다가 이 자리에서 눈을 감아야 행여 죽은 남편의 혼이라도 만날 수 있을 것 같았기 때문이다.

노파는 반쯤 그슬린 채 비스듬히 기운 집을 버티고 있는 대들보를 아득한 눈으로 쳐다보았다. 한창 기운이 좋았을 시절에 시아버지가 뒷산에서 아름드리 소나무를 찍어다가 얹었다는 대들보는 시커머니 숯검정을 품은 채 허공에 매달려 있으면서도 여전히 집을 버텨주었다.

남편이 부역자로 몰려 경찰에 끌려간 뒤에 한 떼의 반공 청년이라는 것들이 몰려와 집에다 불을 놓는 바람에 홀랑 태울 뻔한 집이었다. 그나마 배꾼들이 강물을 길어와 끼얹어주고 하늘이 기다렸다는 듯이 비를 주시는 바람에 중풍 맞은 사람처럼 반편은 되었어도 여태껏 자리를 지키고 남을 수가 있었다.

"석 달 장마에도 푸내기 말릴 볕은 난다잖우. 피디 님두 오셨으니 뭔 수가 나지 않것슈. 안 그류, 피디 님."

박봉석이 대가리를 얼굴에 닿을 정도로 들이밀자 피디는 흠칫 놀라 뒤로 물러앉으며 건성으로 고개를 끄덕였다. 피디는 군청이 거짓말로 '마지막 주막'이란 곳에 주민의 혈세를 낭비한 문제를 보도할 것이라고 했지만 노파의 귀에는 제대로 들어오지를 않았다.

박이 객쩍은 농담을 늘어놓고 있는데, 난데없는 차 소리가 마당으로 들어선다. 어지러운 발들이 우르르 몰려와 거침없이 문짝을 탕탕 두드린다. 무슨 일인가 싶어 지쳐놓은 문을 슬며시 열자, 군청에서 나온 문화관광 팀장이 반지레한 얼굴을 비듬히 들이밀고 어서 나와보라고 손짓을 한다. 마뜩잖은 얼굴로 나가보니, 면 서기들 너덧이 트럭에서 무언가를 끌어내리고 있다.

"할머니, 이제 맘 놓구 원 읎이 장사허슈."

팀장은 제가 군수를 구워삶아 주막을 계속하게 했다며 까치 뱃바닥처럼 흰소리를 탕탕 늘어놓는다.

그리고 그이가 손으로 가리키는 곳을 보니, 관뚜껑만 한 널
빤지에 뱀 기어가듯 구불구불 적은 간판이 걸려 있다.

'번지 없는 주막.'

입에 침을 튀겨가며 제 공치사를 하기 바쁘던 팀장은 수첩
을 꺼내 들고 달려드는 피디를 보고는 움찔 뒤로 물러섰다가
는 이내 자발머리없이 입을 놀려댔다.

"춘월옥은 어찌 되나요? 이십억이나 들였는데."

"여그는 아무래두 번지수가 없으니께 그냥 번지 없는 주막
으루 가구, 춘월옥은 엄연히 번지가 백힌 곳이니께 마지막 주
막으루 공식적으루 가자 이거쥬. 말하자면 상생에 시너지 효
과……."

"그러니까 군청에서도 거짓말한 게 아니다?"

"그렇쥬. 관청에서야 아무래두 번지수가 중요허니께, 행정
적으루다가 여그는 아무래두 무허가니께 거스그 허다 이 말
썸이쥬. 그래서 여그 으르신네는 번지 없는 주막으루 사시는
데까정 보전허자는 거쥬. 글구 이건 대외비 사항인디유, 낭중
에 여건이 좋아지믄 마당에 '번지 없는 주막' 노래비두 하나
세울라구 그류."

사람들 입에서 노파네 집이 '번지 없는 주막'이라 불리며
발길이 끊이지 않자, 춘월옥은 공식적으로 '금강의 마지막 주
막'으로 지정하고, 노파네 주막은 그냥 '번지 없는 주막'이라

간판을 내걸기로 했다는 것이다.

"밥 처먹구 헐 일 쾌나 읎나 부네. 다 쓰러져가는 집에 간
판은 달어 뭘 헌대. 그럴 심 있으믄 여그 바람에 덜렁거리는
문짝에 못이나 쳐주구 가."

모처럼 공치사를 늘어놓으려던 팀장은 춘월옥에 들어간 돈
을 조목조목 따지고 달려드는 피디에 쫓겨 간판을 달아매기
무섭게 차에 올라 꽁지가 빠지게 달아날 참이다.

"그럼, 할머니네 집에 정식 허가를 내주는 건가요?"

"아, 번지두 읎는 주막에 뭔 허가유?"

그러거나 말거나. 노파는 번지가 있건 없건 이곳을 떠나지
않게 되었다니 다행이었다. 그러나 세상 어디에 번지 없는 땅
이 있겠냐. 속절없이 섣달 바람에 떨어진 가랑잎처럼 모진 세
월에 어디론가 날아가 잃어버리고 만 것이지. 노파는 웃는 것
인지, 우는 것인지 모를 얼굴로 비스듬히 기운 추녀 끝에 큼
지막이 매달린 간판을 우두커니 바라볼 뿐이었다.

(맨드라미 필 무렵)

볼품없이 키만 껑충한 졸참나무에 매달려 여름내 쓰륵거리던 쓰르라미며, 번철에 기름 두르듯 자그락거리던 유지매미며 무어 가릴 것 없이 찬 바람 돌기 무섭게 말끔히 입을 다물어버렸다. 그것도 한동안 지절거릴 때는 귓속에 바더리가 들어간 듯 시끄러웠는데 막상 사라지고 나니 허전하기만 하다. 여의도 어딘가의 아파트에 사는 이들이 여름내 울어대는 매미 소리를 견디다 못해 관청에 매미 잡아달라는 진정을 냈다지만, 조석으로 서늘해진 바람에 맥없이 굴러다니는 매미 허물들을 바라보자면 인생무상이니 하는 말들이 예사롭지 않게 다가온다.

　시적거리던 늦더위가 때늦은 큰바람에 속절없이 날아가고 빈 마당에 털썩 가을이 당도한 것이다. 가을바람이 불면 선바

위도 염불을 왼다더니 어느 결에 허옇게 머리에 서리를 맞은 영만의 가슴팍에서도 산 너머 무너진 절간 추녀 끝에 매달린 풍경 소리가 새어 나왔다. 이제는 흙이 되고도 바람에 날려 간 지 오래되었을 선친이 밤마다 《유충렬전》 읽던 소리도 어렴풋이 들리는 듯하고, 오래 묵은 숟가락 때깔을 닮은 달빛이 창으로 흥건히 스며드는 밤이면 벽 틈에서 우는 귀뚜라미 소리에 문득 가슴이 뭉클해지고 코끝에 그을음 내가 아득하니 전해 오는 것이었다.

행여 밤새 떨어진 밤톨이라도 있을까 싶어 영만은 울타리 가까운 마당 언저리를 뒤적거려보았다. 여름내 질금거리는 비에 익을라치면 갈라 터지고 썩어 문드러져서 몇 알 입에 넣어보지도 못한 토마토 넌출을 걷어낸 터앝 가장이에는 밤톨은 뵈지도 않고 주먹만 한 맨드라미가 벌건 꽃 대가리를 늘어뜨리고 서 있었다. 청솔모가 쏠다 버려둔 밤톨 조각이라도 있을까 싶어 풀숲을 뒤적거리던 영만은 채 마르지 않은 이슬에 구중중히 발목만 적신 채 하릴없이 길 가장이로 나와 섰다. 울 가까이에 심는 화초라면 오다가다 이따금 들여다보아도 기분이 상쾌할 만한 것을 심어야 하련만, 대가리가 터지라고 쪼아대서 벌겋게 피범벅이 된 닭 벼슬을 닮은 맨드라미만 주구장창 심어대는 노모의 심중을 헤아리기 어렵다.

이태 전부터 치매기로 온종일 입을 다물고 지내는 노모가 해마다 맨드라미 심는 일만은 용케도 잊지 않았다. 함경도 삼수갑산의 물 맑은 우묵샘에 있다는 노모의 고향 집에는 가으내 맨드라미가 붉게 피어 있었다며 해마다 씨를 받아 두었다가 도처에 뿌리는 것이었다. 날 더울 때 냉국이라도 해 먹으려고 울 밑에 오이 모종이라도 몇 개 심을라치면 어느 결에 빼곡히 내미는 맨드라미 싹들 때문에 어디 한 군데 비집어 꽂을 틈이 없었다. 데쳐 먹지도, 우려서 국을 끓여 먹지도 못할 것을 무어라 심느냐 타박을 해도 노모는 들은 척도 하지 않았다. 몸으로 갈 수 없는 고향에 마음이나마 비스듬히 울바자에 기대어보자는 노모의 생각을 모르는 바 아니어서 마뜩잖아도 지켜볼 뿐이었다.

남들은 용케도 다녀오는 이산가족 고향 방문도 노모 차례까지는 돌아오지를 않고, 남북 정상들이 부둥켜안고 볼을 비빌 때는 당장이라도 무어가 될 듯싶어 며칠을 달뜬 눈으로 텔레비전 앞에만 붙어 지내던 노모는 이제 영 기대조차 않는 눈치였다.

"개도 늙으면 지는 해를 바라본다잖네."

온종일 흐린 눈으로 입을 다문 채 지내다가 저물녘이면 뜬금없이 늙은 개 이야기를 중얼거리며 어디론가 자꾸 가자는 소리만 되뇌었다. 벌거숭이로 어미 등에 업혀 남쪽으로 내려온 영만으로서는 혹 금강산 관광이라면 모를까 기차도 다니지 않아 소달구지에 얹혀 반나절을 가야 한다는 삼수갑산 고향이란 데를 행여 누가 가자고 할까 봐 걱정이 앞설 지경이었다.

땅이 모자라다며 사방팔방으로 모지락스럽게 벋어나가던 호박 넝쿨 끝에는 찬 서리가 오락가락하는데도 개구리 등짝처럼 퍼런 호박들이 여기저기 매달렸다. 치아가 부실한 노모가 만만하게 씹을 것이 호박인지라 첫물부터 따다가 삶고 부치고 지져대는 바람에 늙혀 익힐 만한 것들이 미처 달릴 틈이 없었다.

해거름에 봉선사 늙은 중 내빼듯, 날은 하루가 다르게 서늘해진다. 영만은 보아야 정신 건강에 해로울 뿐이라서 부러 외면하던 건너편 언덕배기를 망연히 바라보았다. 날이 추워지면 관에서 하는 공사들도 흐지부지될 것이 번연한 일이었다. 올해는 대선도 있고 하니, 무슨 수가 있더라도 제 모가지를 걸고서 반드시 포장을 하겠다던 이장의 장담도 구시월 돼지 우리 호박 꼴이 되고 만 것이다.

동네 안에서 어깨를 잇대고 사는 것이 번잡하여 호젓한 광대울 골짝으로 들어선 게 벌써 햇수로 열일곱 바퀴가 돌았다. 골짝 중에서도 암팡지게 가파른 비얄에 호미로 슬쩍 건들기만 해도 덜걱덜걱 돌멩이가 걸려 나오던 바위너설 자리였다. 괭이로 쪼고 극젱이로 골라 오미자를 심어 먹던 명수네가 중국산에 밀려 손을 놓는 바람에 온통 칡덩굴로 덮인 묵정밭을 농협에서 장기 저리로 주택 자금을 빌려 영만이 사들인 터였다.

그 자리에 보란 듯이 언덕 위의 하얀 집을 지을 때만 해도 외따로 떨어진 게 외려 아늑하기만 했었다. 마을에서 등을 돌리고 돌아앉은 골짝인지라 속옷만 입고 나돌아 다녀도 흉잡힐 것이 없고, 집적거리는 말 한마디 얻어들을 필요가 없이 호젓하여 좋았다. 첨에 그 땅을 사들일 때만 해도 이장 노릇을 하고 있던 춘광이 귀에다 대고 쏘삭거리기를, 조만간에 그 어름으로 2차선 포장도로가 날 것이며, 당장 내년이면 굴삭기 소리에 잠시나마 귀가 아플 것이라고 했다. 영만이 아무리 호젓한 걸 좋아하는 낭만파라 할지라도 이왕이면 차들이 드나들기 편하게 포장도로가 들어선다면야 나중에 오를 땅금을 봐서라도 더할 나위 없이 좋은 일이 아니겠는가. 너무 외지다는 아내의 말을 누르고 그날로 부랴사랴 계약서에 도장을 누른 것도 그 말에 어지간히 솔깃하였던 터였다.

"믿을 걸 믿어야지."

남의 제사상에 올린 어포로 해장국을 끓여 먹을 인간의 말에 솔깃이 귀를 기울인 자신이 한심스러울 뿐이었다. 돌아보면 오뉴월 쇠불알 보고 소금 종지 들고 쫓아다닌 꼴밖에 되지 않았다. 까치 뱃바닥처럼 흰소리나 늘어놓는 춘광이야 그렇다 치지만, 면사무소에 볼일 보러 들를 때마다 그 앞에서 손바닥을 비벼가며 통사정을 했던 도로 담당이며, 얼굴이 바뀔 때마다 음료수 상자 챙겨 들고 선처를 부탁한 이장들은 또 어떤 것들이던가. 들여다봐야 알 재간 없는 서류를 들척이며 내년, 내년 하던 것이 벌써 십 년을 훌쩍 넘긴 것이다.

하던 일이 잘되었다면 그런 아쉬운 소리를 할 까닭도 없었다. 뭐니 뭐니 해도 촌에서 장사되는 것은 남의 살 뜯어먹는 것뿐이라 믿어 양계를 시작해본 것이었다. 해봐야 골만 빠지고 빚만 쌓이는 농사를 작파하고, 논밭을 팔아 병아리들을 사서 인적 드문 골짜기로 오롯이 찾아들 때만 해도 사기충천했었다. 그러나 연례행사처럼 찾아오는 조류독감 파동을 몇 차례 겪고 나자 무엇 한번 제대로 힘도 써보지 못한 채 거덜이 나고 말았다. 병이 없으면 금이 폭락하고, 금이 채는가 싶으면 기다렸다는 듯이 병이 돌아 멀쩡한 닭들을 구덩이에 파묻어야 하니 견딜 재간이 없었던 것이다. 그저 변함없이 꾸준히 오르는 것은 사료값뿐이었다. 결국 올봄에 이천 수 남은 닭들을 건넛마을 영농반에 거저 주다시피 헐값으로 넘기고 나자, 남은 건 그동안 밀린 사료 대금과 이따금 닭 털만 검불처럼 날리는 빈 계사뿐이었다. 들여다보아야 울화만 치밀고, 빌린 이자 돈만 다락다락 쌓여갈 뿐이어서 그저 저도 살고 남도 살길은 집과 땅을 처분하는 수밖에 없었다.

읍내 부동산이며 여기저기 내어놓았지만 그저 잘한 것이

라고는 부동산 경기 죽인 것뿐이라는 이번 정부 덕에 매매도 쉽지 않았다. 어쩌다 펜션이나 전원주택이나 하는 걸 짓겠다는 도시 것들도 차 밑바닥이 돌멩이에 득득 긁히는 고갯길을 와보고는 미처 붙잡을 틈도 없이 오던 길로 달아나기 바빴다. 어쩌다 무던히 찾아온 축들도 어느 강원도 산골에도 없는 오지가 아직껏 남아 있느냐며 남의 속 긁어대는 소리만 늘어놓고 돌아가는 것이었다. 작목반에서 이따금 강원도 관광을 가봐도 우묵한 산간의 너와집 앞마당까지 아스팔트 포장이 말끔히 되어 있는 걸 제 눈으로 뻔히 보았던 터라 영만도 무어라 대꾸할 말이 남아 있지 않았다. 여름에는 비에 패이고, 겨울이면 눈에 미끄러지고, 봄이 되어 해토되는가 싶으면 이내 수렁이 되어 지나다니던 차 한두 대씩은 으레 빠지게 마련이니 이건 길이 아니라 골창에 가까웠다.

그런 길에 비룡로飛龍路라고 버젓이 이름까지 붙여 새 주소란 걸 만드는 나라 것들도 더럽게 할 일이 없기는 없는 모양이었다. 이왕이면 미제 총에 맞아 죽는 걸 가문의 영광으로 여기는 것들이 집 주소까지 미국식으로 고친 꼴이었다. 논두렁으로도 다니고, 이웃집으로 마실 다니다가 발에 밟혀 저절로 생기는 게 시골길이거늘, 경운기 한 대 지나가기도 비좁은 샛길에다 비룡이니 태산이니 이름만 거창하게 내건 꼴이 가관이 아닐 수 없다.

"아아, 그쪽 보단(버튼)을 눌러봐 봐."

꼴 보기 싫은 개가 기어와 발등에 오줌 갈긴다고, 듣고 싶지 않은 이장의 목소리가 마이크를 타고 골짜기를 넘어온다. 벌써 수십 번을 하는 짓이건만 방송을 할 때마다 무얼 어떻게 만져대는지 엉뚱한 소리를 늘어놓으며 한참을 주절거렸다. 언젠가는 제 마누라와 시시덕거리며 보람 할머니 흉을 마이크를 튼 채 떠들어대 한바탕 소동이 벌어진 적도 있었다.

마을회관 앞의 시무나무 둥걸에 매달린 스피커에서 한참 꺽꺽거리던 소리를 추슬러 듣자니 반상회에 나오라는 전갈이었다. 며칠 전부터 이장이 만나는 사람마다 꼭 나와야 한다고 종주먹을 들이대던 반상회가 그제야 생각이 났다.

먼발치서부터 기름 지지는 냄새가 요란하고 환히 불을 밝힌 마을회관 안에서는 난데없는 노랫소리까지 새어 나온다.

"줄까 말까 줄까 말까. 타는 내 맘 다 알면서 시치미 떼는 그 사람."

쿵작거리는 노래방 기계 반주에 맞춰 왕탱이 삶아 먹은 목소리가 창문 밖으로 비어져 나온다. 반장 노릇을 하는 김상근이 틀림없었다. 속 타는 사람은 바로 여기 있다고 영만은 발목에 거치적거리는 논두렁의 바랭이들을 걷어지르며 내키지 않는 걸음을 시적시적 옮겨놓았다.

신년도 영농 자금을 쓸 사람들은 밀린 것부터 갚아야 가능

하다는 소리에 이어 부산물 거름대까지 들어봐야 골만 아픈 이야기가 얼추 끝나갔다. 아까부터 냄비에 담긴 채 시서늘하게 식어가는 두부전골에 숟가락을 얹으려던 영만은 이장 최재만이 헛기침을 하며 자리에서 일어서는 바람에 무르춤해지고 말았다.

"모르는 이들은 별거 아니다 헐 줄 몰라두 이게 마냥 쉬운 일이 아니라우. 두루 아시다시피 체육대회라는 게 친목 도모다, 참여에 의미가 있다 해두, 해마다 꼬래비를 허는 입장에서는 과히 기분이 상쾌헌 일이 아니다 이 말씀입니다. 이번에 애향 애국에 뜻이 기신 분들이 미리 모여서 다짐허기를, 어떻게든 우리 면이 꼬래비만은 면하자, 이리 작정을 하였던 것입니다. 그런데 목표 달성은 기본 가락구고 이백에 삼백 퍼센트 초과 달성을 해버렸으니 동량면 비룡 축구단이 이번 시 체육대회에서 당당 준우승을 먹지 않았겠습니까. 딴 데서는 이 대목에서 박수를 치던데."

노는 손 맞부딪쳐 마지못해 손뼉을 쳐주고 나자, 이장이 마이크를 제 입에 절반은 들어가다시피 들이대고는 발정 주사 맞은 황소 앓는 소리를 내며 이야기를 이어간다.

"그런데 이게 그냥 된 것이냐? 하늘을 나는 기러기두 찬 바람이 돌아야 날개를 펴구, 밭에 심근 들깻단두 가로등 불을 꺼줘야 알을 여무는 법이 아니겠습니까. 아무리 비룡 선수들이 열심을 하였다 해두 꼬래비에서 준우승까지 오르는 데는 뭐니 뭐니 해두 우리 동네에 들어선 축구장 덕이 즉지 않았다 이 말씀입니다. 애들 말루 당근 밧데루다 이겁니다. 비가 오나 눈이 오나, 전천후 나이타 게임을 밤낮으루 뛴 끝에 준우승이 가능했다 이 말씀입니다."

결론은 꼴찌만 도맡아 하던 동량면 비룡 축구단이 준우승을 하게 된 데에는 축구장을 짓는 데 큰 힘을 쓴 제 공이 적지 않으며, 이번 준우승으로 축구장이 들어앉은 동네도 안팎으로 유명세를 타게 되었고 거기에 제 덕이 없지 않다는 요지였다.

개살구 지레 터진다고 입만 열면 공치사 늘어놓기를 취미로 삼는 인물인지라 듣고도 못 들은 척하려 했지만, 등가죽을 손가락으로 쿡쿡 찔러가며 박수를 치라고 추어대는 데에는 배리가 뒤틀려 가만히 앉아 있을 수가 없었다.

"축구단이야 준우승했다구 금일봉이래두 받아 챙겼겠지만, 여름내 불 켜대는 통에 물것들에게 뜯기느라 고생한 이들은 그냥 박수 봉사나 하구 끝나는 겨?"

한창 흥이 돋아 즐거워하던 이장은 난데없이 불거져 나온 불평에 이맛살을 찌푸리고 소리 나는 쪽을 돌아보았다. 그러고는 소리의 주인공이 영만이라는 걸 알고는 우선 혀부터 차고 보았다.

"웃거름 허다 보면 밑거름두 되는 법이지, 거기나 나나 촌에서 흙 파먹고 살아온 사람이 어쩨 개인플레이만 한대. 면이 잘되면 면민도 잘되구, 축구단이 잘된 일이면 축구장이 들어앉은 우리 동네에두 장차 득이 되지 손해가 날까."

꿩 구워 먹은 소리가 된 집 앞의 고갯길 문제로 속이 편치 않던 영만은 기왕 내어놓은 말을 그쯤에서 거둬들일 생각이 없었다.

"장차고 항차고 솔직히 축구장 한다고 길도 없는 산 팔아먹은 이나, 주릅들어 구전이나 톡톡히 챙긴 이들 말고, 이 동네에 땡전 한 푼이래두 떨어졌다는 소리 들은 적은 없고, 밤낮으루 등짝에 번호 박힌 난닝구 입고 온 것들이 악쓰구 지랄 떠는 소리에 잠 설치고, 목마르다고 마시고 내던진 음료수병 치우기 바쁜 건 알겠는데, 그것도 손이 아니라 득에 해당하는 거여?"

구석에서 부녀회장과 권커니 잣거니 술잔을 주고받던 임춘광이 저를 두고 하는 말인 줄을 뒤늦게 알아듣고 눈썹을 찌푸리며 앞으로 나앉으며 끼어든다.

"근데 텔레비전에 보자니 요즘 절간에 가서 찬송 부르는 이들이 있다더니 우리 동네두 한 분 기시나 보네."

오리발로 붙어 다니는 짝이 하나가 빈다 싶었는데 아니나 다를까.

"먼 데 가셨는 줄 알았는데 가차이 기셨네. 한 분이건 두 첩이건 간에 용건만 간단히 해보셔."

"개 잡는 데두 절기를 보구 맥힌 굴뚝 털 때두 손 없는 날을 잡는데, 암만 본 동네와 등 돌리구 사는 처지래두 오늘이 무슨 날인 줄은 모르지 않을 텐데, 온 면민이 모처럼 환호하는 자리에서 꼭 그렇게 고춧가루를 뿌려야 직성이 풀리시나 모르겠네."

"올 고추금이 글자 그대로 금금이라는데 아무 데나 뿌려델 가루두 없지만, 이왕 인심 쓰는 김에 청량루다가 골라 뿌려볼까?"

"거, 햅쌀밥 먹구 묵은 방구 뀌는 소리 그만하구 오늘은 제발 인화단결루다 협조 줌 합시다."

"묵은 땅 팔아넘겨 속 시원하구, 구전 받아먹어 배 불리구, 상 받았다구 생색내구 그런 협조라면 얼마든지."

그 말에 뜨끔 뒤가 켕겼는지 춘광은 툽상스럽게 쥐어박던 말을 멈추고 이장의 안색을 살핀다. 춘광에게 맡기고 뒷전에 물러앉아 헛기침만 해대던 이장도 편치 않은 얼굴로 딴전만 부린다.

"오십삼억이 적은 돈이여? 면민마다 육십만 원씩 돌아가는 돈이여. 갓난쟁이부터 치매 걸린 노인까정. 그런 돈을 몇몇이 골방에 들어앉아 오관 떼기 화투짝처럼 맘대루 주물러대두 되는지 모르것네."

오십삼억이라는 말에 뜨악해 하던 사람들은 막상 제게 돌아왔을지도 모를 육십만 원이란 대목에 바짝 귀를 세웠다. 몇 해 전에 풍을 맞아 정신이 맑지 못한 재범 할머니만 아까부터 방바닥에 떨어진 전 쪼가리만 부지런히 집어다 우물거릴 뿐, 회관 안에서 영만이 하는 이야기를 못 알아들을 사람은 없었다.

"관에서 나오는 오만 원짜리에는 눈동자 없는 신사임당이 그려져 있다지만, 제 것도 아닌 공금을 누이 좋구 매부 좋게 협조적으루다가 의좋게 해먹어두 탈이 없으려나?"

"입에서 나오기는 쉬워두 주워 담기는 심든 게 사람의 말이여. 낭중에 뒷감당을 어찌 하려구 엄한 소리를 대량 방출한 대?"

더 듣고만 있을 수 없던지 이장이 얼굴을 울룩불룩 붉힌 채 언성을 높였다. 은근히 제 뒤에 끼고 있는 청수회 것들을 두고 하는 말이리라. 그런다고 시르죽을 영만이 아니었다.

"누가 엄한지 애매한지 대어보면 알 거 아닌가."

마침 면사무소 앞에서 '행복 화원'을 하는 준식이 한눈에 보기에도 화사한 국화꽃 다발을 안고 들어서는 바람에 한껏 날이 섰던 이야기가 잠시 토막이 나고 말았다. 눈치 빠르고 엽렵한 준식이 굳은 얼굴로 앉아 있는 이장과 영만을 어르며 술잔을 번갈아 따라주는 결에 분위기는 한결 누그러졌다.

어디 가서나 앞에 나서지 말고 중간만 가라던 마누라의 당부에도 불구하고, 오늘도 눈엣가시 노릇을 하고 말았다는 생각에 영만은 자신도 모르게 입에서 한숨을 길게 내어놓았다. 그러나 말인즉슨 못 할 것도 안 할 구석도 없었다. 영만도 일이 다 지난 뒤에야 우연히 영농교육을 받으러 갔다가 만난 삼계리 박치구에게 들어 알게 된 일이었다.

남북의 한강이 한군데로 모이는 두물머리에는 일찌감치 댐을 막아 서울 시민들에게 보낼 식수를 관리하고 있었다. 막상 그 언저리에 붙어사는 촌것들은 틀기만 하면 쏟아진다는 맑은 수돗물을 보기는 보아도 먹지는 못한 채, 상수원보호구역 안에 산다는 이유로 그 흔한 농약도 못 치고, 툇마루에 들이치는 비를 막으려고 추녀 한 장을 내어도 득달같이 들이닥쳐 까부셔대는 통에 섣달 개구리처럼 옴짝도 못 하고 살아온 터였다. 그저 몇 년째 지붕이 새고, 추녀가 바람에 너풀거려도 하필이면 더러운 곳에 사는 팔자소관으로 여기고 입 다물고 살아왔던 것이다. 그러다가 세상이 변해서 볼멘소리를 돈으로 틀어막으려고 상수원 주변 지역에 보조금이란 걸 나눠 주기 시작했다. 어차피 주머니로 들어올 돈은 아니고, 주민들의 공동시설에 쓰이는 돈이라 하니 그렇겠거니 여기고 잊고 지내왔던 돈이다.

그걸 묵혀서 쌓다 보니 오십억이 넘는 돈이 되었는데 문제는 그 용처를 두고 그 흔해빠진 주민의견 수렴이란 것 한번 없이 이장협의회에서 우물우물 결정해버린 것이었다. 말로는 각 동네를 대표하는 이장들이 모여서 한 결정이니 딴소리가 나지 않을 만했지만, 실상 그 이장이라는 것들이 제 마을 주민들의 의견은 묻지도 않은 채 감자탕집에 들어앉아 청탁을 섞어가며 퍼마시고 떠든 끝에 내린 결론이 전천후 잔디 축구장이 되고 만 것이다.

전현직 이장들과 유지 행세를 하는 것들이 모여서 만든 청수회라는 친목회가 있는데, 그 청수회에서 가장 열성을 보이며 활동하는 것이 바로 아침마다 모여서 공을 차는 조기축구였다. 해마다 열리는 시 체육대회에 면을 대표해서 나가는 게 유일한 대외 활동인 조기축구 팀은 선우건설 배불뚝이 최 사장을 비롯하여 거개가 청수회 계원으로 구성되어 있었다.

그렇게 해서 결정된 축구장이 지평리로 들어서게 된 것에도 사연이 있었다. 축구장이 들어선 자리는 지금 이장을 보는 최재만의 산이었다. 원주 이씨네 종친회에서 마을 사람들이 아직 어수룩하던 시절에 평당 천 원씩 이만 평을 사들여 선산이랍시고 만든 공동묘지에 바로 코를 대고 붙은 북향배기 비탈진 산이었다. 툭하면 장의차가 드나들고 곡소리가 들리다 보니 그 흔해빠진 전원주택 단지로도 팔아먹지 못해 최재

245

만이 생병이 나던 땅이었다. 그런 산을 청수회에서 춘광이 주
릅을 놓아 축구장 부지로 팔아먹은 것이다. 이장은 시세보다
후하게 받은 야산 매매 대금 중 얼마를 청수회에 내어놓았고,
춘광은 구전을 받아 싼타페인지 뭔지 하는 차를 뽑아 타고 희
희낙락 몰려다녔다는 것이다. 그야말로 누이 좋고 매부 좋은
셈이었다. 한 명도 빠짐없이 모여봐야 열넷 밖에 안 되는 조
기축구회가 오십삼억을 들여 제 전용 구장을 갖게 된 것이다.

　닭똥 냄새 찌든 계사에 들러붙어 달걀이나 주워 모으느라
영만은 산을 까뭉개고 동네 아주머니들이 잔디를 심는다고
여름내 품을 팔러 드나들 때까지도 그곳에 축구장이 들어선
다는 걸 알지 못했다.

　이런 사실을 먼저 알았던 동네 사람들도 별 이의가 없었
다. 오히려 남의 동네로 갈 축구장을 이장과 춘광 덕에 끌고
온 것만으로도 감지덕지했다. 외부 사람들이 축구장을 쓸 때
마다 사용료를 받아 일부를 마을 공금으로 쓴다니 그럴 만도
했다.

　그런데 막상 공사가 끝나고 나자 축구장 관리가 도시개발
공사라는 곳으로 넘어가고 말았다. 닭 쫓던 개 지붕 쳐다보는
격이 된 마을 사람들은 그제야 뒷자리에서 구시렁거려보았
지만 이미 지나간 버스에 손 흔드는 꼴이었다. 밤이고 새벽이
고 가릴 것 없이 무시로 드나드는 차 소리에 단잠을 깨기 일

쑤인데다가, 여름내 밤을 낮처럼 훤하게 켜놓은 조명 시설 때문에 모기가 몰려들어 푹푹 삶는 삼복더위에도 창문을 닫고 지내야 했다.

영만이 그렇다고 물것들에 시달려, 다 지어놓은 축구장을 뒤늦게 붙들고 몽니를 부리는 것은 아니었다. 영만의 속이 뒤틀린 까닭은 따로 있었다. 제집 앞마당에 공구리를 치는 것도 아니고, 엄연히 관에서 하는 도로 공사마저 몇몇 것들이 술집 골방에 들어앉아 제 식성대로 찧고 까불어 주물러댄다는 것이었다. 묵은 산에 축구장을 들여놓은 것으로도 모자라 멀쩡히 포장이 되어 있는 진입로를 길갓집까지 몇 채나 비싼 보상비를 내주어가며 까뭉개 2차선으로 넓히고 말끔히 포장까지 덧입히면서도 그동안 입이 닳도록 당부했던 비포장 고갯길은 남아도는 버력 한 차 갖다 부어주지 않는 것이었다.

반상회가 있고 나서 며칠 지나지 않아 꽃집 하는 준식이 집으로 들렀다.

열쇠 하나를 넌지시 내어놓으며, 영만에게 밑도 끝도 없이 축구장 관리를 해보라는 것이었다.

"벨루 하는 일이 없대유. 혹 가다가 공 차는 이들이 오면 문이나 따주면 된다는데 월급이 팔십이나 된다네."

영만이 기가 막혀 쓴웃음이 나왔다.

"그 좋은 게 어떻게 내한테까지 왔대?"

"것두 아랫동네루 가려는 걸 이장님이 간신히 뺏어왔대 유."

"이장이 날 챙겨?"

"요즘 특별히 하는 일이 없으시다고⋯⋯."

아무리 닭을 털어먹고 맥없이 노는 꼴이 되었지만 읍내 개천에 둑 쌓는 데에 나가서 한나절만 어정거려도 십만 원을 챙겨 받는다는데, 월 팔십만 원에 팔자 없는 문지기 노릇을 하라니. 그리고 축구장에 공 차러 오는 것들이 언제 올지 알고 온종일 열쇠를 들고 기다려야 한단 말인가. 뭐, 하는 일이 없으시다고?

대를 이어 화전이나 일구며 산자락에 붙어살던 주제에, 세상이 뒤집혀 땅금이 다락같이 뛰어올라 팔자를 고친 것들 눈에는 남들이 죄 하는 일 없이 밥이나 축내는 꼴로 보이는 모양이었다. 땅을 팔아 은행에 재워두어 이자나 받고, 일찌감치 농사를 작파한 논밭에 공장이나 창고를 지어 다달이 세를 받아먹는 것들은 시나브로 불거지는 배를 주체 못 할 지경이었다. 날마다 모여서 누구네 눈먼 땅 싸게 사들여 곱으로 부쳐 팔아먹을 궁리나 하고, 헐한 산 깎아 뭉개어 서울 것들한테 전원주택 자리로 몇 배로 되먹일 수나 연구하는 것이 일이었다. 돈푼이나 만지면서 숭늉 대신 커피 없이는 밥도 안 먹게 된 것들이 마을 유지랍시고 골방에 모여 화투짝이나 투덕거리면서 가당찮게 청수회는 무엇이고 애향 애국은 뭐 말라비틀어진 것이란 말인가.

"그런 훌륭한 자리는 할 일 많은 이장님이나 겸직하시라구 전하셔."

무어라 언질을 듣고 왔는지 준식은 그런 말에도 도통 일어설 생각을 않는다.

"성님두 참, 날 봐서라두 좋게 허셔."

"좋지 않을 게 뭐가 있어."

"성이 자꾸 이러니께 엄한 소리까지 듣는 거여."

"뭔 엄한 소리?"

준식은 선뜻 내어놓지 못할 말인 듯 한참을 머뭇거리다가 고개를 외로 꼰 채 제가 들었다는 말을 내어놓았다.

"성이 종북이래."

"종북?"

"사상적으루다가 문제가 있다는 겨."

"어느 싸갈머리 없는 종자가 그래?"

담배에 불을 붙여 건네며 준식은 참말로 영만을 걱정하는 눈치로 말을 이었다.

"삼수갑산 이 씨헌티는 어째 또 그러셨슈?"

"삼수갑산?"

그때서야 영만의 눈앞에 알 만한 얼굴이 선명히 떠올랐다.

　도로변에 삼수갑산 냉면집을 차린 이춘생 씨는 탈북자였다. 고향이 삼수갑산 쪽이라는 말에 반갑기도 한 데다가 조미료를 들이붓는 여기 냉면에 비하자면 느릅나무 가루를 섞어 빚었다는 국수가 배틀하고 육수도 시원하여 날 더울 때마다 드나들다가 가까워진 사이였다.

　그이가 하루는 수심이 가득한 얼굴을 하고 있어 사정을 묻게 되었다.

　"반공 강연을 나오라는데 어케 해얄지 모르겠습니다."

　사정을 들어보니 청수회 것들이 반공용사추모비 앞에서 '북한 삼대 세습 반대 및 북한 인권 개선 촉구 대회'라는 걸 열게 되었는데, 냉면집 이 씨에게 그 자리에 나와 북한 인권의 실상을 증언하는 강연을 하라고 종용했다는 것이다. 청수회 것들이 이 씨를 찾아와 이번이 사상의 건전함을 증명해 보일 자리이며, 물심양면으로 은혜를 베푼 대한민국에 보답할 수 있는 기회라며 을러대었다는 것이다. 자율방범대라는 것도 만들어 매일 밤 개울가에 세워놓은 컨테이너에 몰려 앉아 밤새 화투짝이나 주물러대는 것들이 팔공산이라면 모를까 반공이라는 말에 웃음이 저절로 스며 나왔다.

　해마다 반공용사 추모비 앞에 모여 우국영현들을 위한 추모제를 지낸답시고 설쳐대는 것도 실상 반공보다는 눈먼 관청 지원금이나 얻어먹고, 가슴팍에 종이꽃을 매달고 한 시간을 들어도 건져낼 말토막 하나 없는 추모사니 축사니 하는 걸 읊어대는 맛에 한 해도 거르지 않고 치르는 행사일 뿐이었다.

오금리 산기슭에 세워진 반공용사 추모비라는 것도 알고 보면 우습기도 하고 맥 빠지는 것이었다. 육이오 전쟁을 피해 오금리 산속으로 숨었던 마을 사람들이 인민군이 패주하고 곧 밀어닥친 국군들을 보고 떼 지어 산을 타고 내려오다가 인민군 패잔병으로 오인한 국군의 총을 맞고 일곱이나 그 자리에서 죽은 일이었다. 반공은커녕 부역자로 몰려 한동안 가족들이 이리저리 불려 다니다가 문민정부라는 게 들어서고 나서 이리저리 선을 대어 진정을 낸 끝에 그 억울한 죽음을 추모하는 비를 세우게 된 것이었다. 마땅히 추모비에 새겨 넣을 말을 찾지 못해 고심한 끝에 반공용사라 적으니 기실 반공보다는 아군에 의해 억울하게 죽은 양민들이라는 편이 옳았다.

이춘생에게 그런 사연들을 들려주며, 그저 냉면이나 잘 만들어 파는 데 신경 쓰라고 해두었던 것이다. 이춘생도 북에 두고 온 친척들이 남아 있어 솔직히 앞에 나서고 싶지 않다고 했다. 이편이고 저편이고 어디에도 편들지 않고, 그저 편육이나 삶고 냉면이나 팔면서 돈이나 벌겠다고 했다.

아마 이춘생에게 했던 반공용사 이야기를 전해 들은 청수회 것들이 이 씨가 끝내 반공 강연에 나서지 않은 것이 다 영만의 탓이라 여김이 틀림없었다.

"사실을 말하면 종북이야?"

"오죽허믄 그런 말이 나오겠슈."

"오죽 안 하면?"

"솔직히 성님이나 나나 여기 바닥 사람두 아니잖우."

"바닥이 아니라니?"

"이춘생허구 가까이 지내는 것도 다 말거리가 될 수 있슈."

　영만은 아득했다. 삼수갑산이 고향이라 해도 기억도 못 할 나이에 어머니 등에 업혀 내려온 뒤로 기어 다니며 주워 먹은 흙도 여기 흙이요, 땀을 흘려 적신 땅도 이 동네 밖을 벗어나지 않았다. 이곳 지평리에 자리를 잡고 오십 년을 넘게 살아온 영만은 바닥을 따로 찾는 말에 기가 막혀 당장 대꾸할 말도 생각이 나지 않았다.

"그래, 내가 탈북자라도 된단 말이지?"

"따지자믄 그렇다 그거지유, 뭐."

　말이 반공이고 애국이지, 해마다 유월 이십오 일이 되면 오인 사격으로 죽은 이들 추모비 앞에 모여서, 희끗거리는 대가리들을 수그린 채 '아아, 잊으랴, 어찌 우리 이날을' 걸터듬어가며 박자도 안 맞는 노래를 아갈거리는 모습도 우스웠고, 그

일이 끝나자마자 회장 이하 전원이 바로 곁에 있는 개울에 팬티 차림으로 뛰어들어가 개를 삶아 음주가무를 벌이는 것도 낯 뜨거운 일이었다. 일 년 내내 가봐야 들여다보는 건 화투짝이요, 주위들는 건 어디로 비틀어도 똑같은 소리만 늘어놓는 텔레비전 뉴스가 고작인 것들이 뒤에서 쑥덕공론을 벌인 끝에 끌어낸 말이 종북임이 틀림없었다.

그 말이 누구의 입에서 흘러나왔을 것인지도 번연히 짐작이 되고 남았다. 영만은 농협에서 하는 여름 정기회의가 끝나고, 삼수갑산 냉면집에서 냉면들을 먹고 난 자리에서, 춘광이 주방에서 흰 모자를 쓰고 있는 이춘생을 손가락으로 가리키며 요시찰 인물이라고 야스락거리던 기억이 되살아났다.

제가 군에 있을 때 철책선 부근 접적 지역에서 근무를 했는데, 그 안에 여남은 집이 모인 마을이 있다고 했다. 저녁마다 군인들이 마을 사람들을 점호했다는 걸 야젓잖게 떠들어댔다.

"생각을 해봐. 머리 허연 할아비부터 아들 내외, 손자에 망아지만 한 막내딸까지 마루에 일렬로 줄지어 서서 하나, 둘, 대가리 돌려가며 점호 받는 광경을……."

그 마을 사람들은 육이오 사변 때 미처 올라가지 못한 빨갱이 푸네기들이라, 여차하면 모아놓고 구덩이 파서 묻어버릴 것들이며, 평생을 바깥으로 나가지 못한 채 그 안에서 농사나 지어 먹고살아야 한다는 것이다. 그런데 여자는 시집을 가면 바깥으로 나갈 수 있어서 군인들만 보면 치마를 걷어 올리며 풀숲에 벌렁 드러누워 가랑이로 엄한 놈을 하나 붙들려고 기갈이 들렸다는 것이다.

이런 소리를 늘어놓으며 그는 연신 냉면을 치대는 이춘생을 여차하면 구덩이 속에 쓸어 묻기라도 할 것처럼 게슴츠레한 눈을 번득이며 위아래로 훑어대는 것이었다.

"나를 두고 종북이라 한단 말이지?"

"내야 뭐 알어유. 그이덜이 거시기 허는 말을 들었을 뿐이쥬, 뭐."

"그래, 종북이 뭐라 하대?"

"뭐, 그이덜 말루는 예배당 종 치믄 신도들이 달려가듯이, 김일성이래믄 딸랑거리며 종 치는 북쪽 것들, 그랴서 종 종 짜에 북 북 짜……."

"네미, 징글벨이라구 그래라."

청수회에 조화며 화환을 대놓고 팔아먹는 관계로 그 밑에 붙어 지내야 하는 준식은 친형 같은 영만이 그들과 잘 지내기를 진심으로 바라는 눈치였다.

"성님, 요즘 겉은 불경기에 다달이 팔십만 원이 워디유?"

"그러니까 시끄럽게 짖어대는 아가리에 돈으루 자갈을 물리겠다? 근데 그 중요한 열쇠를 어떻게 종북한테 맡긴대?"

"솔직히 다 돈 땜에 시끄러운 세상 아뉴? 종북이건 종남이건 돈 앞엔 셔터마우스유. 거시기, 며칠 전 뉴스 못 보셨슈?
남북 오야지덜이 한번 끌어안는 디두 얼마씩 돈이 든다잖으
유?"

남북의 정상들이 비밀리에 회담을 추진하다가 돈 문제로
틀어졌다는 뉴스까지 들춰서 전해주었지만 영만의 마음은
흔들림이 없었다.

"종북이구 종남이구 간에 그 새에 붙어서 제 배 채우는 것
들부터 처단해야 이 민족이 바로 될 거야."

귀에 들어가라고 일매지어 말하자 준식도 더 어쩌지를 못
하고, 방바닥에 꺼내놓았던 열쇠를 죽은 자식 불알 만지듯 한
참 만지작거리다가는 뻘쭘히 호주머니에 넣었다.

"아구, 워쩐 맨드라미가 벌건 천지랴."

공연히 발품만 판 채 소득도 없이 일어선 준식이 멋쩍은 기
색을 덮으려는 듯 울타리 가장이에 무더기져 피어 있는 맨드
라미들을 보고 부러 탄성을 내뱉었다. 건성으로 하는 말이겠
지만 오늘따라 그 말이 영만은 예사롭지 않게 들렸다.

준식을 배웅하고 들어서는 길에 영만은 울 가장이에 선 맨
드라미를 한참이고 들여다보다가 이내 그것들을 손에 잡히
는 대로 뽑기 시작했다. 저물녘 어스름에 더욱 붉어진 맨드라
미들이 뿌리를 뽑힌 채 울 밖으로 던져졌다. 잠시 쉴 겨를도
없이 웬만한 아이들 키만큼 자란 맨드라미들을 뽑아내던 영

만은 노모가 어느 결에 나와서 저 하는 양을 우두커니 지켜
보는 걸 늦게서야 알게 되었다.

지쳐놓은 대문에 기대어 서서 이편을 물끄러미 바라보는
노모는 어쩐 일로 자신이 애써 심어두었던 맨드라미를 말끔
히 뽑아내는 데도 별 동요가 없었다. 시큰둥한 얼굴로 지켜보
던 노모가 타다 만 숯불처럼 거뭇해지는 서편 하늘을 망연히
바라보며 중얼거릴 뿐이었다.

"가자, 가. 개도 늙으면 지는 해를 바라본다잖네?"

영만은 수북이 쌓인 맨드라미 위에 털썩 주저앉으며 지는
해를 바라보았다. 그려, 종북인지 종남인지 어디로든 갑시다.
이 싸갈머리 없는 바닥을 뜨구 맙시다, 어머니.

가을이 깊어지면서 눈에 띄게 길어진 산 그림자가 어느 결
에 기어 내려와 뿌리 뽑힌 맨드라미 더미 위를 내리덮고 있
었다. 방 안의 불도 켜지 않아 무덤처럼 어둑해져가는 집 대
문에 기대어 자꾸 같은 말을 되뇌는 노모를 돌아보며 영만이
중얼거렸다.

"그런데 어디로 가지."

종북이건 종남이건 돈 앞엔 셔터마우스라던 준식의 말이
어스름처럼 눈앞을 캄캄하게 가로막아 영만은 선뜻 걸음을
뗄 수가 없었다.

(저승밥)

바람이 불면 한데나 다름없이 한기가 무시로 드나드는 창
문 틈새에 밥풀로 이겨 붙인 신문지 쪼가리가 너풀거리는 소
리에 심기섭 씨는 문득 눈을 떴다. 아궁이의 불이 일찌감치
사그라져 방 안은 온기 한 줌 남지 않았고 숨을 내쉴 때마다
허연 김이 풀풀 내뿜겼다. 비거덕거리는 몸을 겨우 움직여 창
문을 열자 밤새 내린 도둑눈이 하얗게 덮여 있었다.

　밤새 바람에 낭창거리며 귀신 우는 소리를 내던 갈매나무
가지도 눈을 얹고 언제 그랬냐 싶게 새치름히 얌전을 떨고
있다. 여름 더위가 가시기 무섭게 마른 잎을 마당에 수북이
내려놓고 밤새도록 버스럭거리더니, 이제 나목이 되어서는
밤마다 회초리 치는 소리를 내며 가뜩이나 없는 잠을 빼앗기
일쑤였다.

나무 중에서도 영 쓸모없는 나무였다. 뙤약볕이 내리쬐는 한여름에도 내려뜨린 그늘이란 것이 옹색하기 짝이 없어 그 아래 몸을 들이밀 여유도 모자라고, 비쩍 마른 가지라는 것은 꺾어다 불쏘시개를 하기에도 변변찮으며, 쥐똥만 하게 매단 열매란 것은 어디 입에다 넣고 씹어볼 겨를도 없이 빈약하기만 하다.

오늘은 기어이 그 보잘것없는 나무를 베어버리고 말리라 밤새 다짐을 해두었건만 막상 눈발에 바들바들 떠는 모습을 대하자 차마 그도 쉽게 할 짓이 못 되었다. 이불에 반쯤 몸을 담은 채 심 씨는 눈에 자욱이 지워져가는 바깥을 하릴없이 내다보았다.

명규가 몇 해 전에 차나무를 심겠다며 까 내려 벌겋게 언 살을 내보이던 건너 산기슭도 모처럼 목화솜 같은 눈을 푸근히 덮었다. 한동안 조상 묘 앞자리까지 차나무 꽂는 걸 유행 삼다 얼마 전부터는 난데없이 불어닥친 커피 바람에 오래 묵은 차밭까지 까뭉개는 판이었다. 자발머리없이 일을 벌이고 다니는 데에는 뒤처지지 않는 사람이면서도 돈 되는 일에는 늘 뒷북을 치고 마는 명규였다.

군불이라도 땔까 싶어 이불에서 빠져나와 바자울 주변을 얼쩡거려보지만, 청솔가지 한 줌 남지 않았다. 입동 무렵에 명규가 동네 과수원에서 전지한 잔가지들을 한 짐 실어다 준

뒤로는 감감무소식이다. 불내라도 맡으면 몸이 녹을까 싶어 밭에 나가 고춧대를 사르고 있는데 하늘에서 끼룩거리는 소리가 우르르 쏟아진다. 고개를 뒤로 꺾고 쳐다보니 쇠기러기들이 떼를 지어 날아가는데, 정확히 기역 자로 꺾어 남진하고 있었다. 누가 청하거나 부르지도 않으련만 때가 되면 제 길을 오고 가는 기러기가 가상하기만 하다. 공활한 하늘을 거리낌 없이 날아가는 새들을 하염없이 바라보는 심 씨의 심경은 착잡하기만 하다.

"바람 부는디 뭘 태우신대?"

난데없는 사람 소리에 돌아보니 이장이 가뜩이나 짧은 목을 옷깃 속으로 잔뜩 오그라뜨린 채 마당에 훌쩍 들어선다. 식전부터 들이닥친 이장의 출현에 심 씨는 덜컥 가슴이 내려앉는다. 명색이 한동네에 산다고 해도 마을 사람들과는 소 닭 보듯 데면데면하게 지내온 처지였다.

"밭두렁 태우기 금지두 모르시나 베."

타다 남은 고춧대를 집어 들고 담배를 댕긴 이장은 잔소리부터 한 사리 늘어놓는다. 차도 못 올라오는 산꼭대기에서 외따로 사는 사람에게 떡이라도 나눠 주러 숨 가쁘게 올라왔을 리는 만무하고, 해마다 햅쌀로 말가웃씩 거두는 이세나 재촉하러 온 모양이라고 심 씨는 내심 가늠을 했다.

"그나저나 기름차두 못 올라오는 디서 뭘 때구 지내신대?"

빤히 사정을 알면서도 건성으로 건네는 말이 고약스럽기 짝이 없다. 지난겨울에 뒷산에서 말라 죽은 나무들을 여남은 그루 베었다가 이장이 면에다 신고하는 바람에 이리저리 불려 다닌 적이 있던 터였다.

"워뜨케 결정을 허셨슈?"

눈발에 매운 연기만 내고 시르죽어가는 불가에 버팅기고 서서 버석거리는 손바닥만 비벼대던 이장이 가뜩이나 작은 눈을 실그러뜨리고 지나가는 말처럼 내어놓는다. 결정이라. 심 씨는 비스듬히 흩날리는 눈발에 자꾸 뒤로 물러서는 먼 산의 풍경만 물끄러미 바라볼 뿐이다.

"내도 중간에 끼어서 여간 부대끼는 게 아니래니께유."

"엄동설한에 무슨 결정을 할 수 있겠수?"

그 말에 이장의 눈이 대번 샐쭉해진다.

"그 야그 나온 기 제비가 지지배배거리구 새끼칠 때유. 쇠 똥구리츠럼 자꾸 떠다민다구 될 일이 아뉴."

쇠똥구리처럼 떠다밀 무어라도 있다면……. 심 씨는 담배라도 있다면 한 개비 물고 싶은 심정이 간절했다.

"내가 뭘 받아먹구 봐주는 거 아니냐는 소리까정 듣구 있다니께유."

벌써 여러 차례 들어온 소리였다. 심 씨는 이장이 빨갱이를 들먹이지만, 속이 뒤틀린 사정이 따로 있다는 것쯤은 일찌감치 짐작하고 있었다. 한때 심 씨를 찾아오던 사람들이 놓고 가는 과일 보따리며 돈 봉투에서 얼마큼씩 떼어 인정으로 바치던 것이 끊기고부터 그가 표변한 것이었다.

"네미, 하다못해 담배 한 보루래두 받아먹었으믄 억울허지나 않것네."

"이보오. 내가 집주인에게 사정을 해볼 테니 좀 기다려주우."

"집주인허구 야그는 진작에 끝나버렸다니께 자꾸 그라시네. 석태 아부지 장례 치르구 나서 그 가족덜헌티 물으니께 동니서 결정허는 디루 따르기루 혔다구 발써 몇 번이나 말쌈을 드렸슈?"

"한동네서 지낸 지도 벌써 몇 해가 되는데 사정 좀 봐주우."

"사상 문제에는 워쩔 도리가 옰슈. 아, 내헌티두 빨갱이 싸구 돈다구 무어라 헙디다."

사상이라는 말에 심 씨는 더 무어라 대꾸를 할 수가 없었다. 질기기로는 쇠심줄보다 더하고, 모질기로는 쇠끝보다 더한 것이 사상이었다. 눈발에 하얗게 덮여가는 산 아래 풍경에 눈을 줄 뿐, 거기에다 무슨 말을 덧붙이겠는가.

"워쨋든 이달 말꺼정은 오사마리럴 져야 혀유."

이쪽의 대답이 없자 이장은 이달 말까지 집을 비우지 않으면, 그다음에 일어날 일에 대해서는 책임지지 않겠다는 소리를 제 열에 들떠 지껄이고는 오던 길을 되밟아 내려갔다.

심 씨는 이장이 피우다 내던진 담배꽁초를 집어 들어 몇 모금 빨았다. 푸르스름한 담배 연기가 폐부 깊숙이 스며들었다. 입술이 뜨거워질 때까지 담배를 빨아대던 심 씨는 새삼 자신이 추레하게 느껴졌다. 산등성이에 새파랗게 떠오르던 새벽별을 바라보던 눈에는 세월의 이끼가 무성하고 노쇠한 육신은 더러운 버릇만 늘어갔다.

이제 이곳도 떠날 때가 된 것이다. 심 씨는 이곳을 처음 찾아오던 날의 심경을 잊지 않고 있었다. 그는 이곳으로 살러 찾아온 것이 아니었다. 산정의 바람은 매서웠고, 몸을 기댈 온기는 어디에도 없었다. 그런 건 애초에 기대하지도 않았다. 한기에 몸을 얼리고 어딘가에 쓰러져 각박한 삶을 마무리 짓고 싶었다. 인적이 끊긴 겨울 산은 삭풍이 짐승처럼 울부짖고, 이 쓰러져가는 움막집에 다다른 것은 비스듬히 해가 기울 무렵이었다. 산자락은 금세 시커먼 산 그림자에 덮이고, 한기는 바늘처럼 온몸을 찔러댔다. 온종일 산자락을 헤매며 뒤졌지만 흐려진 기억은 도무지 갈피를 잡지 못했다. 생각 같아선 아무 데나 누워서 그대로 잠이 들고 싶었다. 자꾸 가물거리는 정신을 채 잡고 심 씨는 아직은 죽을 때가 아니라고 되뇌었다. 탈진한 채 자꾸 감겨드는 잠의 유혹을 그는 혀를 깨물며 참아냈다. 이리 편하게 눈을 감을 수는 없었다. 지옥 같은 징역살이 중에도 종내 떨쳐지지 않던 기억들을 되살려내지 못한다면 죽어서도 영면에 들 수 없을 터였다. 삭정이들을 긁어모아 불을 지피며 그는 어떻게든 살아남아야 했다. 온기에 몸을 녹이자 허기가 밀려왔다. 그러나 그는 품에 든 쌀을 꺼내어 씹을 수가 없었다. 탈진한 몸은 그의 의지와 달리 이내 까무룩 잠에 빠져들었다.

꼼짝없이 얼어 죽었을 그를 흔들어 깨운 것은 명규였다. 토끼 올무를 놓으러 왔던 명규가 빈집에서 스며 나오는 연기를 보고 왔다가 그를 발견한 것이다. 입이 얼어 무어라 답도 못한 채 그는 명규가 피운 불김에 몸을 녹여 질긴 목숨을 되살려야 했다. 어쨌든 명규가 생명의 은인인 셈이었다.

눈발은 더욱 굵어지며 꺼칠하게 비어 있는 산들을 뒤덮어나갔다. 눈발 속에서 더욱 선명해지는 소나무들의 푸른빛이 처연하기만 하다. 흑백으로 변해가는 풍경들은 처절한 소리들을 되살려냈다. 자욱한 눈발도 그 소리들을 덮지는 못했다. 가파른 산비탈에 점점이 박혀 있는 검은 바위들과 살을 찢는 듯 날카로운 바람 소리. 원귀처럼 울부짖는 바람이 골을 오르내릴 때마다 진저리를 치며 쌓인 눈들을 흩뿌리던 조릿대의 푸른 흔들림. 얼어붙은 개울과 밤새 허기와 두려움에 떨던 골짜기들은 실금 하나 놓치지 않고 고스란히 그의 눈앞에 생생하니 되살아났다. 이제는 희미해져도 좋으련만 날이 갈수록 그것들은 더욱 생생해져갔다.

그때였다. 눈발 속으로 시커먼 그림자들이 어른거렸다. 심 씨는 자신도 모르게 몸을 잔뜩 웅크렸다. 골짝에 납작 엎드려 기어오르는 그림자들은 사람의 것이 분명하였다. 흐릿한 눈에 힘을 주고 은밀히 움직이는 것들을 지켜보니 그것은 얼룩덜룩한 군복을 입은 군인들이었다. 심 씨는 턱 숨이 막힐 뻔했다. 앞에 총을 움켜쥐고 가파른 산자락을 기어오르는 군인들은 한둘이 아니었다. 나무와 바위 뒤에 몸을 숨기면서 조심스레 올라오는 군인들은 분명히 심 씨의 집을 향해 다가오고 있었다. 다음에 일어날 일에 대해서는 자신도 책임지지 않겠다던 이장의 이야기가 퍼뜩 머리를 스쳤다. 설마. 그러나 심 씨의 다리는 벌써부터 후들거리며 떨고 있었다. 온몸에 소름이 돋으며 심 씨는 본능적으로 자세를 낮추었다. 탕! 총성이 울렸다. 심 씨는 땅바닥에 엎드린 채 정신없이 기기 시작했다. 다시 토벌대가 산을 뒤지며 빨갱이를 소탕하러 들이닥친 것인지도 몰랐다. 적어도 그가 알기에 세상은 언제 어떤 일이 일어날지 한치 앞을 내다볼 수 없는 것이었다. 세상은 터럭만치도 믿을 게 못 되었다. 그의 귓가에는 오랫동안 잊고 있었던 포성과 비명이 되살아났다.

어떻게 집 안으로 들어왔는지 모르겠다. 심장이 달음박질치며 숨이 턱까지 차올라왔다. 가쁜 숨을 몰아쉬며 심 씨는 떨리는 손으로 명규에게 전화를 넣었다.

"여봐. 여기 웬 군인들이 몰려왔어."

밥상을 받고 있다는 명규는 심 씨의 다급한 목소리에 아랑곳도 않고 한가하기만 하다. 군인들이 총질까지 한다고 다급한 목소리로 몇 번을 되뇌고서야 마지못해 올라와보겠노라고 했다.

북에서 정치지도원으로 내려와 남부군 1전구에 속해 있던 심 씨는 나중에 대오가 흩어지며, 지리산 자락의 4지대로 편입되었다. 수백 명에 달하던 동지들은 토벌대에 포위된 채 토끼 몰듯 퍼붓는 포격 속에서 스러졌다. 깊은 산중으로 숨어들어 가까스로 목숨을 연명한 이들도 얼어 죽거나 굶어 죽었다. 포위망을 뚫고 지리산을 넘은 것은 여남은 명도 되지 않았다. 끊어진 선을 이으러 이리저리 헤매다가 허기에 지쳐 숨어든 농가에서 모처럼 따스한 밥을 얻어먹고 깜박 잠이 들었다. 눈을 떴을 때는 농가 주인의 신고를 받고 달려온 경관들에게 둘러싸인 뒤였다. 급히 달아나던 동료들은 심 씨가 보는 앞에서 모두 경관의 총에 맞아 죽고, 다리를 다쳐 미처 피하지 못했던 그는 방 안에서 붙잡혔다.

사람의 목숨은 질긴 것이었다. 소가 끄는 마차에 줄이 묶여 걷다가 쓰러져 언 땅에 질질 끌려 다리 한쪽 살이 다 짓뭉개졌는데도 그는 용케 살아남았다. 흩어진 부대의 상황을 알아내기 위해 살려둔 목숨은 모진 매질 속에서도 끊어지지 않았다. 차라리 죽기를 바란 적이 한두 번이던가.

전화를 끊고도 한참이나 지나서야 탈탈거리는 경운기를 끌고 명규가 당도했다.

"뭔일이래유?"

"아, 군인들이 총질을 하면서……."

건성으로 집 주변을 둘러본 명규는 시답잖은 얼굴로 두덜거렸다.

"있긴 뭐가 있다구 야단유. 개미 새끼 한 마리 안 뵈는디."

그 소리에 용기를 내어 밖을 살피니 과연 군복들은 어디로 사라졌는지 눈에 띄질 않는다. 다행이기는 하지만 어디에 숨은 것은 아닌지 안심이 되지 않아 심 씨는 명규를 좀 더 붙들어 둘 심산으로 이장 이야기를 꺼냈다.

"이장이 다녀갔어."

이장이라는 말에 명규는 당장 심기 사나운 얼굴로 찢어진 눈을 잔뜩 찌푸린다.

"뭐래유?"

"이달 말까지 집을 비우라대."

"제집두 아닌디 워째서 지깟 놈이 쩔구 까분대여."

"말로는 집주인네하고도 이야기가 되었다며……."

"아가리가 궁금허니께 지랄을 떠는 거유."

대수롭지 않게 콧등으로 흘러 넘기고는 명규가 경운기에 시동을 거는데 난데없는 총성이 우르르 들려온다.

"뭐여, 언놈들이 남의 동네에 들어와 총질을 헌대."

뒤미처 집 뒤편의 산등성이에서 요란한 함성 소리가 들려왔다. 명규는 두덜거리며 바깥을 살피러 나갔다. 다시금 방망이질 치는 가슴을 주체하지 못한 채 심 씨는 서둘러 방으로 들어와 이불을 머리끝까지 뒤집어썼다.

팥죽 변하듯이 변하는 게 세상인심이었다. 산속에 들어와 바깥과 발길을 끊은 채 산 지가 까마득한 터에 세상이 어찌 돌아가는지 알지도 못했고, 알고 싶지도 않았다. 그런다고 세상이 그를 가만히 놓아둘 리가 없었다. 사람은 가만히 제자리에 있건만 세상은 바구미 먹은 쌀 키질하듯이 그를 들까불기 일쑤였다.

버려진 채 비어 있던 남의 집에 들어와 산 지가 벌써 십여 년이 넘었지만 별 문제가 없다 작년부터 말이 나오기 시작했다. 빨갱이 동네라고 소문이 났다며 이장이 찾아와 투덜거릴 때만 해도 술김에 하는 소리로만 여겼던 것이다.

알다 모를 것이 세상일이었다. 빨갱이를 문둥이보다 더 흉하게 여기던 세상에서 어느 때부턴가 멀쩡하게 생긴 이들이 떼를 지어 심 씨를 찾아왔다. 입에 올리기도 거북한 빨치산 시절의 이야기들을 들려달라며 대학 교수들이 찾아오고, 소설 쓰는 이며 신문기자들이 뻔질나게 찾아왔다. 그들이 들려주는 이야기는 놀라웠다. 그도 미처 모르는 나팔부대며, 청천강부대의 투쟁담들을 늘어놓으며 목청을 높여 빨치산 노래들을 불러대기도 했다. 《태백산맥》이라는 소설이 세상에 나오고, 〈남부군〉이라는 영화를 보고 찾아왔다는 대학생들도 줄을 지어 몰려왔다. 명규는 제 일처럼 앞장서서 그들을 데리고 산으로 올라왔다. 이따금 돈 봉투를 쥐여주고 가는 이들이 있었는데, 그 돈들을 심 씨는 명규에게 모개로 맡겼다. 읍내 나갈 차편도 어렵지만 굳이 산 아래를 내려갈 마음이 나질 않았다. 그걸로 명규는 쌀과 찬거리를 사다 넣어주었다.

운이 좋게 유엔군 손에 넘겨진 심 씨는 재판이란 것도 받을 수 있었다. 국방경비법 32조, 33조에 따라 무기형을 받고 대구, 광주, 대전 등지를 전전하며 이어진 사십여 년의 옥중 생활은 돌아보기도 끔찍했다. 전향서를 들이대며 하루에도 서너 차례씩 퍼붓는 매질은 차라리 참을 만했다. 푹푹 삶아대는 삼복중에 며칠씩 먹을 물을 주지 않은 교도관들은 그가 보는 앞에서 물을 바닥에 쏟아 보였다. 눈앞에 진수성찬을 차려놓고 전향서를 쓰라고, 형식뿐인 전향서에 도장만 꾹 누르고 나가서 하고 싶은 일을 마음껏 하라고 꼬이던 그들의 회유는 뱀보다 간악했다. 며칠씩 음식을 주지 않고 굶기다가도, 부당한 처우에 항의하여 단식을 할라치면 강제로 입에 재갈을 물리고 음식을 쑤셔 넣었다. 죽지도 살지도 못하게 하는 게 그들의 소임이었다.

그렇다고 심 씨가 그들의 회유나 고문에 굴복한 것은 아니었다. 그런 것이라면 얼마든지 견뎌낼 수 있었다. 정작 그를 괴롭히는 것은 세월이었다. 눈빛이 형형하던 청년이 추레한 노인으로 늙어가는 동안 세월은 속절없이 흘러갔다. 세월은 그라는 존재도 그 참혹한 삶과 울부짖는 비명들도 소리없이 지워갔다. 사라진다는 것, 백두산처럼 드높던 신념과 고고한 사상도 아무런 흔적도 없이 사라진다는 것. 그 참혹한 일들에 아무도 관심을 갖지 않으며, 스스로의 기억마저 흐려져 간다는 것. 그것은 끔찍한 일이었다.

몇몇 사람이 전향서를 쓰고 떠났다. 매질을 못 이기거나, 어린 아들이 빨갱이 자식이라고 동네 아이들에게 나무에 묶인 채 나무총으로 찔리고 살았다는 소식을 듣거나, 죽음을 눈앞에 둔 노모에게 얼굴이라도 보여주겠다며 그들은 전향서에 지장을 눌렀다. 대한민국의 국가 발전을 가슴 깊이 깨닫고 감동하여 나의 잘못을 뉘우치고⋯⋯. 전향서를 읽는 그들은 고개를 숙이고 동지들의 눈을 마주 보지 못했다. 변절자라고 외치는 소리도 세월과 함께 잦아들었다. 그에게는 밖에서 기다리는 노모도 남아 있지 않았고, 나무에 묶여 놀림을 당할 자식도 없었다. 바늘로 생살을 쑤시고, 뼈가 부러지도록 맞는 매질도 그를 굴복시킬 수는 없었다. 오로지 그를 괴롭히는 것은 가슴에 박힌 차가운 쇠못뿐이었다. 검던 머리가 백발이 되고, 흐려진 눈이 침침해질수록 가슴에 박힌 못은 날을 세우고 그를 무시로 찔러댔다. 그는 쇠못을 가슴에 박은 채 전향서를 쓰고 말았다.

"어여들 들어와여."

밖에 나갔던 명규가 머리에 함박 얹힌 눈을 털며 누군가에게 안으로 들어오라고 종용한다. 그 뒤를 따라 군복 차림들이 쭈뼛거리며 들어선다. 그들이 가슴에 안은 총에 뱀을 본 듯 내려앉은 심 씨의 가슴은 아랑곳도 않고, 명규는 선뜻 발을 들여놓지 못하고 문 앞에서 주춤거리는 사람들을 제집처럼 등을 떠밀어 끌어들였다.

"이 추운 산중에 워디 눈발 피할 데가 있것슈. 변변찮아두 사람 사는 집이니께 걱정들 말구 들어오래니께."

마지못해 집 안으로 들어서는 군복 차림의 젊은이들 몸에서는 무럭무럭 김이 내뿜겼다. 심 씨는 영문을 몰라 눈만 동그랗게 뜨고 총을 든 장정들을 살펴볼 뿐이었다.

"아, 서바이불유."

서바이불? 듣고도 무슨 뜻인지를 몰라 어리둥절한 심 씨에게 명규가 답답하다는 듯 얼굴을 찡그린다.

"있잖유. 장난감 총으루 병정놀이허는 거."

장난감 총으로 병정놀이를 한다는 말이 더욱 괴이하여 심 씨는 잔뜩 의심 어린 눈으로 군복 차림들을 살필 뿐이다.

"자, 이 으른으루 말씀드리자믄, 일찍이 지리산 자락에서 활동하던 빨치산 출신이유. 빨치산! 들어는 봤것지?"

빨치산이라는 말에 군복 차림의 젊은이들은 신기한 짐승이라도 보듯 호기심이 섞인 눈으로 심 씨를 살펴보았다.

"지금은 은퇴하구 행색이 영 그렇지만, 한창 시절엔 저 산골짜구를 앞마당츠럼 뛰댕기구 산봉우리 서넛쯤은 단걸음에 내달렸던 으른유."

아직도 군복 차림들의 정체를 알지 못해 경계하는 눈빛을 풀지 않던 심 씨는 사람을 앞에 놓고 지껄여대는 명규의 장광설이 거북하기만 했다.

"이 할아버지가 진짜 빨치산이에요?"

"그렇대니께. 나팔부대 이현상 밑으서 싸우던 양반유."

"안성기 나오는 〈태백산맥〉 영화의 그 빨치산요?"

어디선가 가느다란 여자 목소리에 놀라 돌아보니, 앳된 여
자가 군복을 차려입고 빤히 심 씨를 바라보고 있다. 앞가슴에
는 방아쇠만 당기면 총알이 우르르 쏟아질 것처럼 뵈는 소총
이 가로걸려 있었다.

명규는 군복 차림들이 서울의 어느 대학에서 온 서바이벌
동호회원들이며, 그 서바이벌이라는 것이 전쟁놀이를 취미로
삼는 것이라고 일러주었다.

"딱총 소리나 내는 영화에다 댈간? 눈앞에서 진짜 빨치산
야그를 들어보라니께. 얼매나 살 떨리구 실감이 나는디."

검불을 긁어모아 아궁이에 불을 지피고, 어느 결에 꺾어온
청솔가지를 꾸역꾸역 밀어 넣으며 명규가 지껄여댔다.

조금 정신을 수습한 심 씨가 집 안에 그들먹하게 들어선 군
복 차림들을 돌아보니, 하나같이 앳된 얼굴들이었다. 한창 나
이의 젊은이들이 어디 놀 것이 없어 눈발 퍼붓는 산중을 오
르내리며 전쟁놀이를 한단 말인가.

연기가 매캐하게 들어찬 방 안에 앉아 있던 심 씨의 눈앞
으로 군복 차림의 앳된 병사가 다가온다. 정만이라고 했던가.
고성 어딘가가 집이라던 정만은 산중에 들어선 부대원 중에
서도 가장 나이가 어렸다. 남루한 군복이 커서 소매는 두 겹
이나 동여매고, 어깨에 둘러멘 총은 땅 끝에 닿을 듯했다. 열

274

여섯이라고 했던가. 얼굴의 솜털도 가시지 않은 정만은 하모니카를 잘 불었다. 보급 투쟁에서 돌아와 모처럼 한가한 시간을 가질 때면 으레 앞으로 불려 나가 하모니카를 불었다. 돌아가며 군가를 부르던 대원들도 나이 어린 정만이가 부는 〈고향 생각〉만은 무어라 말리지 않았다.

정만이가 총을 맞고 쓰러진 것은 빗점골에서 한창 토벌대에게 몰려 쫓길 때였다. 사흘 밤낮을 퍼부은 포탄에 일찌감치 대오는 무너지고, 뿔뿔이 흩어져 퇴로를 찾으러 이 산 저 산으로 뛰어다닐 때였다. 정신없이 앞만 보고 달리느라 뒤따라오던 정만이 총에 맞은 것도 미처 알지 못했다. 그때, 뒤에서 울부짖는 정만의 목소리가 들렸다. 총알이 관통한 복부에선 선지피가 물컹물컹 솟구치고, 뒤를 쫓는 토벌대의 총알들이 빗발치듯 쏟아졌다. 포기하고 돌아서는 심 씨에게 정만이 소리쳤다.

"가지 마시라요. 내 잘 걸을 수 있어요."

아직도 심 씨는 얼굴이 흰 소년이 가느다란 손가락을 모아 쥐고 불던 하모니카 소리를 잊지 못하고 있었다. 해는 져서 어두운데 찾아오는 사람 없어.

"할아버지, 진짜 빨치산 맞아요?"

어느 결에 방 안에 빙 둘러앉은 군복 차림들 가운데 아까 보았던 여자가 턱을 받치고 묻는다. 심 씨는 무어라 대꾸를 할 수가 없어 멀거니 그녀의 솜털이 송송한 얼굴만 마주 볼 뿐이었다.

"총도 쏴봤어요?"

그 말에도 심 씨가 답이 없자 명규가 끼어들어 지껄여댔다.

"그걸 말이라구 혀? 총 안 쏘는 빨치산이 워딨간?"

"그럼 사람도 쏴봤겠네요?"

이번에는 구레나룻이 긴 청년이 총을 가슴에 끌어안고 물었다. 그 말에 모두들 눈을 동그랗게 뜨고 심 씨의 대답을 기다렸다.

"젊은이들은 어째서 총질하는 놀음을 하오? 그기 재미있소?"

"스릴 있잖아요."

"스릴?"

"전쟁 시뮬레이션 게임보다 훨 실감나거든요."

"뽀대도 나고⋯⋯."

도무지 알아들을 수 없는 젊은이들의 말에 심 씨는 할 말을 잃었다.

"전쟁이 무슨 재미로 하는 줄 아오?"

"그래도 쪼개져 있을 바에는 한탕 하고 나서 통일하는 게 낫지요."

그중에 제법 나이가 들어 뵈는 구레나룻이 헛기침을 하며 점잖게 말을 내어놓는다.

통일이라. 심 씨는 눈을 씻고 보아도 주름 한 줄 잡히지 않은 앳된 얼굴들을 난감한 얼굴로 둘러보았다.

"그래, 통일을 위해 전쟁놀음이라도 하는 거오?"

"꼭 그런 건 아니지만, 유비무환이란 말도 있잖아요."

조국 해방을 위해 총을 들고 나서던 때가 딱 저만한 나이였다. 심 씨는 검버섯이 피고 주름이 잡힌 제 손을 물끄러미 내려다보았다. 군가를 부르며 산등선을 내달리던 젊은 날의 기백은 연기처럼 사라지고 조국은 여전히 허리가 잘린 채 나뉘어 있었다.

"배고프다. 저녁 식사 집합!"

누군가의 외침에 짊어졌던 걸망에서 무언가를 꺼내기 시작한다. 여기저기서 내어놓은 것이 금세 산더미처럼 쌓인다. 라면에, 뜨거운 물에 쪄내는 이밥에, 물만 부으면 끓여지는 된장찌개에, 한바탕 집 안이 지지고 볶는 음식 냄새로 호사를 누린다. 먹을 게 없어 쥐도 찾지 않던 움막집에 때아닌 잔치가 벌어진다.

긴 의자를 놓고 그 위에 차린 밥상은 보기만 해도 푸짐하다. 김이 무럭무럭 나는 쌀밥이 요술 방망이처럼 뚝딱 차려진다.

"자, 드세요."

곁에서 쥐여주는 숟가락을 선뜻 받아들지 못하고 심 씨는 눈부시게 흰 쌀밥을 곤혹스러운 눈으로 내려다보았다.

토벌대에 이리저리 쫓길 무렵이었다. 그해 겨울은 유난히 춥고 바람이 매서웠다. 짧은 겨울 해는 순식간에 산허리를 넘고 총알보다 무서운 한기가 닥쳐왔다. 그러나 추위보다 무서운 것이 허기였다. 토벌대의 청야작전淸野作戰으로 인근 마을들은 소개되었고, 채 거두지 못한 논밭의 곡식들은 불살라졌다. 불도 피우지 못한 채 입에 털어 넣던 쌀 한 줌으로 하루를 버텨야 했다. 그마저 떨어지고, 얼어붙은 산에서는 나무껍질마저 벗길 것이 없었다. 며칠을 굶고 불무장등不無長嶝을 넘을 때였다. 얼마 남지 않은 대원들은 굶주림과 추위에 지쳐 이제 밤이 되면 꼼짝없이 얼어 죽을 판이었다. 다행히 바위너설 틈새의 비트를 발견하고 그 안으로 숨어들었다. 그 안에 머물렀던 대원들은 어디론가 몸을 피한 듯 비트 안은 비어 있었다. 그때, 바위 틈바구니 깊숙이 어둠 속에 앉아 있는 시신 두어 구가 보였다. 앞주머니에 부러진 놋쇠 숟가락을 꽂은 채. 몽당숟가락은 빨치산의 증표였다. 한기를 견디지 못해 얼어 죽은 듯 시신은 바위에 기댄 채 돌처럼 차갑게 굳어 있었다. 경황이 없어 시신을 수습도 못 한 채 버려두고 달아나면서도, 시신들의 입에는 쌀알이 물려 있었다. 얼마나 단단하게 얼어

붙었는지 그것은 돌덩이처럼 입속에서 굳어 있었다. 마지막 가는 사자가 저승에 이를 때까지 먹으라고 입에 물려주는 저 승밥이었다. 얼마나 시간이 지났을까. 잠이 들면 저처럼 바위 에 기대어 얼어붙을 목숨들이지만 허기는 용서가 없었다. 와 들와들 이를 마주치는 한기와 싸우면서도 허기는 끊임없이 그들을 유혹했다. 그리고 누군가 그 시신의 입속에 담긴 쌀알 을 긁어내기 시작했다. 그 차갑게 얼어붙은 쌀알들을 입에 넣 고 씹는 대원들의 눈에서는 피눈물이 흘렀다.

"저 밑에 빨치산 격퇴지라고 말뚝 세워놓은 거 봤슈? 여그 가 말하자믄 나팔부대 본거지였다 이거여. 저 아래 곰바위 밑 이가 마즈막 남은 빨치산 비트가 있던 디구, 비트 몰러? 비밀 아지트. 여그 우쪽 조릿대밭이 이현상 대장이 사살된 지점여."

달력 종이를 찢어다가 볼펜으로 지도까지 그려가며 빨치산 주둔지를 설명하는 명규의 모습이 징그러워 심 씨는 차마 마 주 볼 수가 없었다.

어지간히 배를 채운 젊은이들이 걸망에서 술을 꺼내놓았 다. 잔을 채워 건네주는 걸 심 씨는 사양했다. 그들은 돌아가 며 술잔을 비웠다. 깡통에 퍼 담아온 숯불을 가운데 두고 벌 겋게 술이 오른 젊은이들은 돌아가며 노래를 부르기 시작했 다. 다시 그에게 술잔이 돌아왔다. 이번에는 마다하지 않았 다. 입안으로 들어간 술이 싸하니 목구멍을 적신다. 어깨에 잔뜩 힘을 준 구레나룻이 군가 비스름한 노래를 부르고 나서는 불쑥 심 씨에게 노래를 청한다.

"빨치산 노래 한 곡 해주시면 안 되요?"

기다렸다는 듯이 박수가 터져 나온다. 처음 겪는 일도 아니었다. 전에 명규를 앞세우고 심 씨를 찾아오던 이들도 하나같이 술자리가 벌어지면 노래를 청했다. 마지못해 부르면 그들은 숙연한 자세로 경청했다. '눈보라는 밀림에 우나 마음속엔 피 끓는다'와 같은 노래에 그들은 환호했다. 개중에는 눈물을 흘리는 사람들도 없지 않았다. 그런 광경을 마주할 때마다 심 씨는 당혹스러웠다. 세상이 뒤집혀 해방 천지가 도래라도 했단 말인가. 설령 그런 날이 왔을지라도 그들이 과연 눈보라 치는 산자락에서 피를 흘리며 쓰러진 사람들의 심경을 이해할 수 있을까. 그것이 호의든 악의든 그 참혹한 시절의 노래에 감격하는 이 사람들은 누구인가.

옥중에서 소지들의 혹독한 매질과 교도관의 끈질긴 유혹에도 흔들리지 않던 그가 전향서를 써낸 것은 이곳을 찾아오기 위해서였다. 그가 전향하겠다고 했을 때, 옥중의 장기수 동지들은 '혁명의 사상을 더럽히지 말라'고 소리쳤다. 사상은 이미 아득하기만 했다. 그가 옥에서 풀려나고 몇 해 되지 않아 옥중의 미전향 장기수들은 북으로 돌아갔다. 그러나 그는 후회하지 않았다. 현지를 사수하라던 당은 전쟁이 끝나기 무섭게 남쪽의 빨치산 세력을 쓸어냈다. 그렇다고 이 썩어빠진 대한민국을 동경한 건 더욱이 아니었다. 북에서도 버림받은 사상이 남에서야 오죽하랴. 그의 눈에는 오로지 얼어 죽은 시신의 입에 물려 있던 생쌀의 참혹한 기억만이 남아 있었다.

그는 이미 죽은 셈이었다. 일찌감치 그 자리에서 죽었을 목숨을 연명하는 것이 구차할 뿐이었다. 그는 이 추악한 삶을 단절하기 위해 옥에서 걸어 나왔다. 그리고 아직도 그의 배속을 그들먹하니 채우고 있던 언 쌀의 기억들을 만나러 산으로 돌아왔다.

"참고 견디는 고향 마을, 만나러 가자 출진이다."

거푸 마신 술기운을 빌려 부른 노래는 여전히 어색하다. 앙코르를 연호하며 박수를 치는 젊은이들 틈에서 다시 명규가 끼어든다.

"빨치산들헌티는 세 가지 금기가 있어. 연기, 능선, 소리여. 밥 지을 때두 연기가 안 나게 바짝 마른 싸리나무럴 쓰구, 이동헐 때두 능선 위루는 다니덜 않은 벱여. 아까 본께 죄다 산등성이 위루다 뻘뻘거리구 뛰다니든디 그러다간 당장 총알밥 드시는 중이니 알아둬."

요란스러운 명규의 허풍이 금과옥조라도 되는 양 모두 귀를 세우고 듣기 바쁘다.

"아무리 서바이불이래두 군복 입구 총을 쥔 입장에서는 실전츠럼 혀야 허는 거 아니것어? 좌우당간 오늘 서바이불은 지대루 혔구만. 진짜배기 빨치산 선생을 만났으니 말이여."

"맞아요, 내년 봄에 서바이벌 동호회 배틀이 있거든요. 작년에는 준우승을 했는데 올해는 꼭 우승을 먹어야 되걸랑요."

"배틀이구 비틀이구 간에 총싸움은 빨치산이 젤이여. 빨치산은 세 번 죽는단 말 들어봤어?"

알 턱이 없는 군복 차림들은 고개를 받쳐 들고 명규의 말을 기다린다.

"맞아 죽고, 굶어 죽고, 얼어 죽는 게 빨치산이여. 그런 정신으루만 허믄 우승은 따논 당상 아니것어."

더는 듣고 있기 거북해 심 씨는 자리에서 슬그머니 일어섰다. 밖으로 나오자 쩽한 한기가 온몸으로 달려들었다. 눈발이 가신 밤하늘에 박혀 있는 별들이 바르르 떨리는 소리가 귀에 와 닿는 듯하다. 오랜만에 마신 술로 불콰해진 몸에 찬 바람을 한바탕 끼얹고 나자 정신이 버쩍 들었다. 방 안에서 목청을 높여 떼 지어 부르는 노랫소리가 터져 나왔다. 사나이로 태어나서 할 일도 많다만……. 이가 맞지 않아 반쯤 열린 문틈으로 얼굴이 벌겋게 달아오른 명규가 젊은이들과 어울려 주먹을 흔들어대며 노래를 부르는 모습이 내보였다.

옥에서 풀려나 이 산자락에 숨어들어 산 뒤로 그는 틈이 날 때마다 산을 뒤져 흩어진 유해들을 수습했다. 삭아버린 뼛조각이며, 누군가의 몸을 꿰뚫었을 총알이며, 바위틈에 적혀 있던 편지까지 정성껏 모아 산등성이를 파고 묻어주었다. 이미 삭아버려 형체도 알 수 없이 흩어진 뼛조각이지만 그 가운데 저승밥을 빼앗긴 이의 것도 들어 있기를 바랄 뿐이었다.

불무장등이라고 불리는 산등성이에는 버려진 무덤들이 부스럼처럼 널려 있었다. 묘비도 없이, 연고도 없는 무덤들은 이 능선에서 죽어간 빨치산들이 묻힌 곳이라고 전해왔다.

이곳으로 돌아와 심 씨는 혼자서 그 무덤들을 보살폈다. 바람에 뭉개진 봉분에 흙밥도 얹고, 한식이나 중추절이면 이밥을 지어 그 앞에 바쳤다. 향을 피우고 제를 지내며 절을 올렸다. 언제인가. 무덤을 찾은 이들과 마주친 적이 있다. 그들은 어디에서 들었는지 그의 정체에 대해 알고 있는 눈치였다. 돗자리를 깔고 절을 올리면서도 그들은 그에게 눈길 한번 주지 않았다. 제를 지내는 동안 그는 먼발치에서 지켜보았다. 음복 술을 돌리던 어느 노파가 그를 향해 '배신자'라고 내뱉었다. 그는 변명하지 않았다. 앞서 그가 차려놓았던 술잔과 향초들은 풀숲에 팽개쳐져 있었다.

아침밥을 라면으로 때운 젊은이들이 짐을 싸 들고 집을 나섰다. 마지막으로 기념사진을 찍자는 말에 심 씨는 감기를 핑계로 사양했다. 방 안에 웅크리고 앉은 그에게 군복 차림의 젊은이들이 일렬로 늘어선 채 거수경례를 붙였다.

"우승하면 꼭 찾아올게요, 충성!"

심 씨는 웃는 것도 아니고, 우는 것도 아닌 얼굴로 그들을 엉거주춤 바라만 볼 뿐이었다.

얼마 지나지 않아 젊은이들을 배웅하러 나간 명규가 무언가 승강이를 벌이는 소리가 들려왔다.

"아, 동네 야비군 중대장헌티 안보교육을 들어두 일당 십만 원은 쥐여져야 허는디, 진짜배기 빨치산을 만나구 오만 원이 뭐여. 하룻밤 숙박비두 안 되는 걸."

심 씨는 참담한 마음에 차마 밖을 내다볼 수가 없었다.

(열사식당 烈士食堂)

요즘 들어 잠이 없어진 재용은 창밖이 여전히 어둑신한 신새벽부터 일어나 앉아 신문 쪼가리를 뒤적거리다 마누라에게 기어코 싫은 소리를 한 자배기 얻어들었다.

　"이게 다 밥 먹여주는 정본 줄이나 알어."

　머리에 띠 두르고 하늘에 주먹질하는 사진만 걸터듬던 재용은 포달을 떨며 전등 스위치를 내리누르는 마누라의 성화에 못 이겨 자리에 다시 몸을 뉘어야 했다. 잠깐 눈을 붙였을까 말까 할 때였다. 소 투레질하듯 담 너머에서 자동차가 부르릉거리는 소리에 재용은 퍼뜩 잠이 깨고 말았다. 힘없고 부지런하기만 한 것들이 무논에서 찌그럭거리는 악마구리들처럼 목청만 드높다고, 보나 마나 날일 하는 이들의 것이 분명한 고함 소리가 남의 담을 무시로 넘나들었다.

"모도시, 이빠이 돌려!"

어느 시원찮은 인간이 식전부터 남의 집 대문 앞에서, 필시 돈 안 들이고 배웠을 남의 나랏말을 저리도 오달지게 외쳐댄단 말인가. 재용은 무릎걸음으로 기어가 창문을 눈 하나 내다볼 만큼 열고는 바깥을 살폈다. 어느 결에 희뿌여니 밝아진 밖에선 일 톤 트럭에 비스듬히 얹힌 간판을 둘러싸고 인부 두엇이 집 주변을 똥 마려운 강아지처럼 맴돌고 있었다. 차에 비해 턱없이 큰 간판 머리가 가파른 길을 꺾어 오르며 담장 모퉁이에 아슬아슬하니 걸릴 판이었다. 지난여름에도 장의차가 고집을 부리며 기어오르다가 흙길에 미끄러지는 바람에 맥없이 반이나 무너졌던 담장이었다. 재용은 여차하면 달려나갈 심산으로 바지를 꿴 채 닭 노리는 매 눈을 하고 바깥 동정을 지켜보았다. 이리저리 움직거리던 트럭은 인부 하나가 죽겠다고 꽁무니를 밀어댄 끝에 시커먼 연기를 한 무더기 뱉어내고는 간신히 길 위로 올라섰다.

시원찮은 구경에 모처럼 들었던 잠만 설쳤다고 하품을 푸지게 해대던 재용의 눈에 간판 밑동에 적힌 '순대국 해장국'이라는 글자가 들어왔다. 창문을 와락 열어젖히고 내다보던 재용은 트럭에 얹혀 흔들거리는 간판에 큼지막이 들어박힌 '식당'이라는 두 글자에 번쩍 정신이 들었다.

"기어코 일을 내는구먼."

재용은 며칠 전에 라이온스 클럽 회원들과 골프 치러 나갔다가 병선이 식당이나 하면 어떻겠느냐고 주절거리던 말이 생각났다. 공원묘지 앞에 기차간처럼 길게 이어진 자투리땅을 사들일 때만 해도 헛돈 쓴다고 혀를 찼던 그였다.

"편의점이나 차리면 용돈이래두 벌겠지."

성묘 오는 이들에게 담배나 껌 쪼가리를 팔면 놀려두는 것보다는 낫지 않겠냐고 건성으로 대꾸를 해주었을 뿐이다. 병선의 말을 귓등으로 흘려들은 데에는 식당이라는 것이 아무나 하는 게 아니라는 걸 제 몸으로 수십 년 익혀왔기 때문이다. 돈이 상전 노릇하는 세태가 되어 문둥이들도 골프채를 휘두르는 세상이 되었다지만, 아무래도 남의 입에 들어갈 음식을 그 오그라진 몽당손으로 주물러 내놓을 수는 없는 일이었다.

"길가 것들은 죄 가든으루 나서는 판이래지만, 원."

춘천 가는 국도가 시원하니 뚫린 뒤로 도로변에 늘어선 집들마다 가든이니 토종닭이니 써 붙이고 제 집안 것들도 먹지 않을 음식을 팔러 나섰다가 이태가 되지 못해 문을 닫아건 게 하나둘이 아니었다. 그나마 재용이 자리를 잡고 버틸 수 있었던 것은 뒷산에 들어선 공원묘지 덕이었다. 죽은 이들이 산 사람을 먹여 살린 격이었다.

백봉산 자락에 공원묘지가 들어선다고 했을 때 재용은 꼼짝없이 남의 묘지기 노릇이나 하며 살 줄 알았다. 비록 남의 산이기는 해도 선대부터 백봉산 기슭에 밭을 부쳐 먹어온 것이 열 마지기를 넘었다. 거기서 철철이 길러낸 푸성귀들을 읍내 장에다 내어 연명해온 터에 그 밭을 고스란히 뺏기고 나면 당장 살아갈 방도가 막막해질 터수였다.

'사식당'.

기우뚱하는 바람에 차에 얹혔던 간판이 실그러지며 뵈지 않던 글자 하나가 비스듬히 드러났다.

굼벵이도 구르는 재주는 있다고 어디서 기사식당이란 걸 주워듣기는 들은 모양이었다. 경춘국도 변에는 오가는 행락객들의 차도 많은 데다가 주변에 크고 작은 공장들이 들어차서 화물 트럭 운전사들이 적지 않았다.

"후미진 곳에 잘두 찾아가겠다."

들어서자마자 숟가락부터 집어 드는 운전기사들이 국도에서 한참 에둘러 들어가는 산비탈을 더듬어 찾아갈 리가 없다. 서너 달 만에 만세 부르고 나자빠질 게 뻔한 일이었다.

하기야 뜻밖의 횡재라는 게 없는 건 아니었다. 묘지를 만든다고 들이닥친 굴삭기가 부쳐먹던 밭을 짓뭉갤 때만 해도 재용은 눈앞이 캄캄했다. 온 가족이 꼼짝없이 앉아서 모개로 굶어 죽는 줄만 알았다. 그런데 여름내 산을 깎고 묘가 들어설 자리를 다지던 인부들이 마실 물을 찾아 재용의 집을 드나들더니, 급기야 남의 밥상머리를 기웃거리며 한 상 얻어먹자고

들이대었다. 여름 찬이라고 해봐야 열무에 고추장 섞어 비벼대는 것이 전부였으나 읍내에서 오는 퉁퉁 불은 배달 짜장면에 물린 인부들은 아예 밥을 대놓고 먹자고 사정했다. 그렇게 열무김치로 시작한 밥집이 간조 때마다 질깃하니 씹을 것을 찾는 바람에 술안주까지 팔게 되었다. 술이라고 해도 짠지 하나로 먹어온 주변인지라 안주라고 해봐야 차려낼 것이 딱히 없었다. 마당에 일없이 어정거리던 닭이 눈에 띄어 얼큰하게 고춧가루 풀어 푹 고아서 내주었다. 알을 빼어 먹느라고 몇 해를 길러낸 것들이라 질깃하기가 자동차 바퀴 같으련만 인부들은 모처럼 씹을 것이 있어서 그런지 환장을 하고 달려들었다. 십장부터 잡부까지 손에 돈만 쥐면 쫓아와 닭을 내놓으라는 바람에 아예 마당에 솥을 걸고 장작불로 고아대기 시작한 것이 닭곰탕집으로 나서게 된 연유였다.

인부들이 떠난 뒤에도 산역꾼이나 상을 치르는 이들이 떼를 지어 몰려와 팔자에 없는 식당집 주인이 되고 말았다. 게다가 일이 되려면 뒤로 자빠져도 꽃밭에만 골라 쓰러진다지 않던가. 하루가 멀다 하고 제 몸에 불을 사르고 높은 데서 뛰어내린 민주열사들이 이곳 공원묘지에 묻히기 시작하면서 간판도 없이 하던 그의 식당은 문상객들로 문전성시를 이루게 되었다. 청계천에서 분신한 전태일 열사가 이곳에 묻힌 것을 시작으로 박영진 열사가 경찰과 한바탕 승강이를 벌인 끝에 뒤미처 이곳에 모셔지면서 공원묘지는 명실상부한 민주 열사 묘역이 되었다.

열사들의 장례에는 적게는 수십 명, 많게는 수백 명의 조문 행렬이 뒤따랐다. 지금도 그렇지만 휑뎅그렁한 산비탈에 들어앉은 공원묘지 부근에는 번듯한 식당 하나 없던 터였다. 식단이란 것을 고르고 말 것도 없었다. 수백 명이 눈비를 피하고 한 끼라도 때우게 해달라고 제 발로 찾아와 사정을 했다. 손님은 많고 일손은 적으니 만만한 게 국물을 그득히 붓고 끓여내는 음식이었다. 닭을 가마솥에 넣고 얼큰한 양념을 풀어 푹 고아내는 닭곰탕이 가장 손쉬웠다. 상을 입어 가슴이 먹먹한 사람들에게는 코끝이 시큰하고 속이 얼얼하도록 매운맛이 안성맞춤이었다. 대접에 그득하게 퍼다 주면 사람들은 언제 눈물을 글썽였냐 싶게 연신 얼굴의 땀을 닦아가며 훌훌 국물 들이켜기 바빴다.

열사들은 죽은 뒤에도 해마다 추모제를 올리는지라 재용으로선 단골 중에서도 그렇게 고마운 단골이 아닐 수 없었다. 열사들의 은혜에 조금이나마 부응하기 위해 재용은 '민주식당'이라는 간판을 내걸고 본격적으로 장사에 나섰다.

여남은 사람이 올라앉으면 빼곡하던 마루를 털어내고 널찍이 조립식 건물을 지었는데 그걸로도 모자라 이태도 되지 않아 3층짜리 양옥을 번듯하게 지어 올리게 되었다.

지금은 옆의 고추밭까지 사들여 주차장으로 쓰고 주방에는 중닭 수십 마리를 고아낼 가마솥을 다섯이나 들어앉히게 되었다.

　"예전 같으면 대낮에 낯짝두 못 내밀고 다닐 것이."

　간판을 실은 트럭이 찌그덕거리며 비탈길을 기어 올라가 뵈지 않게 될 때까지 창가에 붙어 있던 재용이 혼잣말로 두덜거렸다. 멀리 달아난 잠을 다시 불러들이기는 글러먹었다. 입이 찢어지게 하품을 해대며 재용은 담벼락에 걸린 달력부터 훑어보았다. 붉은 글씨로 적어놓은 글자들이 듬성듬성 박혀 있다. 열사들의 추모제 일정이다. 이제는 머릿속에 웬만큼 박혀 있지만 아침마다 그걸 들여다보는 게 버릇이 되었다.

　읍내에서 뚝 떨어져 한적한 곳에 자리 잡은 터라 오다가다 들르는 뜨내기손님은 없는 것이나 다름없고, 그저 뒷산에 누워 있는 양반들이 불러 모으는 입들이 먹여 살려주는 셈이었다. 그러니 어찌 달력에 적힌 열사들의 추모제 일정을 소홀히 할 수 있겠는가.

　우두커니 앉아 있던 재용은 부엌에서 부스럭거리는 소리에 몸을 일으켰다. 주방 할멈이 출근한 모양이었다. 곁에서 잠든 마누라는 투레질까지 섞어가며 코를 골 뿐 요지부동이다. 마누라를 째려보던 재용은 부러 넘어지는 척하며 이불 밖으로 불거져 나온 마누라의 옆구리를 발꿈치로 넌지시 지르밟는다.

"어메, 아파라."

잠결에도 되게 아팠는지 펄떡 일어나 앉은 마누라가 독사 눈을 뜨고 노려본다.

"호랭이한테 물려 가는 꿈을 꿨나."

광목 잡아 째는 소리를 내지르는 마누라를 모른 척하고 재용은 허리를 굽혀 접어둔 신문만 들여다보는 시늉을 했다.

"오장이 육보가 아니라 칠보래니까."

"다이아는 아니구 칠보여?"

가뜩이나 푸짐한 입을 한 발이나 내민 마누라가 몸뻬 바지를 걸치고 밖으로 나선 뒤에야 재용은 내처 자다 만 잠을 채우려 자리에 누웠다.

아궁이에 들어찬 장작들을 시부적시부적 끌어내며 재용은 아직도 잔뜩 부어 있는 마누라의 기색을 살폈다.

"솥 녹겠네. 아침부텀 웬 불을 처땐대."

"농민열산지 뭐신지 추모제 있잖우."

도마에 올려놓은 파를 써느라 시큰거리는 눈가를 연신 손등으로 문질러대던 마누라가 볼멘소리로 돌아보지도 않은 채 중얼거린다.

"열사는 무슨."

재용은 몇 해 전에 에프티에이에 반대하는 농성장에서 머리를 다쳐 시름시름 앓다가 세상을 뜬 농민의 추레한 얼굴을 눈앞에 떠올리곤 고개를 내저었다. 촌에서 농사나 짓던 이들은 죽어서도 표가 났다. 추모제라고 해봐야 집안 지스러기 몇몇이 꺼칠한 모습으로 찾아오는 게 고작이었고, 그것도 트럭에 솥까지 챙겨 싣고 와 국 데우고 밥까지 지어 먹고 가서 재용의 식당과는 무관하게 된 지 이미 오래였다.

"내일 거나 잘 준비해."

돈도 써본 이가 쓰고, 고기도 뜯어본 이가 먹는 법이라고 하잖은가. 열사라고 다 열사가 아니었다. 남의 돈일지라도 돈무더기 만지는 일을 하던 사람들은 추모제의 씀씀이도 통이 컸다.

"얼마나 준비를 해야 헐래나?"

"해마다 하구두 그 조시를 몰라 물어?"

재용은 한마디 쏘아대고는 손가락 셋을 펴 보였다. 재용은 삼백 명 상을 볼 생각에 이맛살부터 찡그리는 마누라를 툽상스럽게 째려보며 어제저녁 닭집에 주문을 넣지 못한 것이 뒤미처 생각났다.

나이를 먹은 탓인지 요즘 들어 깜박 잊는 일이 잦았다. 하기야 예전 같으면 오래 살았다고 잔치를 벌이던 나이를 훌쩍 넘겼으니 그럴 만도 했다.

앞주머니에서 휴대전화를 꺼내 3번을 꾹 누른다. 액정 화면에 '문둥이'라는 글자가 떠오른다.

"어, 민주식당인데. 닭 백 마리만 넣어. 뭐? 많지 않냐구?"

넣으라면 넣을 것이지 주제넘게 많다 적다 잔소리를 주절거리는 병선이 기가 막혀 재용은 버럭 소리를 내질렀다.

"느라면 늘 것이지 뭔 잔소리여?"

탁 소리가 나게 휴대전화 뚜껑을 덮고 나서 재용은 울대에서 한껏 가래를 긁어 올려 마당에다 걸쭉하니 뱉어냈다.

"제깟 놈이 뉘 덕에 먹구살아온 주제에."

군사혁명이 난 뒤에 깡통을 들고 돌아다니던 나환자들을 트럭에 몰아 싣고 월곡리 골짜기에다 쏟아놓던 일을 재용은 어제 일처럼 생생히 기억하고 있었다. 철망을 두른 채 그 안에 갇혀 지내던 나환자들은 닭을 길러 달걀을 팔아 연명했다. 장사꾼들이 싼 맛에 그곳을 드나들며 달걀을 받아다가 외지에 내다 팔았다. 인근에선 손가락 끊어지고 코가 뭉개진 문둥이들이 기른 닭의 알을 사 먹는 이가 없었다. 전염이 안 되는 음성 나환자라고 했지만 사람들은 길에서 그들을 보면 침을 뱉고 돌멩이를 던졌다.

세월이 흘러 월곡리에도 나이 든 이들은 다 죽고 몇 남지 않았지만 얼마 전까지도 읍내에는 그 흔한 목욕탕이 없었다. 객기를 부리고 목욕탕을 열었던 이들마다 월곡리 문둥이가 드나든다는 소문이 돌아 얼마 못 가 문을 닫을 수밖에 없었다.

그러던 그들이 버젓이 목욕탕을 드나드는 것도 모자라 수시로 룸살롱까지 들쑤시고 다녔다. 주변에 아파트가 들어서며 닭이나 놓아먹이던 월곡리 땅금이 하늘 높은 줄 모르고 치솟는 바람에 읍내 룸살롱마다 새 아가씨가 들어왔다 하면 으레 그것들이 먼저 집적거리는 세상이 되었다. 그걸로도 모자라 끊어진 손가락으로 골프채를 쥐고 필드까지 드나드는 장면을 마주하자면 재용은 그만 실없는 웃음이 스며 나오지 않을 재간이 없었다.

"그나저나 깍두기가 걱정이네."

장독 뚜껑을 열어 깍두기를 들여다보던 마누라가 재용의 눈치를 살피며 혼잣말처럼 중얼거렸다.

깍두기라는 말에 재용은 당장 얼굴을 찌푸렸다. 며칠 전부터 큰 추모제가 있으니 깍두기를 넉넉히 담가두라고 노래를 불러댔건만 기어이 말을 안 들어 처먹은 것이다. 머리가 모자라면 남의 말이나 구순히 따르기나 하던지, 먹을 것 없는 댓잎이 빳빳하기만 하다고 솜씨는 무엇 하나 변변한 것이 없는 주제에 고집 하나만은 쇠심줄보다 질겼다.

"아줌마들 나오거든 당장 깍두기부터 담그라구."

"보람네도 오늘 못 나오는데."

"무어?"

"병원에 가야 한댔잖우."

주방에서 일하는 여자가 셋이나 되지만 그중 허리 굽지 않고 손 재게 놀리는 이는 보람네뿐이었다. 얼마 전에 남편이 교통사고가 나서 뇌 수술을 한다며 끝탕을 하던 일이 뒤미처 생각났다.

"그러게 차가 문제여. 개나 소나 다 몰고 다니니 사고가 안 나냔 말이여."

아파트 경비 노릇을 하는 이가 그것도 직장이랍시고 자동차를 끌고 다니더니 기어코 사달을 내고 만 것이었다. 저 죽고 사는 것이야 제가 알아서 할 일이지만 어째서 남의 집에 매어 있는 제 마누라까지 불려 가게 하느냔 말이다.

재용은 방아깨비처럼 키만 껑충한 사내를 알고 있었다. 그 부모가 충청도 갯가의 염전을 팔아 대학까지 공부를 시켰더니 데모나 쫓아다니며 껍죽거리다가 옥을 제집처럼 드나들며 일촌광음을 허투루 흘려보냈다는 인물이었다. 나무에 달린 감이며 대추도 찬 바람이 돌고 볕이 고루 쬐어야 익는 법이듯, 세상이라는 것에도 다 때가 있기 마련인 것을 제깟 것들이 하늘에다 대고 종주먹질을 해대고 새된 소리를 지른다고 세상이 바뀌느냔 말이다.

그리고 막말로 박정희 그 양반만큼 우국지심을 지닌 지도자가 어디 있는가. 말로만 애국하는 제깟 것들에 비할까. 월남 파병을 놓고 하룻밤에 담배 스무 갑을 피우면서 고민을 하였다지 않은가. 어느 지도자가 남의 자식들 일로 그리 밤을 패어 고심을 한단 말인가. 그런 지도자를 모신 백성이라면 국으로 제 맡은 공부나 하고, 하다못해 철 공장에 들어가 망치질이라도 성실히 하면 될 것이지 나랏일에 사과 놔라 대추 놔라 입방정을 떨다가 된서리를 맞아야 하겠는가.

옥중에서 청춘을 보내고 풀려난 뒤에 시르죽은 그 인생을 누가 챙겨주겠는가. 그저 사람 잘못 만난 팔자를 한탄하던 마누라에게 얹혀 끼니나 연명할 밖에. 평생을 반건달로 지내다가 이제 겨우 밥값 한다고 남의 아파트 문지기 노릇을 하는 주제이고 보면, 그 공부란 것은 과연 누굴 위해 한 것이며, 무엇을 배운 것인지 눈앞에 마주 앉았으면 손을 잡고 꼭 묻고 싶은 심정이었다.

이따금 식당에 들러 국밥을 말아놓고 소주병이라도 기울일라치면 나이 쉰을 넘기도록 남의 집 부엌데기 노릇을 하는 제 식구 걱정은 미뤄둔 채 통일이 어쩌느니 나라의 미래가 어쩌느니 주절거리는 꼴이 가관이 아닐 수 없었다.

"그건 사장님이 모르셔서 하는 말씀유. 거기 입장이 되믄 어떡 허든 원자탄 아니라 수소폭탄이래두 끼구 있어야 허지 않겠시유. 맘에 안 들면 창고에 쌓여 내다 버릴 폭탄을 떨이 삼아 아무 데나 쏟아붓는 국제 깡패 미국 놈들헌티 앉아서 고스란히 당허구 있것느냔 말유."

햇볕정책인지 뭔지를 한답시구 십 년 동안 비료다 쌀이다 퍼주어서 북쪽 것들이 핵무기를 들이대게 했다는 말에 입안에 든 국밥을 튀겨가며 설교를 늘어놓는 꼴은 차마 혼자 보기 안타까울 지경이었다.

그때 아가리가 닭 똥구멍 오므라들듯이 한마디 야무지게 쏘아붙이지 못한 것이 억울해 재용은 파리채로 아무것도 없는 가마솥 뚜껑만 되게 후려갈겼다.

"남의 집 일하는 이가 공사를 구별헐 줄 알아야지, 툭하면 제 집안일루 빼먹을 바엔 집에 들어앉아 쉬라구 해."

만만한 게 무어라고 소리를 지를 때마다 거미처럼 옹송그리기 바쁜 보람 엄마 탓만 퍼붓고 만다.

"그이가 쉬구 싶어 쉬겠수?"

"이참에 싹 물갈이를 해야지, 원."

"금반지 낚시터를 닮았나 물갈이는 무슨?"

식당 뒤 저수지에 잉어를 풀고 유료 낚시터를 연 오 사장은 겨우내 놀다가 잉어 꼬리에 금반지를 매달아놓고 '물갈이 금반지 30냥 투하'라는 현수막을 내걸었다. 그 뒤로 잉어를 건지려는 건지 금반지를 건지려는 건지 모를 낚시꾼들이 밤낮으로 몰려들어 성황을 이루는 중이었다.

물갈이라는 말에 재용은 문득 단골로 드나들던 읍내 팔도 과부촌 주점에 새로 왔다는 아가씨들 생각이 퍼뜩 머리를 스쳤다. 내일 추모제를 마치고 나면 병선이 손대기 전에 서둘러 달려가리라. 재용은 마누라 모르게 넌지시 아랫도리에 불끈 힘을 주었다.

"개나 사람이나 오래 묵으면 구렁이가 되는 법이여. 적당할 적에 물갈이를 해주어야 새 맛도 나고……."

자기도 모르게 입에 고이는 침을 삼키며 빈 입을 다시는 재용을 별나게 여긴 마누라가 여치 노리는 사마귀처럼 두 눈을 홉뜨고 노려보는 걸 피해 재용은 마침 가마솥 가장이에 평화롭게 앉아 있던 파리를 내리쳤다.

"찬 바람 돈 지가 언젠데 아직두 파리가 지랄이여."

가마솥 가장이에 얌전히 들러붙어 있던 파리는 오달지게 후려갈긴 파리채에 비명도 내지 못한 채 횡액을 당하고 말았다. 재용이 으깨진 파리를 툭툭 털어 설설 끓는 가마솥에 털어 넣는 걸 보던 마누라가 오만상을 찡그리며 바락 소리를 질러댔다.

"그것두 다 괴기여. 푹 삶아놓으면 피가 되고 살이 되는 ……."

마누라는 그 말에는 들은 척도 않고 다듬던 파를 내려놓고 두 손을 모아 파리처럼 빌기 바쁘다. 요즘 들어 뭐 그동안 가마솥에 삶아진 축생들의 영가를 위해 천도제를 올린답시고 백천사를 드나들더니 이제는 파리 천도까지 챙길 모양이었다.

그럴 정성에 살아 있는 제 남편 몸이나 챙길 생각이나 하지.

나무관세음보살. 마누라의 염불 소리에 재용은 공연히 마음이 찝찝해졌다. 설설 끓는 가마솥에 던져져 흔적도 없이 사라진 파리를 들여다보고 있자니, 제 몸에 불을 사르고 옥상에서 뛰어내리던 열사들에 생각이 미친다.

파리건 사람이건 생명은 다 귀한 것이었다. 촌에서 평생 땅 파먹고 사는 농사꾼이건 대학에서 학생을 가르치는 하이칼라 교수건 사람은 누구나 제 목숨이 중한 법이었다. 그 목숨을 제 가족도 아니고 나라를 위해 스스로 내어놓는 일이 어디 쉬운 일이겠는가. 대한민국이 이 정도로 먹고살 만해진 게 거저 된 일이 아니었다. 목숨을 내놓고 싸운 열사들 덕이 아니겠는가. 우선 닭곰탕을 끓여 먹고사는 제 자신만 봐도 그랬다.

그에 비하면 요즘 사람들은 영악하기 짝이 없다. 요즘 것들은 운동의 '운' 자도 모르는 것들이 깝작거리며 악만 쓰다가 제 풀에 지쳐 주저앉는 게 고작이었다. 그저 운동이라면 예전처럼 물불 안 가리고, 끓어대는 가마솥에 뛰어드는 파리처럼 온몸을 던져 넣어야 열사라는 소리도 듣는 것이었다.

재용은 새삼 구십 년대가 그리웠다. 눈만 뜨면 분신이고, 추모제였다. 오죽하면 죽음의 굿판을 걷어치우라는 말까지 나왔겠는가.

사람들이 약게 된 만큼 열사 나오기가 가뭄에 콩 나오기가 되었다. 세상이 그만큼 영악해진 것인지 살 만한 세상이 되었는지 모를 일이다. 연일 죽겠다고 싸우는 뉴스가 넘쳐 나는 걸 보자면 이쯤에서 제 몸에 불을 사르고 옥상에서 뛰어내릴 이들이 두엇은 나올 만한데 도통 감감무소식이다.

생각에 잠겨 파리채를 늘어뜨린 채 맥 놓고 서 있는데 마누라가 질투가리 메어박는 소리로 한마디 쏘아붙인다.

"저이는 남 못 자게 새벽부터 깨워놓구는 인제 졸린가 보네. 서서 졸게."

깜짝 놀라 털썩 주저앉을 뻔한 재용이 눈을 부라리며 마누라를 노려보았다.

"쓸데없는 소리 작작 허구 불이나 잘 봐."

"불은 걱정 말구, 전화나 걸어보우."

내일 추모제를 준비하는 열사 사무국에 전화를 걸어보라는 말이겠지만 재용은 부러 입을 비죽이며 배를 내민다.

"걱정도 팔자여. 매년 허는 추모젠데 어련히 알아서 기별이 올까."

"올 때가 지났으니까 그러지."

재용은 아침부터 잔소리를 끓어 붓는 마누라에게 가자미눈을 떠 보이면서도 여태껏 기별이 없는 게 은근히 신경이 쓰였다. 해마다 치른 추모제이니 전화로 준비를 해도 될 일이지만 꼼꼼하기가 바늘 끝 같은 사무국장은 전날 오전 중에 꼭 식당에 들러서 행사 인원이며 먹을거리들을 미리 챙겼다.

"한두 번 해보는 것도 아니니, 허긴."

바쁜 일이 있어 늦는가 보다고 재용은 그냥 기다려보기로 했다.

올해는 십 주기가 되는 해라 아무래도 예년보다 오는 이들이 많을 터였다. 혹 음식이 모자랄지도 모른다는 생각이 들었다. 닭을 넉넉하니 오십 마리쯤 더 넣으라고 할 걸 그랬나 싶다. 이리저리 머리를 굴려보았지만 그러다가 남으면 처치 곤란하여 낭패를 볼까 두려웠다. 산 닭이라면 마당에 풀어놓기라도 한다지만 털 뽑아 목 끊은 닭을 날도 아직 더운데 어디에다 쟁여 둔단 말인가. 모자라면 매운 양념 붓고 살이 푹 퍼지도록 고아내면 될 것이었다. 모자란다 싶어야 음식은 맛이 나는 법이었다.

삼백 명이면 두 당 육천 원을 잡아도 백팔십만 원이다. 술값이며 따로 나가는 안줏거리까지 팔고나면 족히 석 장은 온전히 떨어지는 장사였다. 한동안 손님이 없어 허전하던 차에 반갑기 그지없는 일이다. 재용은 열사들의 추모 기일이 붉은 글씨로 듬성듬성 동그라미가 쳐 있는 벽걸이 달력을 향해 두 손을 모으고 머리를 조아린다. 죽은 이 하나가 산 사람 열을 살리는 셈이니 감개무량할 뿐이다. 파리채를 잡은 손에 절로 힘이 들어간다.

"마냥 기다리지 말구 전화를 넣어보래니까."

펄펄 끓는 솥에 뜨물을 붓느라 오만상을 찡그린 마누라가 구시렁거린다.

"재수 없게시리."

재용은 파리채로 다시 한번 가마솥 뚜껑을 착살맞게 후려 갈기며 일갈한다.

"만사 튼튼이우. 돌다리두 두들기구 건너라잖우."

여편네가 늙으면 잔소리만 느는가 보다. 그저 개나 여편네 나 늙으면 새로 갈아야 한다는 말이 그르지 않다.

감기 기운 탓인지 입이 깔깔한 게 밥이 모래알 같다. 점심 이라고 느지막이 내온 상에 얹힌 밥을 몇 술 뜨다가 찬물을 풍덩 말아 오이지 한쪽을 손에 들고 억지로 입에 퍼 넣는다. 그저 이런 날이면 울타리에 매달린 노각 두엇을 따다가 껍질 벗겨 숭숭 썰어 고추장에 무쳐서는 보리밥에 석석 비벼 먹어 야 제맛이다. 요식업을 한다는 집안의 여편네가 음식 솜씨라 고는 씨알머리도 없어서 그저 닭이나 솥에 넣고 곰처럼 삶아 대는 재주뿐이다. 그 손에 맛난 상을 받아보기는 이번 세상에 선 영 글러 먹은 일이었다.

아침부터 이 잡듯 뒤지던 신문을 재탕하여 들여다보지만, 어디에도 제 몸에 불을 살랐다는 기사는 보이지 않는다. 하루도 거르지 않고 곳곳에서 벌어지는 집회며 농성 기사에도 건성으로 하늘에 주먹이나 내지르다가 맥없이 경찰차에 실려 가는 게 고작이었다.

재용은 식당에 얹혀 있는 텔레비전을 켜본다. 이리저리 더듬어 뉴스를 찾던 그의 눈에 '크레인 농성 309일 중대기로'라는 자막이 들어온다. 벌써 두 사람이나 목을 맨 크레인에 올라간 여자는 단신으로 해를 넘길 판이었다. 연일 사람들이 버스를 세내어 새카맣게 모여들고 아무래도 일을 내고 말 기세다. 재용은 입술에 침을 바른 채 텔레비전에 눈을 모으고 긴급 속보를 기다린다.

"요즘은 여자들이 여러 모로 낫대니까."

씹지도 않고 훌훌 넘긴 밥알이 얹혔는지 속이 편치 않아 재용은 급히 화장실로 달려간다. 한바탕 쏟아내고 와보니 텔레비전에서는 난데없는 환호성이 가득하다. '농성 타결'이라는 자막과 함께 크레인에서 내려오는 여자의 모습이 클로즈업된다.

"저런 병신."

재용은 마뜩잖은 눈으로 텔레비전의 스위치를 비틀어 끄고는 자리에서 벌떡 몸을 일으킨다.

"제 발로 기어 내려올 바에는 무엇하러 거기에 올라갔대. 아무리 수염 없고 앉아서 소피보는 여자라지만 오기는 없지 않고, 염치도 있어야 할 것 아녀. 어떻게 열사 둘이 매달린 크

306

레인에서 제 발로 맥없이 기어 내려오구 자빠졌대."

새벽부터 고함치는 놈들을 만나더니 오늘 일진이 찌뿌듯하다. 잠이 모자란 탓에 자꾸 하품만 나오고 짜증만 난다. 무어라도 한바탕 내갈기려는지 한낮이 되어도 하늘은 해를 숨긴 채 흐릿하다.

재용은 자꾸 벽에 걸린 시계로 눈이 돌아간다. 무슨 일이 있으면 전화라도 넣을 사람인데 해가 기웃이 넘어서는데도 감감무소식이다. 돌다리도 두들기고 건너라던 마누라의 잔소리가 귓전을 맴돈다. 혹 사람이 턱없이 늘어서 비상회의를 열어 고민들을 하고 있는 건 아닌가. 재용은 김칫국부터 꿀꺽 마셔본다. 그럴 양이면 늦기 전에 닭부터 더 잡으라고 시켜야 하니 마냥 기다리고 있을 일도 아니었다. 얼마 전 읍내에 들어온 마트에 생닭을 납품하게 되었다고 전에 없이 배부른 소리를 섞는 병선에게 아쉬운 소리를 해야 할 지도 모르는 일이었다.

재용은 품에서 수첩을 꺼내 사무국장 연락처를 뒤적거린다. 한참 신호가 간 뒤에야 귀에 익은 목소리가 들려온다.

"어째 안즉 들르시질 않는데여?"

입안에 사탕이라도 넣고 빠는지 무어라 우물거리는 소리가 잘 들리지를 않는다.

"다녀 갔다구여? 언제여?"

전에 없이 말을 더듬거리며 무어라 중얼거리는데 가만히 추려서 듣자니, 사무국장이 아침 일찍이 내려와 묘소를 둘러보고 갔다는 말이다.

"바쁘신가 보네. 근데 올해는 인원이 얼마나 되실까? 십 주년인데."

그런데 한참을 지칫거리던 사무국장이 우물거리며 전하는 말을 듣던 재용의 얼굴이 벌겋게 달아오른다. 올해는 십 주기라서 인원이 백 명쯤 늘은 데다 날도 궂다는 일기예보까지 있어 한 발이라도 가까운 식당을 이용하기로 했다는 말이다.

"아니, 열사님 계신 데서 가까운 식당이면 민주식당 말구 어디가 있어여?"

이어서 내어놓은 사무국장의 말을 듣던 재용은 들고 있던 전화기를 마당으로 내던질 뻔했다. 사무국장의 말에 따르자면 며칠 전에 강병선이라는 이가 전화를 걸어와, 제가 공원묘지 앞에 식당을 신장개업했는데 음식도 깔끔하고 무엇보다 홀도 넓고 산뜻하다며 한번 찾아달라더라는 것이다. 이틀이나 거푸 전화를 넣어 종용하여 묘소를 둘러보는 길에 들렀는데 새로 낸 식당이라 깨끗하기도 하고 무엇보다 공원묘지 코앞에 붙어 있어 가파른 언덕길을 오르내리는 고생도 덜 것 같았다는 것이다.

"간판도 올 아침에 막 걸어 올린 집이 뭔 음식을 차린다구.

뭐여? 민주식당 닭두 거기서 다 대는 것이며 닭곰탕은 제집
이 원조라구여?"

전화를 끊고 나서 재용은 얼마 전부터 열사들 기일이며 추
모제 일정을 알려달라고 병선이 보채던 일이 생각났다. 기일
에 맞춰 미리 닭을 준비하련다는 말에 소상히 일러준 것이
화근이었다. 고양이 아가리에 생선을 물린 셈이었다.

"닭곰탕은 제가 원조라구?"

재용은 당장 뛰어 올라가 병선의 너덜거리는 입을 찢어놓
을 참이었다.

가파른 언덕길을 걸어 오르느라 숨이 턱에 차서 잠시 멈추
어 숨을 고르는데 말갛게 양복을 차려입은 이가 내려온다. 이
번 선거에 나선다는 만년 야당 후보 최석출이다. 이쪽을 보고
는 지칫거리다가 이내 반색을 하고 달려와 손을 마주잡는다.

"지역과 국가를 위해 분골쇄신하겠습니다."

요란스레 벌그죽죽한 칠을 한 바탕에 유치원 애들 모양 손
가락을 둘로 펼쳐 보이며 웃는 얼굴이 박힌 명함 한 장을 내
민다. 선거가 얼마 남지 않았으니 가랑이가 찢어지도록 돌아
다녀야 할 것이다. 수고하라며 건성 인사를 건네고 돌아서는
데 문득 뒷모습이 개운찮다. 길목에 있는 제집은 거른 채 산
비탈의 후미진 집부터 찾아 올라간 셈속이 약빠르다.

하기야 표수로 말하자면 외딴집에 사는 재용의 식솔보다
는 병선이 방귀를 뀌어대는 월곡리 표가 그득할 것은 손가
락 꼽지도 않고 금방 알 수 있는 일이었다. 공장이 들어서면
서 드나드는 인총이 웬만한 촌 동네 서넛을 합친 거보다 많
아진 뒤로, 국회의원은 말할 것도 없고, 농협 조합장이며, 지
나가는 개도 띠 두르고 나선다는 시의원들까지 월곡리 발전
위원장을 맡은 강병선을 찾아 나서느라 바빴다. 문둥이도 한
표는 한 표였다. 월곡리 공단에서 드나드는 뭉텅이 돈을 놓
고 새마을금고와 단위농협이 한판 대거리싸움을 벌이기까
지 했다. 그저 문둥이든 뭐든 돈이 표가 되고 감투가 되는
세상이었다. 하지만 아무리 자지 달린 놈이 치마 입고 시집
을 가는 세상이라지만 닭이나 기르던 문둥이가 민주니 열사
니 걸터듬고 나서는 건 가만히 보고만 있을 수는 없는 일이
었다.

몇 남지 않은 병선의 손가락을 마저 부러뜨릴 기세로 가파
른 비알을 가쁜 숨을 참아가며 올라서자 신장개업이라고 써
붙인 화분들 뒤로 아침에 올린 게 틀림없을 간판이 벌건 칠
을 한 채 매달려 있다. 간판에 박힌 식당 이름을 올려다보던
재홍은 간신히 억누르고 있던 가슴속에서 뜨거운 것이 치밀
어 올라 제 몸에 불이라도 지른 듯 후끈 달아올랐다.

신장개업 축하 화분들이 신혼 색시처럼 줄지어 서 있는 식당

옆구리에는 비행기에서 내려다봐도 환히 내려다보일 만큼 큼
지막한 글씨로 병선의 식당 이름이 선명하게 박혀 있었다.

'열사식당'.

리얼리스트로서의 글쓰기, 그리고 농촌에서 살아가는 작가의 몫

이시백×정아은(소설가)

이시백(이하 백)_ 제가 인상이 좀 무섭게 생겼죠?

정아은(이하 정)_ 아니에요. 사진으로 보던 것보다 훨씬 더 멋있으신 것 같아요.

백_ 아, 그래요? 남들이 저를 좀 무서워하는데 사실 부드럽고 아주 소심한 사람입니다. 편하게 하세요.

정_ (웃음)

백_ 젊은 시절에는 결혼식장이라는 곳에 잘 안 갔어요. 제가 가면 막 웃던 사람들이 갑자기 심각해지더라고요. 장례식 전문이에요. (웃음)

정_ (웃음) 《응달 너구리》 참 재밌게 읽었어요. 내가 도시적인 것 외에는 정말 몰랐구나, 이런 느낌을 받았어요.

백_ 저도 《잠실동 사람들》을 인상 깊게 읽었습니다. 여러모로 맞닿는 점들이 있어 무척 반가웠습니다.

정_ 저와는 다른 측면에서 통한다고 해야 할까? 그…… 아주 작은 것에서 소설적인 뭔가를 뽑아내는 그런 지점이 재밌었어요.

백_《원미동 사람들》이나 조세희 선생의《난쏘공》을 보면 소설의 관심이나 문제점이 집과 관련된 게 많더라고요.《잠실동 사람들》이 그 작품들의 맥을 잇는다고 봐요. 꼭 뵙고 싶었습니다.

정_《응달 너구리》에 수록된 단편들을 보면 도시가 아닌 비서울이나 농촌 지역의 문제에 하나하나 초점이 맞춰져 있어요. 그런 영향 아래 흘러가는 수많은 것들이 실생활하고 엮여 재밌게 그려져 있어요. 그렇게 가다 보면 어떤 얘기에 닿을 수 있는지, 정치나 어리석게 보이는 정치적인 실책들이 시골에서 어떤 모습으로 나타나고 있는지 이야기로 보여주고 계시죠. 이런 식의 이야기를 제가 좋아하기도 하고 생활로 풀어낸 이야기들이 거창한 어떤 담론이 아니라서 재밌게 읽었어요. 여러 가지 용어도 그렇고 약간 공부하는 마음도 들었고요.

"사람은 자기 자신을 지지하기보다는 자신이 욕망하는 것을 지지한다는 거예요."

정_ 꾸준히 창작을 하고 계시지만 소설집으로는 꽤 오랜만에 책이 나왔는데요. 소설집《응달 너구리》에 대한 소개 좀 해주세요.

백_ 제가 앞서 농촌 소설을 두 권 냈고《응달 너구리》가 세 번째인데요. 자꾸 제2의 이문구라고 불리다 보니까 청탁도 아마 농촌에 관련된 것을 자주 받았던 거 같아요. 그런 걸 쓰다 보니까 한 묶음이 되어서 이렇게 정리하게 되었습니다. 사실 특별히 농촌에 대한 서정적 감수성이 있어서가 아니라 '왜 없는 사람, 가난한 사람들이 있는 사람을 지지하는가?' 이게 저의 문학적 관심이었어요. 우리 과거를 돌아보면 농촌은 도시중심의 개발독재라고 하는 칠십 년대 군부독재의 가장 큰 희생자이면서도, 가장 큰 지지 기반이기도 했는데 그게 좀 모순이지 않나, 그 문제들이 지금 결과물로 어떻게 나타나고 있는가, 최근 농촌의 현실이나 그런 일이 왜 일어나는가를 조망하고 싶었어요. 작품들의 모티브는 제 고향이 농촌이니까, 고향 어른들이나 아버지를 비롯한 주변의 친척들, 그분들의 모습이 소설에 투영되었어요. 그분들의 삶을 돌아보면 결코 행복하지 않았고 결코 자본적이지도 않았지만, 여전히 그 시절에 대해 향수 같은 게 있고 여전히 칠십 년대의 독재 정권을 지지하고 있어요. 이런 것들에 대한 풍자를 《응달 너구리》에 담았습니다.

정_ 왜 없는 사람들이 있는 정권을 지지하는가에 대한 답을 좀 찾으셨어요?

백_ 모습은 보이는데 왜 그러는지 이해가 안 되었어요. 작은아버지를 비롯해서 친척들이 다 농촌 출신인데 도시로 올라와서 사는 모습을 보면요. 평생 남의 집 지키는 아파트 경비 같은 일을 하는데도 아직 자기 집도 없고 온종일 종편 방송만 보면서 지내세요. 한번은 삼성 이건희 씨가 구속된다는 뉴스를 보면서 숙부께서 탄식하며 걱정을 하더라고요. 그래서 제가 "작은아버지가 왜 이건희 씨를 걱정하세요. 작은아버지를 걱정하셔야죠"라고 했어요. (웃음) 뭐 이런 것들이 좀 이해가 안 됐어요. 그런 오랜 고민을 소설로 쓰면서 얻은 한 가지 답은 사람은 자기 자신을 지지하기보다는 자신이 욕망하는 것을 지지한다는 거예요. 가난한 사람일수록 부자를 지지하는 거죠.

정_ 동경하는?

백_ 그런 거밖에는 제가 해석할 수 있는 게 없더라고요. 그걸 많은 독재 정권들이 악용하는 거 같아요. 현실보다는 욕망을 마구 부풀리고요. '우리도 한번 잘살아보자!' 하면서 자기들만 잘살고. 그러면서도 여전히 잘살아보고 싶다는 욕망이 그걸 말하는 사람들을 지지하게 했던 게 아닌가 생각합니다. 그게 지금도 해소되지 않았다고 봐요. 그래서 《누가 말을 죽였을까》, 《갈보 콩》에서 칠십 년대를 돌아보고 전도된 삶을 살았던 농민들의 모습을 풍자했다면, 이번 《응달 너구리》에서는 지금도 진행되고 있는 농촌과 농민들, 좀 어려운 말로는 계급배반이라고들 하더라고요, 자기가 속해 있는 계급에 대해 오히려 공격하고, 스스로 자학하는 그런 모순을, 칠십 년대가 아니라 바로 지금 농촌의 모습들과 그 안에 있는 전도된 의식들을, 이런 것들을 좀 담아내고 싶었습니다.

"평범한 말. 이 평범한 말로부터 소설이 시작되는 것 같아요."

정_ 그런 이야기들을 단편으로 어떻게 쓰시는 편이세요? 한 번에 쭉 쓰시는 편인가요?
백_ 주제를 정해놓고 쓰는 건 아닌데 제 소설집들이 연작 성격이 많아요. 이문구 선생 같은 경우 농촌에 살면서 본 농민들의 생활상이 소설을 시작하게 하는 거 같은데, 저는 아까 얘기한 것처럼 사회구조나 계급적인 문제, 이런 걸 가지고 작품으로 쓰기 때문에 주제가 잘 드러나는 것 같아요. 다른 작

316

가들은 어떻게 쓰는지 모르겠는데, 저는 그 인물들을 불러요. 문청 시절에는 내 얘기를 주로 썼지만, 어느 시기부터 소설가라는 것은 비워놓은 대접과 같아야 한다고 생각해요. 저는 어떤 대사가 우선 다가오더라고요. 그 한마디 말이 오면, 그분이 나한테 들어오면…… 한동안 그 말을 머릿속으로 굴리고 다니다 보면, 그 사람이 말할 때의 입 모양이라던가, 한쪽 바지를 반쯤 걷어 올리고 흔드는 다리 모습 같은 게 선명하게 보여요. 그다음부터는 내가 쓰는 게 아니라 그 인물이 하는 이야기를 녹취하듯이 쓰기 때문에 속도가 아주 빨라요. 단숨에 씁니다. 문제는 그분이 오셔야 하는데, 잘 안 오시면 아주 애먹어요. 그분이 나한테 들어올 때까지가 어렵죠. 단편 같은 경우는 대개 말토막 하나가 자극해요. "그걸 혼자 다 먹을 겨?" 이런 말 있잖아요. 평범한 말. 이 평범한 말로부터 소설이 시작되는 것 같아요.

"장날 국밥집에서 농민들한테 막걸리 사드리면서 이렇게 이야기 나누는 게 탁월한 문학 수업이라고 생각해요."

정_ 원래 쭉 시골이나 농촌에서 사셨나요?

백_ 많은 분이 제 책을 읽으면 충청도 사람이냐고…… 묻지도 않더라고요. 아예, 충청도 사람. (웃음) 경기도 사람이에요. 여주가 고향이에요. 경기도 여주는 강원도, 경기도, 충청도가 맞닿는 지점이죠. 작은어머니도 충주 분이었고, 충청도 문화권이라고도 할 수 있죠. 저는 돌도 되기 전에 여주에서 올라와 서울에서 살았어요. 근데 어른들이나 친척이 여주에 있으니까 방학이나 명절 때 자주 내려갔죠. 신기하게 유년기에 죽자라왔던 홍제동에 대한 기억은 별로 없어요. 대신 농촌에 대한 기억들이 선명하게 남아 있어요. 요즘은 하루 이틀 전 기억도 가물가물한데, 일곱 살 때 시골집 마당에 떨어진 석류꽃이나 아침마다 뒤껻 우묵샘에서 양치질할 때 쓰던 '치분'이 엎혀 있던 이끼 낀 바위까지 바로 엊그제처럼 생생하게 보여요. 이 얘길 누군가에게 했더니 치매 증세라고 하더군요. (웃음)

정_ 분위기 좋다가 갑자기 치맨가 이렇게 되네요. (웃음)

백_ 농촌은 정서적으로 그렇게 각인되었던 거 같아요, 모천 母川처럼요. 실제로 농촌 생활을 그렇게 오래 한 건 아니었어요. 그러다가 어린 시절의 기억이 자꾸 부르니까 칠십 년 전에 남양주 산속에 주경야독하며 살겠다고 들어갔는데 이게 안 되더라고요, 농사짓는 게 만만치 않았어요. 농사는 제대로 못 했지만 제가 사는 동네가 사십 호쯤 되는데 거의 농사짓는 분들이라 농사에 대한 정서적인 교감 같은 건 좀 얻었죠.

정_ 읽으면서 또 하나 생각한 게 보통 농촌은 순박하거나 착하거나 이렇게 그려지잖아요. 그런 것도 어떻게 보면 약간 폭력이지 않나, 하는 생각이 들더라고요.

백_ 뭐 그것도 도시인들이 꿈꾸는 욕망이죠. 〈전원일기〉처럼.

정_ 농촌 사람들이 그저 순박하기만 한 게 아니란 걸 다시 한 번 느꼈어요. 근데 소설에는 정치적인 대화도 많이 나오잖아요. 실제 농촌의 모습하고 어떤가요. 실제 대화에서 그런 말을 많이 하나요?

백_ 오히려 대화나 담론은 농촌이 더 풍성하다고 생각해요. 농민들은 책은 잘 안 보지만 이야기는 정말 탁월해요. 제가 도시에 사는 사람들하고 대화를 하면 건조하고 기계적이고 물리적이라는 느낌을 받는데 농민들은 구어가 발달해 있어요. 고향 친구 중 하나도 시골에서 어려서부터 머슴 생활했던 사람이에요. 무학자죠. 그런데 그 친구가 말하는 거 보면 정말 내가 작가라는 게 부끄러울 정도로 이야기꾼이에요. 우리 농민들이나 전통적인 서민들이 하는 소통의 과정을 보면 이야기로 체득되는 선험적인 능력이 있는 거 같아요. 생활 속에서요. 그중에 하나로 관용적인 표현을 많이 해요. 직설적으로 말하지 않고 속담을 인용하거나 비유하는 식으로요. 에둘러서 표현하는 말들이 아주 생생하고 문학적이에요. 그래서 저는 문예창작학과보다는 오히려 장날 국밥집에서 농민들한테

막걸리 사드리면서 이야기 나누는 게 탁월한 문학 수업이라
고 생각해요.

"말 자체가 '존재의 거푸집'이라고 해야 할까요."

정_ 그럼 소설에 나오는 여러 가지 비유나 속담을 실제 농촌
에서도 많이 쓰나요.

백_ 이문구 선생이 그 작업을 탁월하게 해내셨어요. 그런데 나
는 이문구 선생의 작품이 아니라 실제 농촌에서 친척들이 모
여 얘기 나누는 걸 보면서 알게 됐어요. 그게 우리 서민들의
기본적인 스토리텔링이라고 봐요.

정_ 아, 그렇군요.

백_ 특히 충청도권이 그래요. 속내를 직설적으로 표현 안 하잖
아요. 역사적으로 많은 탄압과 수탈을 경험했기 때문에 자기
의 속마음을 곧바로 나타내지 않고 에두르거나 비유하거나
이렇게 하는데 그것이 대단히 의뭉스럽죠. 오히려 그런 이야
기 구조에서 문학적 향기가 있어요.

정_ 음.

백_ 지금은 뭐 거의 도시화가 추진되어서 지역 정서가 많이
소멸했지만, 지역마다 성격이 달라요. 성미가 곧아서 속내를

직설적으로 표현하는 농촌이 있다면 호남이 그래요. 그래서 역사적으로 피해가 많잖아요. 바른 소리 많이 해서. (웃음) 그런데 충청도는 절대 자기 속을 겉으로 드러내지 않죠. 도시에서는 배가 고픈데 친구가 밥 먹고 있으면 "나, 배고프니까 빵 좀 줘", "나눠 먹자" 이렇게 말하지만, 충청도 식으로 말하면 "그거 혼자 다 먹을 겨?" 이런 식으로 돌려 말하잖아요? "아침부텀 웬 빵이여?" 뭐 이런 식으로.

정_ (웃음) 그러면 같은 농민이라도 전라도하고 충청도랑 다르겠네요.

백_ 언어적으로 충청권과 호남권은 비슷한 면이 많아요. 최근 관심 있는 게 영남권 작업을 한번 해보고 싶어요. 최근에 실세 지역이라서. (웃음)

백_ 공부를 좀 해보니까 아주 특이하더라고요. 충청이나 호남의 방언들은 도 단위로 좀 묶임이 있는데 영남은 동네마다 다르더라고요. 상주, 안동, 부산, 대구가 전혀 다르더라고요. 산 하나만 넘어도 말투가 달라지고.

정_ 왜 그럴까요?

백_ 전통에 대한, 자기 것에 대한 자부심 내지는 지키려는 정신이 강한 것 같아요. 말 자체가 '존재의 거푸집'이라고 해야 할까요. 말이 그것들을 완고하게 지키는 역할을 했던 거 같아요.

정_ 그럼 영남 지역은 충청이나 호남보다 농촌이 그나마 많이 보존, 그러니까 살아남아 있는 편인가요?

백_ 소멸했다고 봐야죠. 공업화되면서. 많이 개발되었으니까요. 그래도 소위 지배계급들의…… 향교라든가 서원 중심의 유교 문화 같은 건 다른 지역보다 탁월하게 남았겠죠.

"농사지으면서 시골에 산다는 건 만만한 일이 아니거든요."

정_ 읽으면서 약간 기다렸던 게 있었는데 그게 안 나왔던 거 같아요. 귀농해서 살아가는 사람을 보는 시선도 한 번쯤 나오지 않을까 했거든요. 왜 그 아이들이 고등학교 졸업해서 취직했는데 거기서 막 성희롱당하는 거부터 시작해서 주막 이야기, 농촌의 이장 선거…… 속속들이 하나하나 다 짚어주시니까 귀농도 나오겠지 했어요. 제가 도시인이다 보니까 귀농하고 싶다는 생각이 로망처럼 있잖아요. 잘 알지도 못하면서. 실제로 농촌에 사는 사람들의 눈에 비친 귀농인은 이럴 것이라는 걸 보고 싶었던 거 같아요.

백_ (웃음) 〈응달 너구리〉가 아마 그런 것과 조금 관련이 있을 거예요. 제가 왜 귀농이란 말에 웃었느냐면. 십칠 년 전에 귀농이라는 말 자체가 없을 때 그런 야무진 꿈을 가지고 들어

갔는데 너무나 황홀한 거예요. 팔 년 동안 혼자 꿈꾸며 조르고 떼쓴 끝에 서울내기 아내의 윤허를 받아내서 간 거였어요. 방 안에 불을 끄고 누우면 막 반딧불이 날아다니는 그런 생활이 너무 황홀하고 행복한 거예요. 그래서 책을 냈어요. 《시골은 즐겁다》라는 산문집. 제 책보고 우리 동네로 이사 온 사람이 많아요. 그래서 제가 지금 너무 부끄러운 거예요. 삼 년이 지나니까. 거기도 사람 사는 데니까 갈등도 있고 나쁜 사람도 있고 그다음에 농사라는 것이 녹록지 않다는 걸 알게 됐죠. 내가 너무 낭만적으로 썼다는 걸요. 책을 읽고 서울에서 이사 온 사람들에게 죄스러웠어요. 내가 언젠가 후속편으로 《시골은 괴롭다》를 써야겠다고 생각했죠. (웃음) 요즘은 귀농이라는 말 대신에 귀촌이라고 쓰더라고요. 농사지으면서 시골에 산다는 건 만만한 일이 아니거든요. 우리 동네 분들이 몇 대째 농사를 지은 농사 9단인데, 그분들도 농사를 주업으로 하지 못해요. 낮에는 아파트 경비 일을 하거나 공장에 나가고, 있는 땅은 놀리기 뭐해서 부업 식으로 하는 거죠. 농사를 주업으로 하는 농촌은 지금 뭐 거의 호남이나…… 가진 게 땅밖에 없어서 어쩔 수 없이 짓는 분들 외에는 없죠. 지금 농업은 정치적으로나 사회적으로 화두가 못 되잖아요. 문학적으로도 농촌소설이라는 장르도 근대 문화유산 정도로 취급되지요. 근데 삼백만 명이 아직도 농사짓고 있어요. 엄연한 농업 국가인데도 누구도 농촌이나 농업의 미래에 대해서는 고민하지 않잖아요. 최근에 청년 일자리가 부족하니까 정치한다는 사람들이 기껏 한다는 말이 귀농하라는 거예요. 연예인들이 농촌에 가서 재밌게 밥해 먹고 이런 거 얼마나 낭만적이에요. 십칠 년 전의 나처럼, 그런 낭만적 분위기에 현혹된 젊은이들이 주로 귀농을 했잖아요. 아이엠에프 때도 귀농 많이 했지만 거의 칠십 퍼센트는 돌아왔어요. 농사는 힘들어요. 하다못해 도시 건설 노동자 있잖아요, 노가다라는 것. 이걸 할망정 농촌에 가서 품삯 일은 못해요. 그만큼 힘든 거예요. 최근에는 주로 외국인 노동자들이 많이 들어와 있는 것 같아요. 귀농이라는 말은 좀 어렵고 어휘 자체가 존립하기가 어려워요. 일부 낭만적인 사람이나 생협이나 이런 활동가들 외에는 안착하기가 쉽지 않죠. 우리나라 기업들이 열 명이 하던 걸 다섯 명한테 시키면서 조기 퇴직한 사람들이 퇴직금으로 처음엔 도시에서 통닭집, 김밥나라 이런 거 하다가 쫄딱 망하잖아요. 망할 수밖에 없는 거지요. 너무 많으니까. 그러고 나면 대안으로 '시골 가서 살고 싶다'고 하는데 막상 농사는 하고 싶지도, 짓지도 못하잖아요. 평생 아파트에서 살면서 회사나 다니던 사람들이 농사를 어떻게 지어요. 그러니까 펜션 같은 숙박업이나 하고, 찜질방, 노래방 같은 걸 사는 방편으로 하니 결국은 시골로 돌아온 게 아니에요. 오히려 도시화

하는 첨병들이죠. 농촌을 도시처럼 만들고자 하는.

"왜 분노하지 않는가. 속았다는 것에 대해서 왜 저항하지 않는가."

^정 소설집의 제목이 원래 '열사식당'이었다고 들었어요. '열
사식당'이라고 이름 붙인 이유가 궁금해요.

^백 농촌 소설을 쓰게 되었던 동기가 농민들에 대한 애정이라
든가 농촌에 대한 서정적 감수성이 아니었어요. 그래서 저를
농촌 소설가라고 분류하는 것에 대해서 조금 당혹스럽더라
고요. 제가 관심 있는 문제는 우리 사회가 민주화를 거친 뒤
에도, 독재정권의 두목급인 사람을 백담사에도 보내고 감옥
에도 보냈는데도, 여전히 보수나 수구적인 모습에서 크게 벗
어나지 못한다는 것이었어요. 도박판에 비유해서 죄송합니다
만, 도박할 때 내가 잘나가는데 자리 바꾸자고 하면 되게 싫
잖아요. '당신 잘 따는데 나랑 바꿔 앉아요' 하면 싫어해요.
판을 바꾸는 걸 싫어하는 거 이게 보수주의거든요. 기득권들
은 판 바꾸는 걸 싫어하는 거예요. 그런데 없는 사람들은 바
꾸자고 해야 하는데 없는 사람들도 바꾸는 걸 싫어하는 이유
를 모르겠더라고요. 그래서 선배 되는 김진경 작가에게 물었
더니 물이 끓을 때 위는 끓지만, 밑은 여전히 미지근하다는

거예요. 시간이 오래 걸린다는 거죠. 그래서 정치적으로 민주화되고 사회적으로 진보하는 게 정치인들만 바뀌서는 될 수 없다는 거였어요. 아무리 전두환 백 명을 감옥에 가둬도 민중이 변화하지 않으면 이 사회가 우리가 원하는 대로 빠르게 진보할 수 없다는 거죠. 민중이 어떻게 수구화되고, 독재 정권을 지지했던 기반이 무엇인가에 대해 문학적 관심이 있었어요. 그중 첫 번째로 작업했던 게 농촌이죠. 예전에 박정희 대통령 시절에 가장 강력한 지지표를 던진 게 농민이잖아요. 그래서 그분들은 정말 덕을 봤는가, 행복해졌는가. 덕을 보긴요. 가난한 농민의 자식이라고 자처했던 박정희 대통령이 농민에게 해준 건 아침마다 '새벽종이 울렸네' 하며 들깨워서 품삯도 안 주고 부역시킨 거밖에 없거든요. 그런데 새마을운동이 성공 사례라고 지금 그 따님께서 외국에 전파하고 있어요. 어떤 책에 보니까 농촌의 부채가 갑자기 급증하는 시기가 새마을운동 이후에요. 도시와 농촌이 이렇게까지 격차가 벌어지기 시작한 게 그 때문이고요. 그런데도 농민들은 가난한 농민의 자식이라니까 심정적으로 지지했던 거 같아요. 이용당한 거죠, 뭐. 결국은 도시 중심으로 개발하고 농민들의 유일한 재산 수단인 쌀값은 동결해서 마음대로 못 올리게 하고 공산품은 마음대로 올리고요. 박정희 대통령 시절 이전만 해도 소위 자식들 대학 보낸 부모들이 다 농민들이었잖아요. 소

팔아서. 우골탑이라고 하잖아요. 그런데 지금은 도시에 사는 자식들이 농사짓는 아버지를 용돈으로 먹여 살리고 있잖아요. 전도가 된 거예요. 농촌과 도시가. 그러면서도 이런 것들에 대해서 왜 분노하지 않는가. 속았다는 것에 대해서 왜 저항하지 않는가. '열사식당'이라는 제목을 통해 이렇게 민중이 어떻게 기만당하면서도, 있는 이들 편에 기울어져 있는가를 풍자적으로 보여주고 싶었어요.

또 다른 보수화된 지지기반으로 한쪽에 농민이 있었다면 또 한쪽에는 잘못된 교육이 있잖아요. 국정 교과서 문제도 요새 시끄럽고 특히 사립학교가 완강합니다. 뭐 박근혜 대통령도 예전에 사립학교법 개정 문제로 길거리에 나와서 저항하고 그랬죠. 복면까지는 안 썼지만. 누가 그러더라고요. 국가보안법 없애는 거보다 사립학교법 고치는 게 더 힘들다고요. 아주 완강하죠. 그래서 사립학교에 대한 문제를 다룬 교육 소설을 썼어요. 어떤 분은 나를 제2의 이문구라고 믿었는데 이 작가의 행보를 보니까 농촌 소설을 썼다, 뭐 교육 얘기를 썼다, 금융 얘기를 썼다 하니까 어지러운 작가라고 생각하기도 하는데 나는 내 나름의 의도가 있어서 차곡차곡 작업을 해온 셈이에요.

정_ 그 교육 소설의 제목이 뭐예요?

백_《종을 훔치다》라는 세계적 명작이지요. (웃음)

"우리를 기만했던 어떤 문제를 제기하는 것이 작가의 몫이고요."

정_ 〈잔설〉 얘기를 해보면요. 김 영감의 아들 진철과 또래인
옥근의 이장 선거 얘기가 주로 나오고 연평도와 4대강 이야
기도 나오다가 결국은 김 영감의 과거에 초점이 맞춰지며 끝
나죠. '가슴에 서늘하니 쌓인 얼굴들', '아직 녹지 않은 잔설'
김 영감의 과거와 연결되는 문장도 있고요. 조금 흐릿하게 끝
나는 면도 없지 않은데, 어떤 이야기를 하고 싶으셨나요?

백_ 제 소설이 독자를 불편하게 한다고 하더라고요. 잊고 있
었던 것들, 잊고 싶었던 문제를 자꾸 끌어내고 들이댄다고요.
그래서 읽고 나면 마음이 개운하지 않고 찝찝한데 그렇다고
시원하게 해결책을 얘기해주는 것도 아니라고요. 난 그런 말
도 몰랐는데 후배들이 뭐 '열린 결말' 그런 말을 쓰더라고요.
그런 형태가 제 소설에 많아서 흐릿하게 끝났다고 하는 거
같아요. 저는 해결책을 제시하는 건 사회학자나 정치인들이
해결할 몫이라고 생각해요. 우리를 기만했던 어떤 문제를 제
기하는 것이 작가의 몫이고요. 작가는 문제가 되는 모순을 현
실감 있는 이야기로 들려주는 거고, 판단과 선택은 독자들이
해야 하지 않을까요. 그건 독자들의 몫이겠죠. 〈잔설〉이라는
작품은 실제 제가 사는 동네 이야기예요. 갑자기 꼭 나오라
해서 나갔더니 이장 선거 위원장이 되어서 했던 선거의 에피

소드를 다룬 거예요. 그때 연평도 사건이 있었는데. 무엇보다 농촌에서는 여전히 '빨갱이'로 통칭하는 이데올로기의 강박적 의식이 존재한다는 거지요. 그것이 언제든 과거의 참혹했던 학살의 상흔처럼 다시 이를 드러낼지도 모른다는 생각이 들었어요. 시퍼런 잔설처럼.

"욕이라는 언어가 때론 정서적인 교감을 주는 역할도 있구나."

정_ 〈흙에 살리라〉는 황 노인의 이야기이지만, 귀농을 하고, 고추에 병이 들고, 읍내 아파트 사람들이 버린 개들 이야기 같은 실제 농촌에서 있음 직한 이야기가 많이 나와요. 실제로 버려지는 개들이 그렇게 많나요?

백_ 제가 사는 동네 이야기예요. 우리 집이 외따로 떨어져 있는데 무슨 도로 공사를 하다가, 그게 한 십 년도 넘었는데, 중간에 멈춘 거예요. 그래서 내가 사는 데만 지금 비포장이에요. 4대강 하느라고 돈이 없다고 하다 마는 거에요. 그러니까 막다른 도로에다 호젓하니까 읍내 아파트에 살던 사람들이 개 기르기 싫으면 차에 싣고 와서는 휙 내던지고 가기 아주 좋아요. 그런 길 좋아하는 사람들이 딱 두 부류더라고요. 쓰레기 버리거나 개 버리는 사람 또 하나는 적절하지 못한 연애하는 사람. (웃음) 그 길로 주로 다니는데 낯선 개들이 있어요. 며칠이 지나도 신기하게 그 자리에 가만히 있더라고요. 한자리에만. 한 일주일 지나면 그때 사라지더라고요. 아마 주인이 돌아오기를 기다린 것 같아요.

정_ 〈백중〉은 주인공 재선이 첫사랑이었던 영심을 잊지 못해서 일어나는 에피소드를 얘기하면서 '구제역'이라는 문제가 나오잖아요. 〈번지 없는 주막〉도 4대강과 연결되어서 이야기가 흘러가고요. 읽으면서 미처 생각지 못했던 지점들이 많이 떠오르기도 했어요. 이런 단편들은 앞서 말한 문제들을 제기하고 싶어서 쓰신 건가요?

백_ 첫사랑 얘기가 아니라 구제역을 다루고 싶었던 거고, 4대강을 다루고 싶었던 거죠. 직접 말하면 인문학자나 사회 활동가가 되겠지만, 작가는 이야기를 만드는 사람이기 때문에 글감이나 주제로 이야기를 만들어내야 하거든요. 〈백중〉이나 〈번지 없는 주막〉, 소설집 《갈보 콩》,《누가 말을 죽였을까》에 보면 대중가요를 매개로 해서 쓴 작품들이 꽤 있습니다. 트로트나 이런 것들이 서민들의 정서와 잘 닿아 있다고 생각해요. 언젠가 그런 것만 따로 모아서 묶고 싶은 생각도 있습니다.

정_ (웃음) 저는 〈번지 없는 주막〉이 제일 재밌더라고요. 이 이야기가 실제로 있었을 것 같기도 하고요.

백_ 뭐, '마지막 주막'이 낙동강 어디에 있다는 얘기를 듣고,

거기서 모티브를 얻었어요. 그리고 4대강과 관련해서 이야기를 좀 풀었고요.

정_ 사람들이 가진 옛것, 진짜, 오리지널이니 하는 욕망을 너무 재밌게 희화화해 보여주셔서 되게 재밌었어요.

백_ 4대강도 뭐 사실은 토목 사업, 즉 자본주의적 발상인데 내건 명분은 자전거, 힐링, 꽃 심고 이렇게 포장해서 팔잖아요. 그런 것들이 이제 자본이 팔다, 팔다 못 해서 가난이나 옛것이나, 정말 돌아보면 심란한 그런 삶들까지 팔아먹으려고 하는 지점들이 부딪치는 게 〈번지 없는 주막〉이에요.

정_ 제가 되게 도시적으로 살아왔다는 생각이 들었어요. 저는 유명한 욕쟁이 할머니 집이나 그런 곳에 먹으러 가서 욕쟁이 할머니가 욕하면 '뭐야? 내 돈 내고 먹으러 왔는데 왜 욕을 해.' 그렇게 생각했거든요. 짜증 나, 자기가 날 언제 봤다고, 막 이렇게 생각했던 거 같아요. 욕쟁이 할머니 집이라고 특화해서 찾아가는 사람들도 이해가 안 갔고요. 〈번지 없는 주막〉을 읽으면서 처음으로 그런 욕쟁이 할머니라고 불렸을 사람들, 주막을 실제 운영했을 나이 든 사람들의 입장에서 처음 생각해봤던 거 같아요. 이 사람들에게는 갑자기 사람들이 몰려오는 것도 웃겼을 거고, 거기 맞춰서 자기가 막 이렇게 되게 사교적으로도 할 수도 없었을 거고요.

백_ 그런 세대가 아니죠. 서비스업이라는 거에 익숙한 세대가 아니니까.

정_ 그래서 그냥 자기가 원래 하던 대로 했는데 그걸 막 욕쟁이고 뭐 이렇게 문화로 연결하는 이런 상황의 아이러니를 너무 재밌게 잘 그려주셨던 것 같아요.

정_ 〈구사시옷생〉에는 주인공으로 노 선생이 나오잖아요. 작가님의 교사 시절과 관련이 있나요?

백_ 저는 상당히 바른 교사였습니다. (웃음) 제 친구가 순천에서 지금 교장 선생으로 있어요. 소설도 쓰는 분인데 그분이 이렇게 입이 걸어요. 말끝마다 그렇게 '시발'이니 '시부랄'이니 이런 말을 하죠. 근데 그 누구도 거기에 거부감이 없어요. 나도 그래서 한번 술 먹고서 흉내를 내는데 분위기가 갑자기 싸해지고…….

정_ (웃음)

백_ 그런데 그 사람이 하면 너무나 자연스러운 거예요. 그래서 욕이라는 언어가 때론 정서적인 교감을 주는 역할도 있구나. 실제로 소설에 나오는 교장이나 교감이나 이런 사람은 상대적인 캐릭터로 썼는데 기름 친 것처럼 반듯한 말이나 어려운 말만 하고 인간적으로 정이 안 가는 사람이잖아요. 그래서 상대적인 노 선생을 통해서 우리 농촌의 교육이나 학교 문제가 어떻게 변질되고 있는가. 뭐 좀 거창하게 말하면 소위 실업계 학교들이 어떻게 자본화되면서 버려지는가. 학교 교육은 종

교와 같은 수준으로 독립적인 자율성을 가지고 있어야 하는데 이것마저 시장판이나 시장주의에 이끌려서 변질되고 있구나. 이런 모습을 담아내려고 했던 거예요.

"우리가 쓰는 어휘는 어떤 평론가나 어떤 대학 교수보다 시골장에서 만난 나물 파는 할머니나 국밥집 할머니가 더 풍성할 수 있어요."

정_ 무르춤하다, 엽렵하다, 불땅가지 이런 생소한 어휘들이 많이 나오는데요. 그런 어휘들은 따로 공부해서 쓰신 건가요? 이런 말들이 진짜 농촌에서 쓰이나요?

백_ 쓰이는 거 같아요. 왜냐하면. 여기에 나온 말들은 우리 어머니, 아버지, 할머니들이 쓰던 말을 제가 들었던 거거든요. 그런데 들었던 말들을 인터넷 사전에 검색하면 안 나오더라고요. 그러니까 정확하게 쓰지는 못하셨던 거예요. 그분들도 책에서 배운 게 아니라 어머니나 아버지가 쓰던 말을 귀로 들어서 전했기 때문에요. 뭘 조금 주면 우리 어머니는 이렇게 말씀하셨어요. "야 그걸 그렇게 시알 따끔 줘가 지고 어떻게 하니." 뭐 이렇게요. 검색해도 안 나오더라고요. 사전이나 이런 걸 찾아봐도 등재도 안 되어 있고. 그런데 다른 분들은 알아듣더라고요. 《이문구 소설어 사전》이 있어요. 그런 말들이

333

그런 데는 있어요. 도시를 배경으로 한 소설에는 그런 어휘를 안 씁니다만 농촌이 배경인 소설에는 그런 관용적이고 구어화된 어휘들을 최대한 쓰려고 애쓰지요. 거창한 민족적 사명감을 가지고 쓴 건 아닙니다만 작가의 몫 중 하나가 모국어에 대한 확장이라는 것도 있고 어휘가 좀 풍성하면 정서적인 교감의 폭도 넓어지는 것 같아요. 누군가에게 들었는데 서구에서는 작가의 등급을 판정할 때 한 작품 속에 사용된 어휘 수를 가지고 판단한다고 하더라고요. 제가 쓴 도시를 배경으로 한 소설과 농촌을 배경으로 한 소설을 비교해도 어휘에서 현격한 차이가 나더라고요. 다시 질문으로 돌아와 답을 드린다면 공부를 하는 편이죠. 주변에서 듣고 그걸 확인하고 써보려고 시도하고요.

정_ 듣고 있으니 멸종 동물들 살리는 그런 느낌이 들어요. 그런 입말들이 대부분 사장 되어가는 분위기잖아요. 살아남았으면 좋겠어요.

백_ 아, 그래서 제 소설이 마케팅에는 아주 결정적으로 흠이에요. 대체로 요새 소설들이 학교 도서관, 청소년들에게 주로 읽혀야 하는데, 청소년 독자하고 대화를 해봤더니 제일 첫 번째 하는 말이 제 소설의 사투리가 제2외국어 읽는 거 같다는 거예요. "너무 어려워요.", "무슨 말인지 모르겠어요." 이런 얘기들이었어요. 농촌이라는 거 자체가 관심 밖이지, 농업도 사양 산업이지, 거기에다가 사투리라고 하는 멸종 언어가 포함되었기 때문에 독자들이 상당히 버거워하는 것 같아요.

정_ 이런 부분 보면 너무 안타까워요. 저는 라디오를 많이 듣는데, 라디오 듣다 보면 무슨 평론가, 정치인, 때로는 대통령 …… 이런 사람들이 나와서 어떻게든 영어를 섞어 쓰려고 해요. 말을 하다가 심지어는 "윌링리" 막 이러기도 하고요. 참 들어주기 힘들어요. 틈만 나면 아는 영어 모르는 영어 다 갖다 쓰면서 또 한글날 되면 대통령이 페이스북에 글을 남겨요. 우리말을 사랑하자고요. 기가 막힌 일이죠. 한글을 정말 사랑하려면 평소에도 한글을 많이 쓰고 살리려는 그런 노력을 해야지…… 정책들도 이름 지은 거 보면 죄다 영어에요. 무슨 무슨 바우처, 스마트 팜, 뉴 스테이…….

백_ 그나마 모국어가 풍성하게 살아남은 건 유감스럽게도 농민들, 농촌뿐이에요. 그 세대가 가면 그나마 남은 어휘나 언어도 사라질 거고요. 개인적으로 그런 게 좀 안타깝죠. 우리가 쓰는 어휘는 어떤 평론가나 어떤 대학 교수보다 시골장에서 만난 나물 파는 할머니나 국밥집 할머니가 더 풍성할 수 있어요. 작가라면 그런 살아 있는 어휘에 관심을 좀 가져야 한다고 생각합니다.

정_ 제2의 이문구라고 불리는데 마음에 드시나요?

백_ 개인적으로 정말 영광스럽죠. 제가 존경하는 작가분이 몇

분 있는데, 이문구 선생은 정말 제 문학적 사부라 할 수가 있어요. 제2, 제3이 붙어도 저는 영광이라고 생각해요. 하지만 작가적인 면에서 보면 유감스럽죠. 제2라는 건 아무리 잘 써도 제1이 될 수 없다는 거잖아요. 그 점에 대해서는 고민하고 있습니다.

"근데 나야 뭐 이미 이번 생에서는 인기 작가를 포기했고."

정_ 〈응달 너구리〉에 대해 얘기해볼게요. 결국, 정체성의 문제라고 읽게 되는데요. 도시에서의 자립이 어려워지는 것만큼 농촌에서의 자립도 이젠 어려워지는 건가 하는, 또 농촌에서는 어떤 식으로 자립할 수 있을까 이런 궁금증도 생기고요. 작가님은 농촌 배경으로 계속 소설을 쓰실 생각이신가요?
백_ 거꾸로 말씀드리면 농촌 소설에 대해서 젊은 작가들이 잘 모르는 것 같아요. 제 세대가 유년 시절을 농촌에서 보낸 거의 마지막 세대라고 보기 때문에 이런 '역사적 사명감'을 가지고 쓰고 있습니다. (웃음) 저 말고도 농촌 소설가라고 불리던 분들이 있었거든요. 그런데 요즘은 농촌 소설을 거의 안 쓰시는 것 같아요. 근데 나야 뭐 이미 이번 생에서는 인기 작가를 포기했고. (웃음) 나라도 농촌에 대해 끝까지 관심을 가지고 작업해야겠다는 생각을 가지고 있어요. 마지막으로 제 가문에 대한 이야기를 쓰려고 해요. 경기도 여주라고 하는 작은 농촌 마을인데 족보는 있지만, 조상들이 누군지 정체성이 모호하더라고요. 그래서 그런 가문에 대한 얘기를 고향 마을을 배경으로 해서 두껍게 쓰려고 생각하고 있어요.

"달에 안 가봤잖아요? 싼값에 달에 가는 기분을 느낄 수 있어요."

정_ 매년 몽골에 가시는 걸로 알고 있어요. 이번 소설집에 몽골 얘기가 있었다면 어땠을까 아쉽기도 했어요.

백_ 몽골에 대한 관심은 제가 막연하게 가지고 있던 농촌에 대한 낭만적인 정서에서 시작했던 거 같아요. 돌 사이로 흐르는 샘물을 받아 이를 닦고, 빨간 단풍이 툭 떨어져서 맴돌고. 이런 걸 바라보던 유년기의 농촌. 빨래하는 작은어머니한테 업혀 가서 개울의 빨랫돌 밑을 더듬으면 구구리 같은 물고기들이 잡히고 그랬는데. 이제 그런 공간이 없잖아요. 남아 있다면 관광지가 되었죠. 그렇게 변질되어가는 모습을 보고부터 고향을 잘 안 가게 되더라고요. 상처 입은 걸 확인하게 되어서. 그래서 오지를 찾아 헤맨 적이 있어요. 내린천 주변을 많이 다니고 그랬는데 그곳마저 민박, 토종닭 이런 걸 붙인 모습을 보면서 자본이라는 것은 엄청나게 힘이 강한 거구나. 자본의 힘이 미치지 않은 공간이 어디에 있는가. 차마고도는 가야 오지 같겠더라고요. 거기에 가고 싶어서, 우선 다리 힘을 길러야 차마고도를 갈 수 있을 것 같아서 도보여행을 떠났어요. 사흘 만에 폐렴에 걸려 집으로 돌아와 입원했잖아요. (웃음) 마음속에 오지에 대한 그런 열망이 있었어요. 그러다 우연히 몽골에 갔는데 거기가 인간의 힘이나 자본이 미치기에는 너무 척박하고 황량해 보였어요. 그런 모습을 보며 관심이 깊어지고 그러다가 몽골 병이 걸린 것 같아요. 안 가보셨죠?

정_ 네, 안 가봤어요.

백_ 꼭 가보세요. 달에 안 가봤잖아요? 싼값에 달에 가는 기분을 느낄 수 있어요. 황량함이 있어요. 풀 한 포기 자라지 못하는 불모의 땅인데도 그 황량함이 주는 아름다움이 있더라고요. 슬프면서도 아름다운. 옛 고전을 우연히 읽다 보니까 '황량미'라는 말이 있더라고요. 그런데 그건 약이 없다 이렇게 되어 있었어요. 황량한 아름다움에 빠지면 약이 없다.

"내가 하고 싶은 걸 하는 시절이 빨리 왔으면 좋겠어요."

정_ 독자들이 《응달 너구리》를 어떻게 읽었으면 하세요?

백_ 최근에 제가 문학적으로 반성하는 지점 중의 하나가 주제를 너무 정치적 뼈대로 잡다 보니까 전형성이 들어가더라는 겁니다. 너무 메시지도 강하고. 의도한 거에 대해서 독자들이 조금 버거워하고. 이른바 민중문학이 왜 급격하게 버림을 받았는가를 돌아봤어요. 팔구십 년대에는 현장문학이 있었고, 하다못해 열악한 공장에서도 문예 소모임 같은 게 있었고. 그 어려운 시절에도 공장 노동자들이 밤늦게 모여서 시를 쓰고 글을 썼잖아요. 그런데 지금은 없거든요. 그와 함께 리얼리즘이라는 게 너무나 쉽게, 우리 사회적 환경으로 볼 때 여전히 유효한데도, 급격하게 모더니즘이나 포스트모던으로 전환되는 시기가 이해가 좀 안 되었어요. 그래서 그런 것들에 대해서 반발하다 보니까 현실적인 주제가 너무 노골화된 것 같아요. 민중문학 이후에 갑자기 드러난 작가 한 분이 있어요. 그 작가의 작품을 상당히 재밌게 보거든요. 그런데 그 작가의 탁월한 재미와 즐거움의 이면을 보니까 몰역사沒歷史 의식이 있더라고요. 어떤 현실이나 역사적인 의식이 물처럼 그렇게 증발되기도 쉽지 않은데. 그런데 왜 그런 이야기가 많은 독자에게 즐거움을 줬는가. 난 그 배경에는 민중문학의 교조성에 있다고 봅니다. 너무나 교조적이고 전형화된 민중문학에 독자들이 싫증이 났고, 사소한 담론이나 키치적인 것들에 대한 관심이 문학에도 요구되었던 거 같아요. 그러다 보니까 소위 말하는 백과사전과 같은 소설이 등장하더군요. 미처 몰랐던 지엽적인 상식이거나, 상식의 오류나 전도라던가. 우리가 가졌던 상식을 뒤집고 역전시키는 즐거움. 이런 것들이 독자들을 매혹한 거 같아요. 그런데 이게 너무 재밌고 해볼 만한 작업이지만 이게 문학의 주류가 되어서는 좀 곤란하지 않을까, 생각했어요. 리얼리스트로서 소설을 쓰고 지지하는 입장에서는 리얼리즘 문학도 얼마든지 재미있고 웃길 수 있다는 걸 보여주기 위해서 쓴 게 《890만 번 주사위 던지기》라는 짧은 이야기 모음집이에요. 정치적이고 역사적인 소재들을 배경으로 차별화하려 애썼지요. 그래서 현실적인 메시지는 제가 포기할 수 없는 면이지만 그게 너무 노골화되는 것에 대해서는 고민하고 있어요. 최근에 준비하고 있는 장편에선 그동안 제가 해왔던 현장 중심이나 현실을 기록하는 것에 충실한 소설 스타일에서 벗어나려고 합니다. 가브리엘 가르시아 마르케스의 작품을 다시 읽고 있어요. 환상적인 상상의 세계와 현실을 조화시킨 그런 스타일의 작품을 준비하고 있습니다.

정_ 정치적인 메시지를 어떻게 할 것인가는 작가들의 숙제인 것 같아요. 저도 사실 제가 드러내고 싶은 건 그런 건데 이야기로서 가장 티 안 나게 해서 감화시키고 싶은 게 또 작가들의 꿈이잖아요. 저도 쓰다 보면 정치적인 메시지가 직접 드러나는 부분이 결국 책이 나오고 나서 가장 마음에 걸리더라고요. 좀 더 둥글렸어야 하는데 하고요. 그게 항상 부딪치고 고민되는 지점인 것 같아요. 내가 사실 하고 싶은 얘기는 이건데. 이걸 어떻게 잘, 이야기해서 내보낼 것인가 그런 거요.

백_ 맞아요. 그런데 소설뿐만 아니라 '노동자 글쓰기 강좌'나 '노숙인 인문학 강의' 같은 걸 가보면 자기 현실이 어려운 사람일수록 현실 이야기를 들여다보기를 좀 거부하더라고요. "선생님 내 사는 삶도 이렇게 힘들고 지질해요." 읽는 책에서 마저 이런 모습을 다시 확인하는 걸 대단히 버거워해요. 그런 분일수록 달달한 얘기를 좋아하고요. 서비스 노조에서 감정노동자를 대상으로 강연해달라고 해서 주제가 뭐냐고 물으니 '힐링'이래요. 그날 내가 한 강연의 요지는 '힐링 하지 말라'였습니다. (웃음)

백_ 강의를 들으면 그분들도 수긍해요. 그러면서도 정서적으로 힘들어하고요. 제 소설도 아마 그렇게 읽히는 것 같아요. 저도 사실 대학 시절에는 오정희 선생의 작품을 좋아했어요. 제가 대단히 시적 감수성이 있는 사람입니다. (웃음) 탐미적이고 미학적인 작품에 역량이 있었어요. 사실 그게 나한테 맞는 건데. 근데 시대적 환경이나 사회적인 구조가 그렇지 않잖아요. 그런 걸 쓰고 싶은데 그런 감성에 기반을 둔 사고를 할 수가 없어요. 내가 하고 싶은 걸 하는 시절이 빨리 왔으면 좋겠어요.

정_ (웃음) 기대할게요.

"나는 이번 생에 노벨문학상은 도저히 못 받겠더라고요."

정_ 〈봄 호랑이〉를 보면요. 결말이 조금 충격적이었어요. 남자가 바바리를 벗고 나체가 되는 그런 장면이 나와요. 둘 사이에 달달한 뭔가가 일어날 것 같은 그런 분위기를 암시하면서 끝나잖아요. 추웠지만 춥게 느껴지지 않고. 만약에 제가 그 상황에서 여자였으면 바로 신고하거든요. 경찰서로 가고요. 그런 상황에서 여자가 좋게 생각할 수가 있을까요?

백_ 〈구사시웃생〉에서 얘기했던 제 친구가 부인한테 뭐라고 반찬 투정을 했나 봐요. 부인이 한참 듣더니 "스도 않는 것이 말은 드럽게 많……" (웃음) 그 한마디에서 이야기를 만든 거예요. 이 소설은 사실 어떤 평론가 그룹이 외국에 소설을 번역해서 소개하는 그러니까 아시아 문학 작가들이 소통하는 잡지에 실으려고 쓴 거예요. 내 소설이 우리 농촌의 어떤 지점을 나타낸다고 해서 그걸 기획해서 쓴 거죠. 호랑이 이야기는 동네 할아버지들한테 들은 얘기고요. 그런 이야기를 버무렸어요. 우리 민중이나 농민들이 여러 가지로 살기 힘들고 고달프지만, 그 속에 담겨 있는, 백기완 선생이 말하는 '건강성'이라는 '생명력' 같은 걸 성적인 것과 연결해본 거죠. 호랑이보다 더 무서운 봄이 가지고 있는 힘. 이런 것들을 쓰려고 했는데 좀 외설적인가요?

정_ 외설적인 게 아니라. 여자의 입장에서 생각해보면요. 설령 상대가 장동건이라 하더라도 갑자기 밤에 나타나서 딱 옷을 벗었는데 나체였다면 저는 너무 싫었을 거 같아요. 바로 신고할 것 같아요. 그 상황에서 여자가 좋아할 거로 생각하는 건 그냥 남자들의 생각 아닐까요?

백_ 유감스럽지만, 농촌의 분위기가 아직도 가부장적인 거 같아요. 현실이 그런 걸 고상하게 마사지해서 〈전원일기〉처럼 쓰는 게 싫었어요. "내 작품의 음란함을 말하기 전에, 이 시대의 음란함을 논죄하라"던 D. H. 로렌스의 말을 변명처럼 둘러대고 싶습니다.

백_ 〈봄 호랑이〉와 관련해서 곁가지 이야기지만 다른 작품은 다 영어로 번역됐는데 이 소설은 실리긴 실렸지만, 번역가가 포기했어요. 제 문체를 도저히 번역할 수가 없다고 하더라고요. 번역이 불가한 어휘들이 너무 많아서. 그래서 나는 이번 생에 노벨문학상은 도저히 못 받겠더라고요. (웃음)

정_ (웃음) 작가님의 소설은 번역하기 진짜 힘들 것 같아요.

"농민들이 사실은 이 책을 봐야 하지 않을까, 그분들이 주_ᄎ 독자였으면 좋겠다."

정_ 끝으로 독자들에게 한 말씀 해주신다면.
백_ 제 책을 좀 꾸준히 보는 분들은 재미있다고 하시는데 지하철에서 읽어서는 안 될 책이라고도 하더라고요. 전철에서 읽다 보면 킥킥거리게 되어서 아주 주의해야 한다고요. 대체로 독자들의 평이 한참 웃다 보면 나중에 슬퍼지더라고 해요. 그게 풍자가 가지고 있는 힘이에요. 종래의 풍자가 없는 사람이 힘 있는 사람을 에둘러서 비판하는 거였다면 저는 힘없는 사람들 속에 나도 포함해서 없는 사람을 비트는 자기 풍자를 하려고 해요. 괴롭고 버겁고 불편하지만, 그 모습을 직시할 때 이 모순에서 벗어날 수 있지 않을까 하는 거죠. 독자들에게 하고 싶은 말은 불편하더라도 들여다봐야 하는 현실의 문제가 있다는 거예요. 많이 좀 읽어 주셨으면 좋겠습니다. 참고로 말씀드리면 제가 농촌 소설을 세 권이나 썼지만 동네 사람들한테는 한 권도 안 줬어요. 농민들이 책을 안 보기도 하고, 우리 동네에서 실제 있었던 이야기들이 꽤 많은데 자기들의 이야기가 〈전원일기〉처럼 아름답게 표현된 게 아니라 대개 비틀어져 있어서 제가 쫓겨날까 봐 그랬어요. (웃음) 그런 개인적인 고충도 있지만, 농민들이 사실은 이 책을 봐야하지 않을까, 그분들이 주ㅋ 독자였으면 좋겠다. 그런 생각을 했습니다.

정_ 동네 분들이 아무도 안 보셨어요?

백_ 네.

정_ 가장 재밌게 보실 텐데.

백_ 제가 소설가인 것도 잘 몰라요.

정_ 읽으면 가장 많이 느끼고 반응할 텐데.

백_ 농협에서 무슨 회의 같은 걸 많이 하거든요. 퇴비 받으러 가거나 영농에 관한 모임에 나가서 보면 회의 시작하기 전에 농민들이 모여서 나누는 이야기들이 거의 제 소설에 나오는 이야기예요. 우리가 상상하는 것보다 정치적 견해나 관심이 높아요. 어떤 분은 무슨 농사짓는 사람들이 이런 대화를 하느냐고 비현실적이라고 말씀하시는데 오히려 그게 우리의 착오예요. 농민들은 바보라고 생각하는 게 '응달 너구리' 같은 모순이죠.

정_ 여당 지지세가 높나요?

백_ 그렇지요. 아무래도. 역사적으로 봐도 코뮌주의자들이 혁명을 준비할 때 농민을 노동자와 함께 연대하는 문제에 대해서 상당히 고민했대요. 아무리 가난하더라도 내 땅, 내가 한다는 의식이 있어서 노동자라는 의식을 가지고 있지 않아요. 소자본가라는 의식이 강하죠.

정_ 아, 노동자랑 그게 다르겠네요. 큰 차이네요.

백_ 이제 끝났나요? 다음에 복수할 기회를 주세요. (웃음) 고맙습니다.

정_ 네, 끝났습니다. (웃음) 고맙습니다.

응달 너구리

ⓒ 이시백 2016

초판 1쇄 인쇄 2016년 1월 27일
초판 1쇄 발행 2016년 1월 29일

지은이 이시백
펴낸이 이기섭
편집인 김수영
책임편집 김준섭
마케팅 조재성 정윤성 한성진 정영은 박신영
경영지원 김미란 장혜정

펴낸곳 한겨레출판(주) www.hanibook.co.kr
등록 2006년 1월 4일 제313-2006-00003호
주소 서울시 마포구 효창목길 6(공덕동) 한겨레신문사 4층
전화 02-6383-1602~3
팩스 02-6383-1610
대표메일 munhak@hanibook.co.kr

ISBN 978-89-8431-958-5 03810